Salt To The Sea

古斯特洛夫號的祕密

露塔・蘇佩提斯 Ruta Sepetys——著
趙永芬——譯

這本書是為我的英雄，我的父親而寫。

拉脫維亞
比爾扎伊
波羅的海
立陶宛
威廉・古斯特洛夫號
戈雅號
皮勞港
提爾希特
考納斯
維爾紐斯
因斯特堡
柯尼斯堡
（即：加里寧格勒）
內默斯多夫
哥騰哈芬港
東普魯士
弗龍堡
華沙
波蘭
利沃夫
捷克斯洛伐克

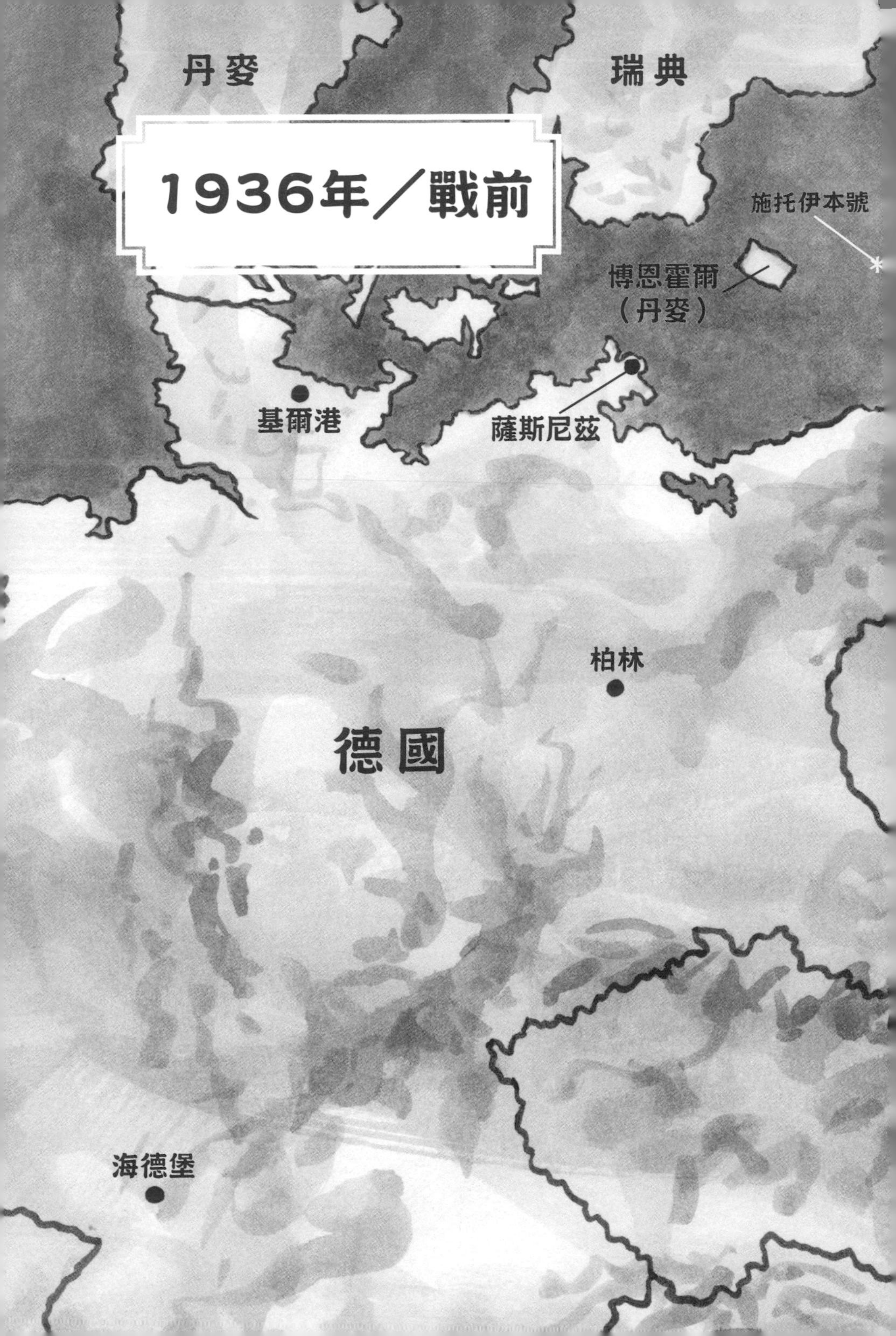
丹麥
瑞典
1936年／戰前
施托伊本號
博恩霍爾
（丹麥）
基爾港
薩斯尼茲
柏林
德國
海德堡

本書好評

露塔・蘇佩提斯應援了那些在歷史夾縫中經常受忽視的人們。

——《紐約時報》

相當優異……精心寫作……一部強而有力的歷史小說。

——《華爾街日報》

蘇佩提斯是青少年歷史小說大師……她再次以深刻且直接的視角，錨定了史詩級悲劇的全景。

——《娛樂週刊》

引人入勝的作品……作者巧妙的將歷史編織到故事中，在一九四五年的冬天，塑造了細緻入微的角色。

——《華盛頓郵報》

令人唏噓且心碎，同時也充滿希望，相當盛大……將是很長一段時間內出現的最好青少年小說之一。

——《*Salt Lake Tribune*》

露塔·蘇佩提斯是歷史小說大師。本書因為她認真致力於嚴峻事實的研究，親切、善於說故事的能力而擁有了溫度，書中溫暖且人性化的角色，為世上最糟且受忽略的悲劇注入了新生命。

——《*Code Name Verity*》作者Elizabeth Wein

巧妙的講述且精巧寫作，作者探索這段鮮為人知的歷史，將會感動讀者。

——《學校圖書館》雜誌

蘇佩提斯善於照亮失去的歷史篇章，這部發自內心的小說證明了，在戰爭和殘忍面前，力量與韌性的可貴。

——《出版人週刊》

這部作品是必須記住的瑰寶，反過來，它也以虛構的角色記下了成千上萬的真實人物，它讓我們記住他們的記憶與故事，千萬不能拋棄於大海之中。

——《書單》雜誌

蘇佩提斯的場景設置無可挑剔，旅途中的寒冷可想而知……她善於傳達失去一切的全貌，並給予人性化的描述……這部輓歌般作品的成功，是因為深刻的研究、有影響力的角色，以及對於邪惡與高貴人性的深刻洞察。

——《號角》書評

本書包括了所有青少年為什麼要閱讀的原因：富於知識與情感，還有令人驚嘆且深刻的角色。一部使人心碎，又能聚合得更完整的小說。

——VOYA

一部豐富的、無法停歇的故事，生動的描述了二戰史上一個可怕且鮮為人知的時刻。

——紐伯瑞獎獲獎作家Steve Sheinkin

注定的結局（包括幾個角色的消失）沒有改變故事的悲劇性，而且簡短的章節、逐漸揭露出每個角色的背景，讓人不停釋卷。令人心碎、充滿歷史性，並保有一絲希望。

——《科克斯評論》

既富有私人情感，又傑出，寫作精巧且精采萬分。

——Shelf Awareness

目次

我們這些倖存者不是真正的見證人。真正的見證人，那些知道真相、沒能說出真相的人若非溺斃、喪命，就是行蹤不明。

普里莫・萊維（Primo Levi，猶太裔義大利化學家及小說家）

導讀

一則虛構故事的血色烙印

文／翁稷安（暨南大學歷史系副教授）

「戰爭根本沒有快樂的結局」，這是《古斯特洛夫號的祕密》書中的一句對白，也可能是全書最完美的注解。

在這部以二次世界大戰尾聲，德國郵輪威廉．古斯特洛夫號遭蘇聯潛艇擊沉為舞台的小說中，戰爭如巨大的繩索，緊緊綑綁纏繞著書中每一位角色，擺布著他們的人生，給予窒息般的絕望，即使最後僥倖逃過一死，戰爭也早已在他們的靈魂留下無法復原的創傷。

要走入古斯特洛夫號的悲劇，就必須先了解書中那以「東普魯士」為名的地域在二戰前後的經歷。知名東歐現代史學家提摩希．史奈德在他的名著《血色大地：夾在希特勒與史達林之間的東歐》，以染血之地這樣鮮明的意象，形容二次世界大戰前後，由波蘭中部向東延伸至俄國西境，往南涵蓋烏克蘭，向北包括白俄羅斯與波羅的海三國的廣闊區域。東普魯士正處在這血色大地之中，位於納粹德國和共產蘇聯兩大列強之間。

正因為身處在兩大強權的夾縫處，再加上豐沛的自然資源和複雜的民族構成，成為希特勒和史達林兩大獨裁者掌握後覬覦的對象，從一九三〇年代起雙方便不斷試著將勢力深入此處。最匪夷所思的發展，是納粹德國、共產蘇聯這兩個在意識型態上一右一左，可說勢不兩立的強權，居然一度在一九三九年簽訂《德蘇互不侵犯條約》，聯手瓜分對這塊土地。雖然雙方各懷鬼胎，但能讓德蘇雙方暫時放下歧見，間接說明了兩國對這片廣袤大地的貪欲。

如同戰爭一詞，「占領」也是一個看似易懂，但指涉寬泛，唯有實際親歷者才能體會的概念。特別對於史達林或希特勒，這樣以打造極權烏托邦為目標的獨裁者來說，「占領」等同於「血洗」，將居住在此地的居民，視為增加生產力的工具或阻礙發展的低劣民族，以非人道的方式對待，甚至加以種族滅絕式的屠殺。

納粹德國的猶太大屠殺是比較受世人矚目的例子，但絕非孤例，此前史達林占領烏克蘭時，為了實踐計畫經濟的夢想，讓以農業聞名的烏克蘭陷入大飢荒，奪去數十萬人的性命，又為了壓抑當地反抗的可能，運用鋪天蓋地的黨機器大規模整肅當地人民。

當德蘇兩國反目成仇後，這片土地成為雙方對決的戰場，原本的血洗因為戰火而加劇，納粹德國在大量殘殺猶太人的同時，也對可能親俄的勢力進行殺戮。同樣地，當蘇聯方吹起反攻的號角，在官方默許之下，允許軍隊對於該地的住民，不管是否為德國的移住者，逕行燒殺擄掠的報復。

本書的故事發生於德軍的漢尼拔行動中，當時氣數已盡的德軍，大規模的由海路撤離東歐一帶的德國軍民，雖然成功撤離上百萬人次，過程中仍舊充斥著死傷。古斯特洛夫號沉沒是其中最慘重的一幕，死亡人數最保守估計也有五千人，最多則可能近萬人，遠遠超過鐵達尼號。

小說以古斯特洛夫號的悲劇為隱喻，象徵著戰爭的終結，書中不同背景的角色，他們各自的祕密，都連結著戰爭替這片血色大地所留下的烙印，以及對於人性極端的扭曲。雖然這是一則虛構的故事，但藉由作者厚實的歷史考察，藉由小人物的視角出發，才能重現戰爭的可怕。

戰爭絕不是勝利者的頌歌，也不是單調的統計數字，或是課本上人事時地物的背誦。而是殘忍的將像你我一樣的平凡人，從安穩生活的日常裡硬生生的斷開，丟入地獄的烈火之中，不是死亡就是得背負著一生無法痊癒的傷口。

「戰爭根本沒有快樂的結局」，唯有抵制獨裁者無限擴張的欲望，將戰爭扼止於根源，才有可能守護每個平凡人幸福的明天。

古斯特洛夫號
的祕密

喬安娜

內疚是個獵人。

我的良心對我冷嘲熱諷，像個脾氣暴躁的孩子似的找人幹架。

都是你的錯，那聲音悄悄的說。

我加快腳步，趕上了我們的小團體。要是德國人發現我們，他們會叫我們離開田野間的馬路。馬路是保留給軍隊用的。撤離命令尚未發布，任何人若是膽敢逃離東普魯士，便會被烙上逃兵的印記。那有什麼關係？四年前我逃離立陶宛時，就成了一名逃兵。

立陶宛。

我是一九四一年離開的。家裡出了什麼事？街上那些可怕的竊竊私語是真的嗎？

我們走到路邊的一個土石堆。走在我前面的小男孩一邊啜泣一邊用手指著。他兩天前加入我們，就那麼獨自一人心神恍惚的從森林裡晃出來，然後默默開始跟隨我們。

「哈囉，小弟弟。你多大了？」我曾問他。

「六歲。」他答道。

「你跟誰一起旅行？」

他頓了頓，把頭垂下。「跟我歐米。」

我轉向樹林，看看他奶奶有沒有出現。「你歐米現在在哪裡？」我問。

遊蕩的小男孩抬頭注視我，他淡色的眼睛睜得好大。「她沒有醒過來。」

於是小男孩和我們一起走，經常不是稍微超前就是落後。而這會兒他站著，一手指著埋在蛋白霜般白雪底下的一塊深色羊毛料。

我揮手叫大家繼續走，等到大家向前走時，我跑向積雪覆蓋的土石堆。風吹起一層結冰的雪花，露出了一個約莫二十幾歲死去婦人發青的臉龐。她張嘴睜眼，凝結於恐懼中。我掏著她凍結的口袋，不過早有人扒過了。我從她外套內襯裡找到她的身分證件。我把它塞進我的外套，打算日後交給紅十字會，接著又把她的屍體拖離馬路，拖上田野。她死了，凍成了冰棍，但一想到坦克車輾過她的身體，我就受不了。

我跑回馬路我們的小團體。那流浪的小男孩站在路中央，雪下得他全身都是。

「她也沒醒過來？」他安靜的問。

我搖搖頭，抓起他戴了露指手套的手。

然後我倆都聽見了遠處的響聲。

砰。

傅洛仁

命運是個獵人。

成群的發動機在空中嗡嗡響。人們管它們叫「黑死病」。我躲在大樹底下。雖然看不見飛機，但我感覺得到。它們離得很近。前前後後都被黑暗困住的我仔細考慮自己的選擇。一次爆炸引爆了，死亡漸漸潛近，如手指般的裊裊黑煙包圍著我。

我拔腿狂奔。

我沉鈍的雙腿原地打轉，和我狂奔的大腦脫節。我用意志力叫雙腿奔跑，我的良心卻在腳踝盤桓不前，而且狠狠往下拽。

「傅洛仁，你是個很有天分的年輕人。」媽媽這麼說過。

「你是普魯士人[1]。你自己做決定吧，孩子。」我父親說。

他會同意我的決定，同意我現在扛在背上的祕密嗎？卡在希特勒與史達林的戰爭中間，媽媽仍然認為我很有天分，或者是個罪犯？

蘇聯人會殺了我。不過在那之前，他們將如何折磨我？納粹會殺了我，但他們必須先發現這個計畫。這個祕密能夠維持多久？這個問題驅策我前進，在寒冷的森林裡鞭打我，助我閃過樹

1 普魯士王國是一個大半地區位於現今德國和波蘭境內的王國，存在於一七〇一年至一九一八年。

枝。我一手緊抓我的側邊，一手握著手槍。每吸一口氣、每走一步路就一陣劇烈疼痛，從那氣憤的傷口流出溫熱的鮮血。

發動機的聲音消失了。我已逃亡多日，我的精神和雙腿一樣虛弱。這個獵人獵捕疲倦不堪的人。我非休息不可。劇痛使我的奔跑變成慢跑，最後終於變成走路。穿過森林裡的茂密樹木時，我發現樹枝掩蔽著一間老舊的馬鈴薯地窖。我跳了進去。

砰。

艾蜜莉亞

羞恥是個獵人。

我要休息片刻。我有一點時間，不是嗎？我溜過寒冷、堅硬的泥土到洞穴的後面。地面在震動。士兵們很接近了。我必須前進，但我覺得好累。拿樹枝堵住森林地窖的入口是個好主意。不是嗎？沒有人會跋涉到離馬路這麼遠的地方，會嗎？

我拉下粉紅色的毛線帽罩住耳朵，再拉緊外套的領口護著脖子。儘管裹了好幾層衣服，一月森冷的牙齒依然穿皮刺骨。我的十指早已毫無感覺，幾綹散落在衣領上的頭髮凍得變脆，一轉頭就斷裂了。於是我想著奧古斯特。

我閉上了眼睛。

然後又睜開了。

一個俄國士兵在那裡。

他拿盞燈俯身向我，他的手槍戳著我的肩膀。

我跳了起來，發狂似的向後退。

「Fräulein（德語：女人）。」他咧嘴笑了，很高興我還活著。「Komme（來吧），女人。你幾歲啊？」

「十五歲，」我低聲說。「求求你，我不是德國人，Nicht Deutsche.」

他不聽，聽不懂，或者不在乎。他的槍指著我，並且突然猛拉我的腳踝。「噓，女人。」他拿槍抵著我的下巴骨底下。

我苦苦哀求。我把雙手橫放在肚子上乞求。

他向前走。

不。這不會發生。我把頭轉過去。「射死我吧，士兵，求求你。」

砰。

阿弗雷德

恐懼是個獵人。

可是勇敢的戰士們，只要輕輕揮一下手腕，就能拂去恐懼。我們當著恐懼的面開懷大笑，把它像顆小石頭似的踢到對街。是的，漢娜蘿，我先在腦海裡寫下這些信，因為我無法像思念你一樣那麼常常拋棄我的夥伴。

你時時戒備的同伴，水兵阿弗雷德・費瑞克一定會讓你覺得驕傲。今天我救了一個差點落海的年輕女子。其實這也沒什麼，但她感激涕零的緊緊抓著我，不肯放開。

「謝謝你，水手。」她溫暖的低語縈繞在我耳邊。她相當漂亮，聞起來好像新鮮的雞蛋，不過滿心感激和漂亮的女孩多得是。噢，你不必擔心。我心目中最重要的，就是你和你的紅毛衣。我多麼深情款款、時時刻刻想念著我的漢娜蘿和紅毛衣那段日子。

你不在這裡看見這一切，讓我放心不少。你甜蜜的心絕對受不了哥騰哈芬港[2]的惡劣環境。此時此刻，我正在保護危險的爆炸物。我盡心盡力為德國服務，雖然才十七歲，卻懷著相當於我兩倍年紀的勇氣。有人提起要舉行表揚儀式，但我忙著在為元首（即指希特勒）奮戰，根本沒空接受表揚。榮耀是給死人的，我這麼告訴他們。我們活著的時候就必須奮戰！

---

2 哥騰哈芬港（Gotenhafen），現為波蘭的格丁尼亞（Gdynia）。

是的，漢娜蘿，我將向全德國證明。我內心中的確有個英雄。

砰。

我拋開腦海裡的信，蹲在補給品櫥子裡，希望沒有人會發現我。我不想到外面去。

傅洛仁

我站在森林地窖裡，我的槍抵著死掉的俄國人。他的後腦已脫離他的頭骨。我把他從那女人身上滾下去。

她不是女人，只是一個戴著粉紅毛線帽的女孩。而且她昏過去了。

我搜索俄羅斯士兵冰凍的口袋，取走幾根菸、一個隨身瓶、一條用紙包起來的大香腸、他的槍和彈藥。他兩隻手腕各戴兩只錶，想必是從受害者身上取得的戰利品。我沒碰那些。

我蹲在地窖的一角，掃視冰冷的小房間裡有無任何食物的跡象，但啥也沒有。我把彈藥放入背包，留心沒動到用布包裹的小盒子。那個小盒子。那麼個小東西，怎麼可能擁有如此的力量？許多戰爭因更微小的事物而起。我真甘心情願為它而死？我啃著乾香腸，細細品嘗因它而產生的唾液。

地面微微震動。

這名俄國士兵不是一個人。還有更多人會來。我得繼續前進才行。

我轉開隨身瓶的蓋子，湊近了鼻子。是伏特加。我打開外套，然後打開襯衫，把酒倒在我側邊的傷口上。錐心的劇痛使我眼前閃光乍現，我裂開的皮肉抵抗、扭絞，然後跳動。我倒吸一口氣，咬牙不讓自己大叫出聲，再用剩下的酒精折磨那個傷口。

女孩在泥土裡輕輕動了起來。她猛的把頭從死掉的俄羅斯人身上扭開，兩眼掃過我腳邊的槍和手中的隨身瓶。她眨著眼睛坐起來，粉紅色的帽子從頭上滑落，然後默默掉進泥土中。她外套的側邊沾滿了鮮血。她把手伸進口袋。

我扔下隨身瓶，抓起了槍。

她張開嘴說話。

是波蘭語。

艾蜜莉亞

俄羅斯士兵死盯著我，嘴巴張開，眼神空洞。死了。

發生了什麼事？

一個身穿便服的年輕男子蹲在角落。他的外套和襯衫是敞開的，他的皮膚上都是血，還有深紫色的瘀傷。他拿著槍。他打算射殺我嗎？不，他殺了俄國人。他救了我。

「你沒事吧？」我問，幾乎認不出自己的聲音。聽見我說話的聲音，他的臉扭曲起來。

他是德國人。

我是波蘭人。

他不想跟我有任何瓜葛。希特勒[3]曾宣布波蘭人是次等人類，我們即將遭到摧毀，好讓德國人擁有他們建立帝國需要的土地。希特勒說德國人比較優秀，不肯與波蘭人同住在一起。我們無法變成德國人，但我們的國土可以變成德國的。

我從口袋裡掏出一顆馬鈴薯，然後伸出手遞給他。「謝謝你。」

3　德國政治人物，前納粹黨領袖，一九三三年至一九四五年擔任德國總理，一九三四年至一九四五年亦是帝國元首。一九三九年九月發動波蘭戰役，導致第二次世界大戰在歐洲爆發，並為納粹大屠殺的主要策畫者、發動者之一。

泥巴地面微微跳動著。多少時間過去了？「我們必須離開。」我告訴他。

我盡可能把德語講好一點。我腦袋裡的德語是完好無缺的，但我沒把握話講出口也一樣。我講德語偶爾會遭到德國人嘲笑，於是我便知道用錯字了。我垂下手臂，看著自己的袖子，只見上面濺得都是那俄國人的鮮血。這種事哪天才會結束？淚水在我心中翻騰。我不想哭。

德國人凝視著我，眼中充滿疲憊與沮喪。可是我懂。

他盯著馬鈴薯的眼睛說：**艾蜜莉亞，我餓了**。

他襯衫上乾掉的血說：**艾蜜莉亞，我受傷了**。

不過他緊抓背包的樣子跟我說了最多。

艾蜜莉亞，這個你別碰。

喬安娜

我們沿著狹窄的馬路步履艱難的走下去。十五個難民。太陽終於投降，溫度也跟著投降了。走在我前面的一個盲眼女孩英格麗手拉一條拴在馬車上的繩子。我看得見，但我們都有同樣的障礙：我倆都走進了黑暗的戰鬥走廊，看不到前方的景象。或許她的失明是個禮物。盲眼女孩聽得見也聞得到我們其他人聽不見也聞不到的東西。

幾公里路之前，一個滑倒的老人被手推車的輪子輾過時，她有沒有聽見那聲最後的驚呼？踩上雪中的鮮血時，她嘴裡有沒有嚐到硬幣的味道？

「真令人心碎，它們要了她的命，」我後面一個聲音說，是老鞋匠。我停下來等他跟上。「後面那個凍死的女人，」他繼續說道。「她的鞋子要了她的命。我說了又說，可是他們不聽。做工差勁的鞋子會折磨你的腳，害你走不遠，最後只好停下不走。」他捏捏我的手臂，他柔軟的紅臉從帽子底下往外瞧。「然後你就死了。」他輕輕的說。

老鞋匠開口閉口都是鞋子。他說起鞋子時滿懷著愛意與深情，說得我們小團體中一個女人稱他為「鞋匠詩人」。一天後，那女人失蹤了，不過這個綽號倒是存活下來。

「鞋子向來會講故事。」鞋匠詩人說。

「不一定。」我唱反調。

「一定，向來如此。你的靴子就很昂貴，做工精緻。它們告訴我你來自一個富裕的家庭，不過是給老婦人訂做的樣式，那也告訴我這雙靴子可能屬於你的母親。一個母親為了女兒犧牲自己的靴子。親愛的，那又告訴我你受到疼愛。你母親不在這裡，因此我知道你很傷心，親愛的。鞋子會講故事。」

我在冰凍的馬路中央停了下來，注視那粗壯的老鞋匠在我前面拖著腳步慢慢走。鞋匠詩人說的沒錯。母親是為我而犧牲了。我們逃離立陶宛時，她匆匆把我送到因斯特堡[4]，再透過一個朋友為我在醫院謀得一份工作。那是四年前的事了。現在媽媽在哪裡呢？

我想著無數的難民跋涉漫漫長路走向自由。戰爭期間，有幾百萬人失去了家園和家人？我曾贊同母親展望未來的想法，然而心中偷偷夢想著回到過去。有人聽說我父親和哥哥的消息嗎？

盲眼女孩仰臉向著天空，且舉起手臂打信號。

然後我聽見了。

飛機。

4 因斯特堡（Insterburg），第二次世界大戰期間的一九四四年七月二十七日，因斯特堡遭到英國皇家空軍猛烈轟炸，一九四五年一月二十一至二十二日又受蘇聯紅軍攻擊。大戰後，原屬德國的因斯特堡成為蘇聯的一部分。

傅洛仁

我們才剛剛鑽出馬鈴薯地窖，波蘭少女就哭了起來，她知道我將撇下她。我別無選擇，她會拖慢我的速度。

希特勒打算摧毀所有的波蘭人。他們是斯拉夫民族，被烙上低等的印記。父親說納粹已殺害數百萬波蘭人，波蘭知識分子公然遭到野蠻處決。希特勒在德國占領的波蘭設立死亡集中營，將無辜的猶太鮮血滲漏到波蘭的土地上。

希特勒是個膽小鬼。在那件事情上，父親和我意見相同。

「拜託，求求你。」她輪流以波蘭語和不流利的德語哀求道。

看著她，看著她濺到俄國人鮮血的袖子讓我無法忍受。我舉步離開，她的啜泣聲在我背後顫動著。

「等一下，求求你。」她喊道。

她的哭聲熟悉得令人心痛，和我妹妹安妮的腔調一模一樣，和母親嚥下最後一口氣那天我在走廊上聽到的啜泣聲一模一樣。

安妮。她在哪裡？她也在某個漆黑的森林洞穴裡，被一把槍頂著腦袋嗎？

我的側邊突然一陣劇痛，痛得我停下腳步。女孩的雙腳快速靠近。我又走了起來。

「謝謝你。」她在後面細聲細氣的說。

太陽消失了，酷寒的拳頭握得更緊。我的估算告訴我需要往西再走兩公里才能停下來過夜，沿著田野間的馬路比較可能找到躲避的地方，但撞見軍隊的機會也較大。還是順著森林邊緣走較為明智。

波蘭少女在我之前就聽見了。她抓住我的胳膊。飛機發動機的嗡嗡聲從我們身後不遠處，迅速蜂擁而至。它們是在我們前方還是旁邊？

炸彈開始掉落。我體內每根骨頭隨著每次爆炸而震動與敲打，敲得我的血肉鐘樓猛烈的鏘鏘響。高射砲的砰砰聲響徹空中，反應著一開始的爆炸。

女孩拚命拉著我往前走。

我把她推開。「快跑啊！」

她搖頭，手指前方，然後笨手笨腳的極力拉著我走過雪地。我想要跑，把她忘了，丟下她在森林裡。但就在那一剎那，我瞧見從她笨重外套底下滴到雪地上的鮮血。

於是我跑不了了。

艾蜜莉亞

他想要離開我。他有他自己的種族。

這個德國男孩是誰？為什麼他的年齡已大到足以當國防軍，卻還穿著便服？對我來說，他就好像媽媽以前說的故事裡的征服者，一個沉睡的騎士。波蘭傳說中講到有個國王和他勇敢的騎士躺在山中的洞穴裡睡著了。但如果波蘭陷入危難，騎士們就會醒來趕往救援。

我告訴自己，這個英俊的年輕人就是睡著的騎士。他向前邁進，槍已上膛。他要離開了。為什麼每個人都離我而去？

呼嘯而至的飛機在頭頂上猛烈轟炸。嗡嗡巨響灌入耳中，令我頭暈眼花。一顆砲彈落下了。然後又是一顆。大地為之震動，彷彿就要張開大口吞下我們。

我奮力趕上他，不理會外套底下的疼痛與屈辱。我既沒時間也沒勇氣描述我為什麼不能跑，反而告訴自己盡可能快速走過雪地。騎士在我前面奔跑，在樹木之間衝進衝出，緊緊抓著身側，痛苦無比。

我的雙腿已癱軟無力。我想到越來越接近的俄國人，想到土窖裡抵著我脖子的手槍，我靠意志力叫我的雙腳移動。我像隻鴨子似的搖搖擺擺走過深雪。接著忽然間，媽媽唱兒歌的甜美聲音在我腦中唱了起來。

所有小鴨子的頭都鑽進水裡
頭在水裡
所有小鴨子的頭都鑽進水裡
噢，好可愛的小鴨子

現在小鴨子都去了哪裡？

阿弗雷德

「費瑞克，你在幹麼？」

「補給彈藥，長官。」我假裝在摸索架子上的東西。

「那不是你的任務，」那軍官說。「需要你的是港口，不是補給品櫥子。命令馬上就要發布了，務必做好準備。我們即將分配每一艘可用的船隻，如果困在這裡動彈不得，莫斯科的某個殺人兇手就會逼你當他的女朋友。你希望那樣嗎？」

當然不希望。我才不想看見蘇聯軍隊。他們所經之處盡是大肆破壞。驚惶失色的村民在街頭說著俄國士兵戴著乳牙做的項鍊的故事。如今蘇聯軍隊和他們的美國及英國盟友直衝著我們而來，為史達林的風帆吹風。我得坐上一艘船才行。留在哥騰哈芬即意味著死路一條。

「我說，你想當莫斯科的女朋友嗎？」那軍官咆哮道。

「不想，長官！」

「那就帶著你的裝備滾到港口去。一到那裡，你就會接到進一步的指示。」

我停頓片刻，不曉得該不該偷點櫥子裡的補給品。

「費瑞克，你還在等什麼啊？快滾出去，你這可悲的懶惰蟲。」

哇，是的，漢娜蘿，這身制服非常適合我。倘若時間許可，我會拍張照片讓你放在床頭几上。可惜的是，空閒時間對英勇的男人來說實在太過欠缺。說到英雄主義這個話題，我似乎不久即將獲得晉升。

噢，當然，親愛的，你可以告訴每個鄰居。

喬安娜

流浪的小男孩在遠離馬路的地方發現一個遭人遺棄的穀倉，我們決定在那裡過夜。我們已經走了好幾天，力氣和士氣都漸漸衰退，炸彈也使得我們神經緊繃。我從一個人身邊移到下一個，治療水泡、傷口與凍傷，但我無法治療他們心頭最大的痛楚。

恐懼。

德國於一九四一年入侵俄國。過去四年來，這兩個國家不僅對彼此，也對他們途中遇到的無辜平民犯下了言語難以形容的暴行。我們從經過的路人低語中聽說了各種故事。希特勒正在消滅數以百萬計的猶太人，不受歡迎的人種清單也越列越長，他們不是慘遭殺害，就是囚禁。史達林正在摧毀波蘭、烏克蘭和波羅的海的人民。

殘酷的行徑令人震驚，可恥的獸行層出不窮。沒人想要落到敵人手中，然而辨別誰是敵人已經變得越來越困難。幾天前，一個年老的德國人把我拉到一旁。

「你有沒有毒藥？大家都在跟人討毒藥吃。」他說。

「我不提供毒藥。」我應道。

「我懂。但你是個漂亮女孩，如果俄羅斯軍隊趕上我們，你自己也需要一些。」

我不確定其中多少是誇大其詞，多少是實情。不過我親眼見到許多事。有個女孩死在溝裡，她的裙子高高撩起，纏作一團。外頭瀰漫著恐懼，而它追著我們跑。因此我們往西邊跑，往德國尚未遭到占領的地區跑。

現在我們統統坐在一個廢棄的穀倉裡，努力生火取暖。我脫下手套，揉捏皸裂的雙手。我和因斯特堡醫院裡的外科醫師共事四年。隨著戰爭的肆虐，醫療人員逐漸減少，我從庫存補給轉為協助他動手術。

「你的手很穩，喬安娜，而且從不噁心想吐。你當醫生的話會做得很好。」他這麼告訴過我。

當醫生是我以前的夢想。我勤奮好學，盡心盡力，或許努力過頭了。我前任男友說我愛讀書甚於愛他。我還沒來得及證明此話不是事實，他已找到新女友了。

我盡可能按摩手掌，讓我僵硬的手指暖和起來。我不擔心我的雙手，卻擔心補給品。補給品剩下不多了。我曾盼望死在路邊的那個女人手頭有點東西——線、茶葉，甚至是一條乾淨手帕。可是沒一樣東西乾淨，一切都髒兮兮。

尤其是我的良心。

他們走進穀倉時，我們全都抬起頭來，一個握著手槍的年輕男子，後面跟著一個綁了辮子、頭戴粉紅帽的矮個子金髮女孩。兩人都是一臉憔悴。金髮女孩的臉因精力耗盡而發紅。年輕男子也是滿臉通紅。

他在發燒。

傅洛仁

有人比我們先到這裡了。灌木叢外邊擠了好幾輛搖搖欲墜、飽經風霜的馬車，一幅跋涉走向自由的嚴肅畫面。我比較喜歡荒廢無人的地點，但我知道自己再也走不動了。波蘭少女拉扯我的袖子。

她停在雪地上，目不轉睛看著穀倉外的東西，評估裡面裝了些什麼，它們又可能屬於誰。不見軍隊的跡象。

「大概可以吧。」她說。我們走了進去。

有十五或二十個人圍坐在一堆小火旁。我溜進去站在門邊時，他們轉過臉來。母親、兒童，還有老人。個個疲憊又衰弱。波蘭少女直直走向一個無人的角落坐下，兩隻胳膊緊緊抱在胸前。

一個年輕女子走到我面前。

「你受傷了嗎？我受過醫學訓練。」

她的德語很流利，但不是德國人。我沒回答。我不需要跟任何人說話。

「你有食物可以分享嗎？」她問。

我有什麼不干別人的事。

「她有沒有食物？」她邊問邊指在角落搖晃身子的波蘭少女。「她的眼神看來有點奇怪。」

我說話時沒在看她。「她在森林裡，被一個俄羅斯人逮住。她跟著我走到這裡。她有兩、三個馬鈴薯。好了，不要打擾我。」我說。

年輕女子聽我提到俄羅斯人時瑟縮一下。她離開我身邊，迅速走向那女孩。

我找到一個遠離人群的位置坐下。我把背包靠著穀倉的牆壁，小心翼翼的讓它斜倚在上面。如果跟其他人一起靠近小火堆坐著，就會比較暖和，但我不能冒險。不可交談。

我吃著死掉的俄羅斯人留下的一小塊香腸，注視努力在跟森林裡的少女說話的年輕女子。許多人高聲喊她幫忙，她想必是個護士。她看來比我年長幾歲。漂亮。美得自然，就算是渾身髒兮兮，她依然動人，甚至更好看。穀倉裡的每個人都很骯髒，散發出一股勞累過度、膀胱無力以及最糟糕的恐懼，更甚於各種牲畜的惡臭。若是在柯尼斯堡[5]，那個護士女孩會讓我扭頭再看一眼。

我閉上眼睛。我不想看那漂亮女孩。必要的話，我必須能夠殺了她，殺了他們全部。我的身體渴求睡眠，但我的腦子警告我不可信任這群人。我覺得雙腳被推一下，於是睜開眼睛。

「你沒提她是波蘭人，」那護士說。「那個俄羅斯人呢？」她問。

「我處理掉了，」我告訴她。「我需要睡覺。」

她在我身旁跪下。我幾乎聽不見她在說什麼。

「你需要讓我看看你一直在努力遮掩的傷口。」

5 柯尼斯堡（Königsberg），曾是德國文化中心之一，即如今俄羅斯加里寧格勒州首府加里寧格勒，位於桑比亞半島南部。

艾蜜莉亞

我想著穀倉外的馬車。上頭高高堆了難民們的物品。行李箱、手提箱、家具。甚至還有一台和媽媽一樣的縫紉機。

「為什麼你不做衣服了？」我記得我坐在廚房灑著陽光的椅子上問過媽媽。

媽媽從她的縫紉機前轉向我。「你能保守祕密嗎？」

我熱切的點點頭，然後走向她。

她把雙手放在大大的肚子上微笑了。「我猜是個男孩。我知道一定是個男孩。」她緊緊抱著我，溫暖的嘴唇貼著我的額頭。「而且你知道嗎？你將會是最棒的姊姊，艾蜜莉亞。」

而今我孤零零一人坐在遠離家園的冰凍穀倉。這些人還有時間整理行李。我根本無法打包，只能丟下我一輩子的東西，任人撕成碎片。現在是誰在用媽媽的縫紉機呢？

騎士本來不想進來裡面。他叫什麼名字？他在逃離什麼人？我仔細看過馬車和上頭的物品，評估每樣東西和可能的主人，好搞清楚走進穀倉有沒有危險。但我們沒有選擇。睡在外面意味著必死無疑。

我坐在角落，把稻草塞到外套裡取暖。只要不動，我的疼痛就減輕了。我把臉埋在手裡。

一隻手觸碰我的肩膀。「你沒事吧？」

我抬頭一看，只見一個年輕女子站在我身旁。她說德語，但是帶了口音。她把棕髮拉到耳朵後面。她有張親切的臉。

「你受傷了嗎？」她問。

我極力控制。

我拚命抗拒。

然後一滴眼淚滾落我的臉頰。

她靠得更近了。「你哪裡痛？」她輕聲說著。「我受過醫學訓練。」

我裹緊外套，搖了搖頭。「不要。Danke（德語：謝謝）。」

那女子稍微把頭歪一邊。我的口音讓我露餡了。

「**德國人？**」她低語。

我沒說話。其他人盯著我看。如果我把我的食物給他們，或許他們就不會來煩我？我從外套口袋裡掏出一顆馬鈴薯遞給她。

用一顆馬鈴薯換得沉默。

喬安娜

德國人和那個少女的到來令我感到不安。兩個人都不跟人講話。女孩骨碌骨碌轉的眼睛裡滿是創傷，肩膀發抖。我走到艾娃身邊。五十多歲的艾娃是個巨人，就像維京人一樣。她的手和腳比任何男人都來得大。我們小團體中有人稱她為「抱歉艾娃」，因為她經常說些駭人聽聞的事，但之前或之後總會說聲**抱歉**，彷彿是為了減輕刺痛。

「艾娃，你會說一點波蘭語，對吧？」我小聲問。

「據我所知不會。」她應道。

「我不會告訴任何人。那個可憐的女孩正在受苦。我猜她是波蘭人。你願意跟她說話看看嗎？說動她讓我幫忙。」

「跟她一起進來的那個德國人是誰？他為什麼不穿軍服？我們沒有撤離許可。要是希特勒的追隨者發現有逃兵跟我們混在一起，我們統統都會遭到槍殺。抱歉。」艾娃說。

「我們不知道他是不是逃兵。我不知道他是誰，但他受傷了。他在森林裡發現那個少女。」我話聲變小。「被一個俄羅斯人逮住。」

艾娃的臉霎時變得蒼白。「離這裡多遠？」她問。

「不清楚。請你想辦法跟她說說話，打聽一點消息。」

艾娃的先生年紀太大，無法入伍，不過仍然被招募加入人民軍。現在希特勒已絕望到不顧一切，把剩下的老弱殘兵和小男孩都徵召入伍了。然而不知怎的，房間對面的這個年輕男子沒有受到徵召。為什麼？

艾娃的先生堅持要她往西邊走。他確信希特勒即將失敗，俄羅斯人將占領東普魯士——並且在過程中摧毀一切。

在學校裡，老師告訴我們說東普魯士是最美麗的地區之一，對於逃難的我們而言，那裡卻證明是最危險的。北與立陶宛、南與波蘭接壤的東普魯士是一片深邃湖泊與暗黑森林地帶。艾娃的計畫跟我們其他人一樣——長途跋涉到未受占領的德國，等戰爭結束後在那裡和家人團聚。

目前我盡力照顧穀倉裡的人，許多人一坐下就睡著了。

「他們的腳，」我走過鞋匠詩人身邊時，他輕聲提醒我。「好好照料他們的腳，不然就什麼都沒了。」

「那你的腳呢？」我問。詩人矮小的骨架凹陷下去，活像是他一直抓著一顆大球，而且怎麼也不肯放手。

「親愛的，我可以走一千英里。」他咧嘴笑了。「很棒的鞋子。」

艾娃拉我到一邊。

「你猜對了——是波蘭語，她叫艾蜜莉亞，十五歲，從利沃夫來的，不過她沒有證件。」

「利沃夫在哪裡？」我問。

「在波蘭東南部，加利西亞地區[6]。」

那就說得通了。有些加利西亞人像那女孩一樣，生來就是金髮藍眼。她的亞利安人相貌或許保護她逃過了納粹的迫害。

「她父親好像是什麼數學教授，把她送到了可能比較安全的東普魯士。最後她去到一個農場工作。」艾娃壓低了聲音。「在內默斯多夫[7]附近。」

「不會吧。」我小聲說著。

艾娃點點頭。「她不肯談，只說她逃難經過內默斯多夫，而且一直都在逃亡。」

內默斯多夫。

每個人都聽說過那個謠傳，幾個月前，俄羅斯人猛攻那個村莊，據說犯下了狠毒殘酷的惡行。婦女被釘在穀倉門板上，兒童慘遭肢解。大屠殺的消息迅速傳開，引起人們無比的恐慌。許多人立刻收拾行囊開始向西遷移，唯恐自己的村莊也將很快落入史達林的軍隊手中。而這個少女去過那裡。

「可憐的小東西，」我對艾娃低語。「那個德國人跟我說有個俄羅斯人在森林裡發現了她。」

6 利沃夫（Lwów）是波蘭第二共和國時期的一個省。一九三八年時面積約兩萬八千平方公里，一九三一年人口有三百一十二萬人人，首府利沃夫。加利西亞地區現在分別屬於烏克蘭和波蘭。

7 內默斯多夫（Nemmersdorf），在東普魯士。一九四四年十月二十一日，蘇聯紅軍在第一個攻陷的德國村莊——東普魯士的內默斯多夫，屠殺德國婦女和兒童。

「現在那個俄羅斯人在哪裡？」艾娃很擔心的說。

「我想他殺了他吧。」我為這位少女感到心痛。她看到了什麼？但我的內心深處知道真相。為了給具有德國血統的「波羅的海德國人」騰出空間，希特勒正在逼迫像艾蜜莉亞這樣的波蘭少女離開。像我就是。我父親是立陶宛人，但我母親的家族有德國血統。因此我們才能夠逃離史達林，然後投奔希特勒鐵絲網的懷抱。

「你知道，我認為情況可能更糟。」艾娃說。

「你是什麼意思？」

「我先生跟我說希特勒懷疑波蘭知識分子在從事反納粹活動。利沃夫的資深教授們統統遭到處決，所以這個女孩的父親，抱歉，但他很可能是被鋼琴弦勒死了，而且——」

「別說了，艾娃。」

「我們不能帶著這個女孩一起走。她的外套上沾滿了鮮血，顯然是有麻煩。何況她又是波蘭人。」

「而我是立陶宛人。你也打算甩掉我嗎？」我真是厭倦透了，我聽膩了**唯有德國人**這句話。我們真能背棄無家可歸的無辜孩子嗎？他們是受害者，不是軍人。但我明白有些人的感受不同。

我望著對面角落的波蘭少女，淚水撲簌簌流下她骯髒的臉。她才十五歲，孤零零一個人。那淚水使我想起一個人。回憶打開了我腦海裡的一扇小門，幽暗的聲音穿門而出。

都是你的錯。

傅洛仁

我注視護士女孩從一人移到下一個人，用棕色皮革手提袋裡的東西治療每個人。我在發燒，也知道必須退燒了才能繼續前進。傷口已擴大到我看不到也碰不到的地方，超過了我的側邊。我不需要信任她，也不會再見到她。她往我這邊看，我點點頭。

「重新考慮過了？」她問道。

「等大家睡著以後。」我小聲的說。

沒多久，寒冷的穀倉很快就充滿了抽搐的肌肉和咻咻的鼻息聲。護士女孩在火上煮熟一顆馬鈴薯吃掉了。她吃得慢條斯理，乾淨俐落，儘管飢餓，還是小口小口的咬，吃得耐心耐氣，可見出身高貴。

然後她拿著袋子來到我身邊。

「子彈傷？」她低聲說著。

我搖頭，慢慢拉開外套的袖子，邊拉邊咬牙忍痛沒縮起身子。我側躺著，別開頭不去看她。她剝下我被凝結血塊黏在身上的襯衫。

她不像別的女孩一樣，看見什麼可怕的東西就驚喘或哇哇叫。她默不作聲，也許當護士早就習慣了。我轉頭越過肩膀看看她還在不在，只見她的臉距離傷口只隔了一英寸。她專心檢查後俯下身子，對著我的右耳悄聲說話。

「砲彈碎片，大概兩天前吧。你用力按壓傷口止血，卻把碎片推得更深，造成更大的疼痛。傷口受到感染，你又在什麼時候往上面倒了什麼液體！」

「伏特加。」

她的聲音又回到我耳邊。「有兩、三片彈片，我想把它們取出來。可是我沒有麻醉藥。」

「你有沒有什麼可以喝的？」我問她。

「有，但我包紮傷口之前，需要先用酒精清潔傷口。」我感覺她的手按著我的肩膀。「我應該現在就做，免得感染變得太嚴重。」

一雙小靴子出現在我眼前。波蘭少女跪在我面前，用手帕裹著雪。她撥開我的頭髮，然後拿冷敷壓著我的額頭。

「走開。」我告訴她。

「等等。」護士望著波蘭少女。「可否請你到外面去找根粗棍子？」少女點了點頭走開，接著護士在我面前坐下。她輕聲細語時，我注視她的嘴巴。

「她的名字叫艾蜜莉亞，來自波蘭的東南部。她父親為了安全起見把她送走……送到內默斯多夫附近。」

「天哪。」我倒吸一口氣。

她點點頭，打開袋子。「我叫喬安娜，當過幾年醫師助理。我不是德國人，我是立陶宛人。這樣會有問題嗎？」

「我不在乎你是什麼。這個你做過嗎？」

「我處理過類似的傷口。你叫什麼名字？」她問。

我頓了一下。我該告訴她什麼？「樹枝是做什麼用的？」

她不理會我的問題，又回頭問她的問題。「你叫什麼名字？」

我發著高燒，覺得虛弱又頭暈。我的名字。我的名字是以母親崇拜的一位十六世紀畫家取的。不，我不會告訴她。不交談。

護士嘆了口氣。「你需要咬樹枝忍痛。會很疼的。」

我閉上眼睛。

傅洛仁，我想要說，**我叫傅洛仁**。

而我快死了。

艾蜜莉亞

那個塊頭巨大的女人艾娃告訴我說護士女孩是立陶宛人，她名叫喬安娜。她似乎挺親切的，但我怎能確定？如果她要治療騎士，我覺得我就應該站在旁邊看。現在我欠他一條命了，不是嗎？

他叫我走開。他的聲音就跟齊聲要波蘭人消失的聲音一樣。永遠消失。穿過內默斯多夫逃跑之後，我在途中遇到一個從利沃夫來的老太太，她的眼裡盛滿了死亡的暴怒。她跟我說納粹已在利沃夫殺害了數千個波蘭猶太人。

「維格一家子？」我問。

「死了。」

我的聲音降為低語。「連姆全家呢？」

「你幹麼一直問？都跟你說了，他們全都死了，也許死了幾十萬人。」

我幹麼問？因為瑞秋和海倫是我的朋友。父親送我到東普魯士的前一天晚上，她們偷偷帶了糖果和禮物來我家給我。

死了。她怎能說得如此斬釘截鐵？我不願意相信。

那個漂亮的立陶宛女孩喬安娜要我去找根粗棍子。我走到穀倉外面。風雪狠颳著我的臉，裹著幾層衣服和一件笨重的大外套，讓我一舉一動都感覺笨手笨腳。

我應該對喬安娜吐露心事嗎？說不定她可以幫助我。但我知道會發生什麼事。她會覺得噁心。

聽見聲音時，我抬起頭來，然後我看見了。穀倉頂上有個我這輩子見過最大的鳥巢。

阿弗雷德

哈囉，親愛的漢娜蘿！

寫信給你，或者光是想到你的名字，就讓我的心情改變多少啊。有時我躺在帆布小床上輕聲念著，噢，好慢好慢的念著它直到遁入黑暗。漢——娜——蘿。小蘿。

現在天色已暗。我想像你在家裡，一邊讀著你最愛的一本書，一邊拿手指頭繞著頭髮。或許那邊也和這裡一樣下著雪吧？

海德堡的家感覺如此遙遠。有了距離的緩衝，我覺得必須和你分享一個祕密。也許我提起這個實在淘氣，但你可知你家廚房窗戶正好對著我家一樓洗手間的窗戶？是的，我經常在上學之前偷看你吃早餐。噢，別難為情，小蘿。鄰居共享近距離。我們共享的東西當然更多，那些回憶就是讓我的心不畏冰霜的煤塊。

然而追憶過去的時間很少。對於身為納粹海軍的英勇男人來說，消遣是不存在的。你也知道我是個很有成就的守望者，注重細節一直是我的一大優點，因此我把要向你報告的每件事情牢記在心。剛剛接到即將大規模海上撤離的消息，我們正在港口做準備。我終於即將上船，穿越水道飄洋過海了，就像你多麼喜歡在你珍愛的小說中讀到的冒險家一樣。

這將是一次冒險，小蘿。人們已經到達港口排隊等候登上大船，有的人帶著他們在世上所有的財物，高高堆在馬兒拉的車子和雪橇上。昂貴的地毯、鐘錶、瓷器、椅子，什麼都帶了。空間當然是不夠的，有些東西將會遭到拒載。今天我在馬車上看到一隻可愛的水晶蝴蝶，它立刻使我想到了你——想到你那有如絲緞的黑髮像薄紗翅膀般飄動。如果那隻蝴蝶未獲准上船的話，我決定把它留在身邊。把東西重新分配給值得擁有的人最有意義。

你若是看見港口那些人，你慈悲的心一定會破碎。他們經過長程跋涉，個個疲累又骯髒。有些甚至從愛沙尼亞那麼老遠的國家逃難而來。你想像得到嗎？史達林竊取的不只是土地，漢娜蘿，他偷走了人的尊嚴。我是從他們悽惶的眼神和沮喪的姿態中看出來的。這一切都是共產黨的錯。他們是禽獸。

現在史達林的軍隊正在逼近，人們恐慌不已。不，不，別怕。我對自己的能力充滿信心，畢竟一個人無法經過受訓處理這類狀況，而必須生來適合才行。感謝老天我就是那種人。

我翻身拉出小床底下的行李袋。我伸手進去拿出那本被我翻舊了的希特勒著作《我的奮鬥》，發現母親給我的一張信紙。也許明天我真的就可以拿筆寫字在紙上了。

喬安娜

我點燃一根火柴來消毒手術刀，然後開始講話。因斯特堡的醫生教過我，和病人說話往往能夠使他們平靜下來。「史達林占領立陶宛時，我的家人逃跑了，」我說。「我母親有德國血統，所以希特勒准我們遣返到德國。但我最遠也只逃到因斯特堡。」

「因斯特堡在東普魯士，」他說。「所以說，希特勒是你的救命恩人？」

他沒多說，但他不屑的「哼」了一聲，倒是幫他說了不少。他要麼是不滿納粹黨，要麼就是不滿我接受遣返到德國，或兩者皆是。我不需要他的批評，我自己背負的罪惡感已經夠多了。我每件事都做錯了。我在學校成績優異，卻無法掌握常識。

「我知道天氣很冷，但還是請你把外套整個脫掉，好讓肚子貼在地上趴躺。」我告訴他。

我拉下袖子時，他淡綠色的身分文件從他的外套內袋裡露出來。好極了。他要是不肯告訴我名字，我就自己看一眼。

「我要按壓傷口的周圍，看看感染擴散到什麼程度。」他沒有回答。「疼的時候告訴我。」我一手輕輕壓著他傷口的邊緣，記住柔軟的區域，另一隻手設法讓文件從外套口袋裡滑落出來。

「住手。」他下令的口氣凶狠無比，把我嚇了一跳。「把我的文件遞給我。」

「什麼？」

「你聽見我說的了。馬上。」

他伸手向後，於是我把身分證件放在他手裡。

「還有摺起來的文件。也在口袋裡。」他說。

我抽出乳白色的紙張，拚命想看一眼，但摺起來就是看不到。他一把搶走，然後藏到胸膛底下。

艾蜜莉亞拿著一根棍子回來了，白色雪花在她粉紅色的帽子上閃閃發亮。

「又下雪啦？」我問。她點點頭。那會妨礙到我們明天的進度。

「先處理好這個。」病人說。

他忍痛的能力超出我見過的一切。他緊咬著棍子不是出於必要，而是蔑視。

艾蜜莉亞是個體貼的助手，總是早一步設想到我和他的需要，但她一臉疲憊不堪，於是我讓她回到她的角落休息。她沒睡，只是密切注意我的一舉一動。

最後一塊砲彈片陷得很深，我伸手到傷口裡面取出它時，我的指關節完全看不見了。我擔心壞疽，但我沒提，疼痛已經夠他應付的了。我俯身小聲說：「我大概把彈片統統取出來了。陷得很深，傷口很寬。我去叫醒鞋匠，請他幫你縫合。他的針腳或許細一點。」

他吐出棍子。「不，你縫就好。」他頓了頓才說：「拜託。」

我看著大開的傷口。鞋匠詩人縫過許多皮革，縫合起來比我乾淨俐落得多，但老人家若是受不了血肉模糊，情況只會變得更糟糕。

我縫好傷口然後包紮。「所以我沒看你的文件，但我倒是瞧見你口袋裡的香菸。」我擦拭雙手時告訴他。

「你沒告訴我要收費。」

他抬頭看我，兩隻眼睛像瓦斯燈似的閃爍。他的臉訴說著痛苦——就像我在醫院裡見到的身體上的痛苦，但也訴說著心中的痛，猶如我在父母臉上見到的。他直盯著我看，眼光慢慢掃過我的臉龐。

「同一個口袋裡還有火柴。」他終於說道。

我掏出一根香菸，順手撫摸過去，盡可能把它拉直一些。我點燃菸頭，感激不盡的深吸一口。火熱的煙霧暖和了我冷冷的胸口。我俯向他，把香菸輕輕放到他嘴裡，讓他能夠吸一口菸。菸頭的火光照亮了他的臉。只見瘀青和污垢底下隱隱是一張英俊的臉。

「你幾歲？」我問。

「剩下的省著點抽，香菸非常稀罕。」他邊說邊吐煙。

我在鞋子上摁熄香菸，然後把它放回他的口袋裡。「想不想看看我取出的彈片？有一片幾乎像瓶蓋那麼大。」我伸手過去要給他看，我的手腕被他抓住。

「以後休想偷我的東西。」他低聲說道。

「你在說什麼呀？」我說著極力想要掙脫。

他抓得更緊了。「你看見我的證件了。」

「不，我沒看見。放手，你弄痛我了。」

「你知道我的一些事，這個傷口。」他的聲音微弱，卻透著憂慮。或者是發著高燒，胡說八道？他含糊不清的說了一會兒，接著說：「跟我說些你的事。」他的手稍稍放鬆一點。

「你想知道一些我的事？」我問。

我注視他疲乏的臉。他等著，眼皮漸漸下垂，顫動幾下才閉上了，他的手指輕輕鬆開我的手腕。我看著他呼吸片刻，他的身分證件仍藏在他的身軀底下。我傾身過去，把嘴湊近他的耳朵，說得比輕聲細語還要小聲。

「我是殺人凶手。」

傅洛仁

我對護士女孩的想法跟著我進入睡夢，而且一直逗留到我醒來以後。我是不是夢到我跟她講話？這令我生氣。每過一天，威脅也跟著增加。他們是否發現了柯尼斯堡的事？我不能讓一個漂亮女孩轉移我的注意力。

穀倉仍然漆黑，因為容納這些內心空虛、無家可歸的人而顯得空洞。我的腕錶說現在已近凌晨四點。我拖起身子坐在地上，同時咬牙忍住疼痛。我的背包沒人碰過，我的證件仍壓在屁股下面。我把證件放回外套裡面，然後站了起來。

我朝穀倉門走了幾步，盲眼女孩坐起身子，白濁的眼睛眨了又眨。護士睡在她身邊，手提箱敞開，呈扇形的美麗褐髮烘托著她的臉蛋。她說她叫什麼名字來著？不，不重要，她醜死了。我這麼告訴自己。

我跪下來在護士的手提箱裡東翻西找。盲眼女孩的鼻子仰向屋頂。她轉過頭來直勾勾的盯著我。她看得見什麼？她的眼睛是不是像冰冷的窗戶一樣蒙上霜雪，可以讓光明與黑暗穿透？或者她的世界拉上了黑色的簾幕？我的雙手無聲無息的一一檢視護士的物品。我在幹麼呀？這個女孩可能救了我一命，她救我只為吸一口菸。我告訴自己這不是偷竊，是為了自保。

我翻到幾件衣服，一本醫學書籍，一支她剛才用來吃馬鈴薯的叉子，然後我抽出一件意想不到的東西。我注視護士鬆散的褐色鬈髮片刻，把那東西塞進外套口袋，然後就離開了。

我知道森林裡有俄羅斯人。最有可能的就是偵察兵，或是跟部隊上的人走散的漂泊者。一個士兵我應付得來，但要過多久，整個部隊都將湧入這一帶呢？本來我有兩週時間趕到港口。那就是我的計畫。我搭上一艘船，航行到西方，任務就完成了。一走出穀倉，我立刻重新整理我的背包。我看見和我身分證件放在一起的那封信，實在難以拋諸腦後。

朗格博士。

朗格博士是柯尼斯堡博物館的館長。他曾雇我當修復學徒，訓練我，甚至送我去最好的學校就讀。我尊敬他，並且從學校寫了許多巨細靡遺的信給他，分享我對藝術和哲學的所有想法。朗格博士說我才華橫溢，未來一定能夠貢獻所長，報效德國，實現元首在他的故鄉林茨（Linz）建立國家美術館的美夢。後來朗格博士把我介紹給科赫總督[8]。科赫是納粹黨的地區分部首領。

他也是個魔頭。

裝了藝術品的木條箱開始一個個送到博物館時，朗格博士的熱情充滿了感染力。有些藝術品使他激動掉淚。偶爾在揭開剛送到的藝術品時，我還非得扶著他才行。每當木條箱一到，他就吩咐我立刻開始工作。有時我必須通宵做修復工作，好讓朗格博士得以在第二天向科赫報告。為了完成工作，取悅朗格博士，我廢寢忘食，甚至錯過了父親的生日。「我們真是一個很棒的團隊，傅洛仁，不是嗎？」他咧嘴笑著這麼說。

8 科赫總督（Erich Koch），於一九二八至一九四五年擔任東普魯士的納粹頭子。

一天上午，朗格博士讓我去找一卷遍尋不著的細繩。正在找的時候，我發現我從學校寄給他的所有信件，統統都粗心大意的跟墨水和各種耗材一起丟在最底下的抽屜裡。我的信沒有打開。他根本不想讀，一點也不在意。

背後黑暗中傳來一個聲音，把我從思緒中拉回來。我握住手槍，轉過身去。

「等一下。求求你！」

是波蘭少女，面色粉紅，氣喘吁吁，在雪片紛飛中奔向我。

艾蜜莉亞

我無法信任穀倉裡的人。女巨人知道我是波蘭人時馬上往後縮，因此我靠意志力讓雙腿加快移動，我告訴自己只要把我的故事講給騎士聽，他就會明白。他會知道我為他的國家所做的事。他會保護我。

我的肚子開始抱怨。飢餓有沒有消失的一天？飢餓有沒有可能親切而溫柔的退下，停止繼續敲打？我已忘了何時不覺得害怕與飢餓，何時不覺得肚子因渴望而拉扯。利沃夫留在我腦海中的畫面似乎褪色了，宛若遺落在陽光底下的一張照片。

利沃夫，一個笑臉迎人的城市，波蘭的教育和文化之都。利沃夫能有多少人生還下來？騎士的側影進入視線，激勵著我加快腳步。我大喊一聲，他轉過身，槍口對準了我。

「等一下。求求你，」我說。「我跟你一起走。」

他轉身走開，繼續走他的。

我跟隨他踩在雪地上的新足跡，覺得堅強一些，一月清晨冷冽而清新的空氣鑽進我的鼻孔。我不停的跟著走。若干公尺之後，他停下腳步轉過身來，滿臉怒色。「滾開！」

「不要。」我不依。

「你跟其他人在一起比較安全。」他說。

比較安全？他不明白。

我已經死了。

喬安娜

清晨給人向前邁進的希望，讓人對下一站抱著懸念。我們所有人幻想的不僅是個穀倉。鞋匠詩人談論東普魯士的貴族地主擁有的雄偉莊園。鄉下到處都是他們的領地，我們遲早都會碰到其中一個。詩人說他在戰爭之前參觀過一座這樣的莊園，認為它應該就在附近。我們夢想著有錢人家將會收容我們，把濃稠的湯盛入瓷碗，讓我們坐在火爐旁，把凍僵的腳趾頭烤得暖呼呼。

詩人在穀倉裡走來走去，用拐杖輕敲人們的腳底。流浪兒尾隨其後。「該起來了。一大早的腳最強壯。」鞋匠說著走到我面前。「你的靴子狀況仍然不錯。有水泡嗎？」

「沒有，詩人。」

我站起來拍拍身上。「大家準備好要走了嗎？」

「那個德國逃兵和逃亡的波蘭人走了。」他宣布道。

大家都認為他是逃兵。我腦海中閃過他一把從我手中搶走身分文件和信件的畫面。「我很訝異他居然覺得身體好到可以那麼早就動身了。」

「他的靴子是軍靴，但是有改過，」詩人說。他嘆了口氣，搖搖長了白髮的圓腦袋。「這場戰爭……你知道年輕人在太平洋的小島上打仗，並且穿越北非的沙漠嗎？我們快要凍成冰塊，他們卻快熱死了。這麼多不幸的孩子。那個波蘭少女筋疲力竭，兩隻腳都腫了，在靴子裡腫得好像酵母麵包。可悲的是，這樣或許最好。我們這個小團體不希望有他們跟著。如果我的頭腦仍然跟我的腳一樣管用的話，我們將在日落之前走到那座莊園。有個逃兵外加一個波蘭人，沒有人會收容我們。」

「這樣當然最好嘍，」艾娃說。「一個逃兵，再加上一個波蘭人。抱歉，他們不到一天就會死在路上。」

「噢，天啊，你就是個小泡，艾娃。一個尖酸刻薄的小水泡。」鞋匠詩人哈哈笑了，然後衝著她搖晃他的拐杖。

阿弗雷德

早晨天空中寒冷的陰霾籠罩著碼頭。我心愛的德國情勢不穩了嗎？可能有這種事嗎？呂北克[9]、科隆[10]、漢堡[11]。報導說它們全都成了瓦礫堆。

幾個月前，美國第八航空隊轟炸了港口。一百多架美軍飛機在哥騰哈芬港丟下爆炸性的鋼鐵栓劑。斯圖加特號遭擊中，然後沉沒。

他們以前也轟炸過，而且還會再轟一次。我們已按嚴重程度建立三種等級的空襲警報，我把它們都記住了：

下雨。

下冰雹。

下雪。

倘若遭到攻擊，我會在想像中對著空中開火還擊，衝著他們瘋狂揮舞捏著彈藥的拳頭。在我腦海中，我經常進行如此艱巨的戰鬥。

然而在此同時，我也充分運用我敏銳的觀察力，而非野蠻的武力。元首堅決要求記錄得一絲不苟，我竭盡全力證明自己值得升任為紀錄員。我畢竟是個守望者，記載且一再重複我的觀察只會讓我腦中的記憶更鮮明。我的水手同僚聽見我一一列舉似乎覺得討厭，但我真能怪罪他們嫉妒我的存檔能力嗎？

我有個祕密手法。為了記住納粹帝國的種族、社會和政治敵人，我為元首的清單譜上了旋律。我用唱的比較容易記得，好像小孩子用唱歌背誦課文一樣。

共產黨徒、捷克斯洛伐克人、希臘人、吉普賽人，
殘廢、同性戀
——在這裡換氣——
猶太人，精神病人、黑人、妓女、俄羅斯人，
塞爾維亞人、社會主義者
——在這裡換氣——
西班牙共和黨人、工會主義者、烏克蘭人和
——在這裡換氣後大聲唱最後一句——
南——斯——拉——夫——人！

9 呂北克（Lübeck），位於德國北部波羅的海沿岸。
10 科隆（Köln），德國第四大城市，德國內陸最重要的港口之一。
11 漢堡，德國北部的一個港口城市，德國第二大城。

我最喜歡南斯拉夫人的結尾。五個重音節的力量。我在執行其他任務時，都在心裡默默唱著我的旋律。

港口正在進行一項正式行動，不過還沒透露具體細節。人們的談話中充滿了緊張與恐懼，我仔細聆聽。

「別光是站在那裡偷聽，費瑞克，快走！你想被俄羅斯的飛機炸飛嗎？」

「當然不想。」我穩穩捧著一落藍色救生衣，然後從側面往外偷窺一眼。「這些要拿去哪裡？」我問。

那軍官指著一艘巨大無比的鐵灰色船艦，顏色和險惡的天空十分相稱。

「拿去那艘船上，」他說。「威廉．古斯特洛夫號。」

傅洛仁

「你走！滾開！」我很生氣，憤怒極了。她為什麼不肯走？她顯然走得筋疲力竭。

「我在後面遠遠跟著，你都沒看見。」她用蹩腳的德語說道。

「我保護不了你。」

「也許是我保護你。」她一臉認真的說。

「我不需要保護。」

「那你幹麼不走馬路？」她踢著一夜之間結冰的降雪。「走馬路快得多，找到食物的機會也多。鄉下比較美，但更花時間。你不想給人看見？」她把粉紅帽子拉下來蓋住耳朵。

我不想浪費時間，於是轉過身繼續走路。我聽見她跟自己說波蘭話。最後她肯定會累到不得不停下來，她疲乏的身體走不遠的。想著我妹妹，實在非常苦惱，然後我終於回頭了。我一停下來，她也停下腳步，倚靠在一棵樹上休息。我伸手到背包裡取出俄羅斯士兵的手槍。我朝她走回去。

「拿著這個。需要的時候，用雙手握著扣下扳機。你明白嗎？現在走吧。」

她點點頭，但我確信她聽不懂。那把槍在她戴了手套的手中顯得好大。

我走開了。我瘋了嗎？一個攜帶蘇聯手槍的波蘭人隔了三步緊跟著我——一個普魯士人，扛著足以炸毀王國的祕密。我的傷口在吶喊，我的判斷力也是。我若不盡快向檢查站報告，一切都將結束。

喬安娜

我們沿著馬路艱苦跋涉，天色陰鬱而沉重。我仰望雲層。

「快要下雪了，」英格麗說，意識到我的判斷。

「你感覺得到？」我問。

「有時候。」她點點頭，調整一下她抓住馬車後面繩子的手。「跟我說說他們的事，」英格麗說。「那個男孩和那個波蘭少女。我有個想法，很想知道我想得對不對。」

英格麗感覺得出人們的長相，真是太不可思議了。她告訴我說她能感測到一個人的體型、舉止，偶爾甚至是頭髮的顏色。不過最先浮上她腦海的是內在的特質。

「那個少女很害怕，」英格麗說。「她的動作緊張，充滿了恐慌。她的呼吸短促，幾乎喘不過氣來。那個男孩正好相反。他的動作流暢又輕巧，好像習慣了悄悄走動。」

他體內一直卡著瓶蓋大的砲彈片走了好幾天。我想著他的傷口，不知道他是否還在發燒。

「那個擔驚受怕的女孩，她叫什麼名字？」英格麗問。

「艾蜜莉亞。」

「沒錯，很相配。」英格麗說。

她被路上一塊石頭絆到，差點摔倒。她緊抓著繩子，勉強恢復了平衡。

我一手握著她的肩膀。哪怕是明眼人，這番跋涉已經夠艱難的了。兩週以前，英格麗在瘋狂混亂的火車站和她阿姨失散了。火車離開時，英格麗沒有搭上。她連續兩天獨自一人站在月台上，凍得渾身發抖，等著她阿姨回來，可是她阿姨一直沒回來。等到第三天，英格麗求人幫忙，他們卻對她不理不睬。她的行李被偷了。終於有個小女孩看到英格麗，後來才引起了我的注意。

「別為我難過，」英格麗說。「我看得見東西，只是跟你們看到的不一樣。所以那個女孩，她的頭髮是金色的？」

「是的，艾蜜莉亞的金髮綁了辮子，藍眼，臉圓圓的。那年輕人長得很高，肩膀寬闊，留得有點長的大鬈褐髮垂落下來，我不知道他叫什麼名字，或者他來自哪個城市。」

「他的眼睛呢？」英格麗問道。「什麼顏色？」

「我不記得了。也許是褐色？」

「我覺得不是。我想是灰色。」英格麗說。

「灰色？不對，人其實沒有灰色的眼睛。」

「小偷就是。」英格麗說。

我轉向她。「你認為他是小偷？」

英格麗不說話。

溫度下降，我臉上裸露的部分開始刺痛。我們已經走了六個多小時。艾娃沒完沒了的抱怨。她痛恨長途跋涉，她痛恨寒冷，她痛恨俄羅斯人，她痛恨戰爭。鞋匠詩人答應過今天我們將找到他知道的那座莊園。我對他的話存疑，也警告他不該讓大家抱著希望，尤其是那個小男孩。流浪兒的心情已經非常低落了。

「啊，但如果我是對的，」詩人說：「你就得在爐火旁按摩我的腳。」

我不確定自己是否願意打這個賭。

艾蜜莉亞

我一邊走一邊讓自己保持忙碌。我看著樹木，想起我在穀倉屋頂上看到的大鸛鳥巢。那讓我想到了媽媽。我想起媽媽總會在溫暖的晴天帶我到森林裡採蘑菇。利沃夫附近的森林有棵美麗的老橡樹，它有個大得足以讓人坐進去的樹洞。我們拿著籃子走到樹前面，然後我就爬進洞裡。媽媽把背靠著樹幹，裙子底下的雙腿在腳踝處交叉。

「你愛聽故事，艾蜜莉亞。哦，這些大樹說著好幾百年的故事，」她摸著樹皮時告訴我。「想想哪，這些樹看見而且感覺到的每樣東西。所有的祕密都藏在樹裡。」

「你想這些樹記不記得每一隻鸛鳥？」我從涼爽的樹洞裡問道。

「當然記得啦。就像我說的，樹記得所有的事。」

正如樹是媽媽的最愛，鸛鳥也是我的最愛。我每年有六個月都看得到牠們。每到夏末，鸛鳥就會離開，飛往非洲，然後在溫暖的尼羅河沿岸度過冬天。到了三月，牠們才會返回波蘭，回到當初離開的鳥巢。為了邀請鸛鳥築巢，家家戶戶都將一個馬車車輪釘在一根高桿子頂上。我家院子裡就有一根。每年三月鸛鳥飛回巢裡時，我們都會慶祝一下。八月將盡之際，鸛鳥的離去即象徵著夏天的結束。

六年前，我們的鸛鳥離去時，媽媽也走了。她死於難產，我也沒了弟弟。

我的喉嚨緊繃。我嚥著口水，提醒自己她並沒有真的離開。我在樹林裡感覺到媽媽。我感覺到她的觸摸，也在樹葉之間聽見她的笑聲。因此我邊走邊對大樹說話，希望它們的枝幹能把信息帶給媽媽，讓她知道我做了什麼，最要緊的是，我會努力勇敢起來。

喬安娜

「我們幹麼相信一個鞋匠？」艾娃懊悔的說。「他是鞋匠，不是先知。」

我沒有承認，但我也開始喪失希望了。「他說他熟悉這一帶，」我告訴她。「他說他年輕的時候和家人旅行經過那座莊園。」

「我們走太久的路了。如果我們再往前走，馬匹也會累得癱掉，那我們明天就無法繼續走了。」

艾娃說得對。我們在幾公里前發現一間小穀倉，有些人脫隊在那裡過夜。我們決定繼續趕路，跟隨鞋匠詩人和他雄心萬丈的拐杖。只剩下一匹馬了。幾天前我們還有兩輛馬車和三匹馬，不過我們在途中遇到的德國士兵拿走一輛馬車和兩匹馬，說是為了作戰需要。他們沒要求查看我們的撤離命令，所以我們也不跟他們爭論。

德國軍隊拿走了所有東西——車子、汽油、收音機、牲畜、食物，可見他們正深陷於盟軍的壓制，可是希特勒的地區首領科赫不准平民百姓撤離。與其落入殘酷的俄羅斯掠奪者的手裡，有些人就算沒有許可，仍違抗帝國命令離開，像我們。

如果詩人所說的莊園真的存在，一定老早就被德國軍隊剝光撈盡，只剩原來的外殼了。或者更糟的是，德國士兵可能就待在宅邸裡面，說不定還會因為我們沒有正式的撤離許可盤問我們。

「不久就要下雪了。」英格麗悄聲說道。

鞋匠詩人停下來，拿拐棍往冰冷的馬路上重敲幾下。「啊哈！就是這裡！」

「這裡」什麼也沒有。我們在已經走了幾小時的同一個松樹林附近停下來。詩人大聲呼喊流浪兒，然後對著他的耳朵說悄悄話，一手指著樹林裡面。小男孩聽完就跑走了。我們邊等邊發抖。

「親愛的艾娃，如果我是對的，這裡確實有座莊園的話，你願意跟我道歉嗎？」鞋匠詩人問。

「如果真的有座莊園，老頭子，我願意和你跳舞。」艾娃凶巴巴的說。

「抱得緊緊的舞。」鞋匠詩人點點頭。「一曲華爾滋，拜託。」

流浪兒忽然出現在我們前方的馬路上，他小小的身體興奮的跳上跳下，並且揮手叫我們往前走。他站在樹林一個小縫隙中間，露出了一條雜草蔓生的狹窄車道。

「非常聰明！貴族地主遮掩了車道，」詩人說。「孩子，移開那些粗樹枝。我們必須引導馬和馬車從樹後面繞過去。」

小男孩聽話照做。我們奮力穿過小空地，然後小路頓時變成寬大的開口。等大家都進入灌木叢以後，鞋匠詩人和小男孩再用樹枝遮掩起來。

「是不是應該遮蓋我們走入樹林的足跡？」我問。

「算了，」艾娃喊道。「降雪會覆蓋我們的足跡。快點。」

我們慢慢踩著窄窄的彎道前進，大樹猶如身穿制服的士兵，高大又黑忽忽的站在我們四周。我們來到一塊空地。只見一座典雅、莊嚴的屋子坐落在遠方的矮丘上，有長長的窗子和好幾根煙囪。

「哎呀，真是見鬼了！」艾娃低聲說著。

傅洛仁

我停頓片刻，為了口渴而吃雪。我抽出小記事本，查看稍早之前我畫的地圖，設法找出我所在的方位。我想必更靠近海岸了，不是嗎？一旦抵達潟湖，我就穿過冰凍的湖面到對岸去搭船。我應該留下同穀倉那群人一起走嗎？因為穿過樹林，我會不會一不小心，反而離目的地更遙遠？果真如此，我或許會直接走向俄羅斯人也不一定。

我的頸背好痛，又開始發燒了。我從口袋裡掏出剩下的香腸，準備把它全部塞進我的嘴裡。波蘭少女「撲通」一聲趴在雪地上吃了好幾把雪。真希望她別來煩我，但我又想到我妹妹。

我拿出刀子，把香腸切為兩半。我對少女吹聲口哨，然後丟給她一塊香腸。她接住了，並且露出微笑。她用她的小手套捧著它，把它湊近鼻子聞聞，接著才丟進嘴裡。

「你家住在這裡嗎？東普魯士？」她問。「你說話的口音像東普魯士人。」

她緋紅的臉頰和她的帽子很相配。我知道她的家鄉在哪裡，也知道那裡出了什麼事。她知道嗎？「是的，東普魯士。柯尼斯堡。」我說。也許我可以告訴她實話。其實我是提爾希特（Tilsit）人，緊鄰柯尼斯堡的東北。東普魯士會變成什麼樣子呢？它原本是一個德國帝國，位於立陶宛以南和波蘭以北，臨波羅的海。史達林已經占領立陶宛，他也將占領東普魯士。

少女咀嚼著，她目不轉睛的盯著我看。「希特勒萬歲？」

我沒吭氣。

少女仰望天空。她指指點點，說起了樹林和繁星。
今夜我將棄她而去。

阿弗雷德

隨著每一分鐘的流逝，焦慮的情緒在港口激增。傳言是說德國戰線在兩週前就陷落了。那只是暫時的，我向我的水兵同僚保證。我們聽說俄羅斯軍隊已恢復他們中世紀的「強姦劫掠」軍事命令。現在邪惡的俄羅斯人漸漸逼近。流離失所、身心俱疲的難民將湧向港口，不顧一切的逃離共產黨。可能會有數以萬計、甚或數以百萬計的難民。

德國最高軍事指揮部已迅速籌畫一次大規模的海上撤離行動，並以歷史上最偉大的軍事策略家漢尼拔為名，稱之為「漢尼拔行動」，也將派遣一支龐大的護衛船隊到西方。載有德國傷兵的救護火車紛紛疾速駛向港口。**戈雅號**、**烏班納號**、**羅伯萊伊號**、**烏倫迪號**、**施托伊本號**、**漢莎號**、**普利托利亞號**、**阿科納角號**、**德意志號**，**以及威廉·古斯特洛夫號**——都是選定要從各個港口撤離的船隻。

這將是我第一次的海上之旅，我的處女航已經出現了挑戰。我發現我的雙手和腋下長出難看的疹子。我怪罪共產黨。

水手們繼續談論撤離計畫。我意識到我也需要說點什麼。

「時間不夠，」我對我的一位上級說道。「在短短幾天內給成千上萬的人登記上船，長官，我覺得不太可能。」

命令是「你得讓它成為可能」。

我眺望船塢，想像那幅景象。所有的人都將因此趕到海岸，港口勢必一片混亂。當然，德國士兵有優先權。情急逃命的難民則會經過篩選、登記，然後一一辦理登船。已有好幾千人乘著牛車到了，車子上高高堆著他們的物品。他們神情憔悴的倒在雪中睡著了。我看見一個男人餓得啃起蠟燭。

「求求你，水手。救救我。」我經過時他們懇求著。

這一次我會做點什麼。

也許。

為某些人。

我唱著我那曲敵人名單。**南—斯—拉—夫—人！**

我想像戰爭結束後自己待在海德堡的家裡。當我從粗麻布袋裡發放柳橙時，成群的婦女和兒童將衝過來把我團團圍住。

是的，漢娜蘿，是很危險。我獲選執行一項非常重要的任務，為這片土地消毒。但我們這些英雄早餐吃的就是上面撒了危險的粥。這不算什麼，親愛的。

不算什麼。倘若撤離失敗，港口遭到轟炸，五十多萬人都將喪命。

打雷般一聲「**砰**」在海面附近響起。有人尖聲大叫。絕望，驚惶，因恐懼而窒息。

我的手指抽搐起來。一陣刺痛竄上了脊梁。

艾蜜莉亞

普魯士騎士向前走了。他有祕密。

我也有祕密。

我的兩條腿好痛，厭倦了走路。我想念學校，我愛我的課桌、我的老師，和耐心躺在鉛筆盒裡剛剛削尖的鉛筆氣味。

那天我已經到學校了，滿心憂慮著數學考試。媽媽以前常常取笑我，說我跟爸爸很像，喜歡大自然和數字。快要接近學校操場時，我看到了。我們的課桌椅堆在一輛敞開的卡車後面，我們的教科書落成一堆在悶燒。我的一位老師哭著朝我跑過來。

「趕快回家，艾蜜莉亞。他們關了學校。」

「為什麼？」我一邊問她，一邊走得離卡車越來越近。「等等，課桌裡還有我的東西。」

「不，快跑回家，艾蜜莉亞！」她抽泣著說，淚水撲簌簌流下她的臉頰。

納粹黨宣稱我不需要受教育，於是波蘭學校遭到關閉，我們的課桌和設備被載到德國。會不會有個德國女孩打開我的課桌，發現我放在裡面的寶貝？

納粹黨說波蘭人將成為德國人的奴隸，他們認為我們只需要學會數數和寫自己的名字就夠了。我父親是利沃夫數學學院的成員，他絕不會同意孩子不學讀書、寫字和算術。他們焚燒了我們的波蘭文書籍，但我很小年紀就學會閱讀，那是他們永遠也無法奪走的。

我繼續走路，想著食物、休息、一張柔軟的床和一條溫暖的毛毯。乾草和馬鈴薯我也可以湊合。下雪了，一切看來清新潔淨。白雪掩蓋了黑暗的真相，好比將白色亞麻桌巾鋪在滿是疤痕的桌子上，把乾淨的床單鋪在髒污的床墊上。

大自然。

那也是戰爭無法奪走的。納粹黨無法阻止颳風下雪，俄羅斯人無法奪走太陽或星星。

我稍微落後，走進樹林裡，心想要是小解一下，可能會覺得好過一些。騎士繼續走著。我蹲在腳跟上時就看見了。一名身穿制服的士兵從武士背後的樹林中溜出來。

他有槍。

他拿槍指著。

我跳起來尖叫。

砰。

傅洛仁

砰。

我先看到少女，兩腿叉開，拔出了槍。後來才看見我們之間的士兵在地上扭動，一顆子彈打穿了他外套的肩膀。他舉起手槍，但我先開槍。

槍聲在我腦袋裡彈跳。我掃視樹林。還有更多士兵嗎？我踢開士兵身邊的手槍，並且迅速沒收他的彈藥、食物、證件和水壺。不妙，非常不妙。

「你怎麼搞的？」我小聲對波蘭少女說。「他是德國人，不是俄羅斯人。」我快速四下張望一眼。「快點，有人聽見槍聲了。」我收好補給品。「我們必須逃跑。把這些放在你的口袋裡。」我伸手把東西交給少女。

可是少女沒有反應。她震驚得站著一動不動，粉紅色的手套抓著手槍，身體顫抖。

那把俄羅斯手槍從她手中墜落，掉入雪裡。

喬安娜

我們走上矮丘，向莊園前進。今晚將有厚厚的牆壁、溫暖的爐火和堅固的屋頂保護我們免受霜雪的侵襲。

「跟我記憶中一模一樣，」鞋匠詩人說。「宏偉非凡！我們繞到後面去。我猜廚房門口應該是在那裡。」

我為英格麗描繪我眼前的景象。「米色的砂岩，正面和樓上都是高大的窗戶。大門嵌在一個菱形凹壁裡。」

英格麗緊緊抓住我的胳膊。「我不喜歡。」她輕聲說道。

「有什麼不喜歡？這裡可以遮風擋雪。」

英格麗的鼻孔吸著周遭的空氣，但沒回答。

我們慢慢繞到莊園大宅的後面，穿過白雪覆蓋的花園樹籬走進去。詩人忽的煞住腳步。花園裡破碎的玻璃門大大敞開，撕裂的錦緞窗簾好似鬆動的舌頭在風中飄揚。院子裡到處丟的是衣服、破損的陶器、鞋子、書和各種個人物品。一輛壓扁的嬰兒車側躺在地上，上面落滿了雪。

流浪兒靠近過來，我伸出手臂摟著他。

「抱歉，但我們能指望什麼呢？」艾娃笑著說。「僕人排隊在外面歡迎我們？」她聳聳肩走了進去。

艾娃說得對。沒有什麼東西仍維持完好無損。整個地區都遭到破壞、轟炸和搶劫，我們怎能期望這裡會有任何不同？我們走進屋裡時一陣寒風吹來，吹得殘破的門砰砰響。

屋子的一樓有五個天花板高高的大房間，每個房間都以高大的雙開門相連。我們站在曾經是花園圖書室的房間內，從門口可以一直看到屋子對面的盡頭。沿著圖書室的牆壁排列著從地板到天花板的書架。慘遭蹂躪和徹底搜索的書籍成落堆疊在地上，尊嚴盡失。我們跨過書堆，進入房間。

「我們選個房間睡覺吧，關上門，再生個火，讓裡面暖和起來，」艾娃說。她走到屋子中間停了下來。「這裡可以。」

「廚房在哪裡？」我問。「也許有食物，或是什麼喝的。」

「是啊，」艾娃嘆了口氣。「喝的。」

艾娃交代鞋匠詩人把找得到的木柴或紙收集起來生壁爐的火。

「別拿書生火，詩人，求求你。」我低聲說道。

他點點頭，拍拍我的手臂。「我們不要破壞他們的東西。」

我放下我的袋子，穿過屋子，欣賞每個花容失色的殘破房間朦朧的輝煌。我走到樓地板盡頭的餐廳，看見一個小小的側影。流浪兒站在長長的餐桌旁，低頭看著一把翻倒的椅子。我悄悄走近，然後越過他的肩膀去看。

餐桌中間有個裝了發霉麵包的籃子，裡頭爬滿了棕色的老鼠。滿是灰塵的桌巾上擱著幾隻殘留半碗湯汁薄垢的花瓷碗，湯匙仍在碗裡。

他們甚至沒有吃完晚餐。

傅洛仁

我把死去的德國人拖進茂密的灌木叢中，再用雪掩蓋他。但如果有人發現他怎麼辦？我握著手槍，透過樹木間隙搜尋光線。我利用火的味道指路，迅速穿過樹林。我早該知道的，今天實在太安靜了。波蘭少女一見到槍，以為他打算開槍。她以為她在保護我。

少女跟在後面。當我望向右邊時，我聽見她停止呼吸，努力想嚥下淚水。父親送妹妹安妮到遙遠的北方那天，她也做過同樣的事。她不想哭。她一手蒙住口鼻，另一手拎著手提箱。

這個回憶使我縫合的傷口疼了起來。我仍聞得到煙味，希望那代表著休息的地方。我若是無法休息，明天也走不遠。

我們從樹林裡走出來。波蘭少女指著遠方，只見有間莊園大宅坐落在一塊冰凍的土丘上。屋子很暗，不過有煙從中間一根煙囪中冒出來，比灰色的天色更灰。

是陷阱嗎？通往溫暖屋子的冰凍草地可能埋了地雷。

少女走得更近了。我和她一樣擔心。如果屋子裡是德國人或俄羅斯人的巢穴呢？不管是哪個，都將是問題。俄羅斯人會殺了我或把我當作俘虜。德國人會質問我為什麼沒穿軍服。

我不想去想像他們會怎麼對付少女。

「我們順著樹木線走，等靠近一點再說，」我輕聲說。「先看看誰在裡面。」

有件事我很確定——我們不會在客廳裡看見開心抽著傍晚一根菸斗和織著毛線的一對善良老夫妻。

艾蜜莉亞

我們走向那間大屋子。每走一步，我就覺得越來越不舒服。

我射死了他。

我射死了一個人。

騎士救了我，現在我也救了騎士。為什麼我沒有因此覺得好過一點？

那聲槍響在我腦海裡撕開一道裂縫。丟棄的回憶漸漸漏出，滴落下來。

靴子，尖叫，玻璃碎裂，發射的槍，敲到木頭的腦袋瓜。

我奮力把它們推開。

拜託走開。

我無法阻止它們。回憶滾滾湧向我，越來越快，越來越快。

所有小鴨子的頭都鑽進水裡
頭在水裡
所有小鴨子的頭都鑽進水裡
噢，好可愛的小鴨子

一陣灼熱的疼痛從頭到腳撕扯我的全身，然後我就癱倒在雪地上。

喬安娜

鞋匠詩人坐在灼熱的壁爐旁，用他從爐邊刮下來的油煙擦亮他的靴子。流浪兒在他身邊專心觀看，同時模仿他的擦鞋動作擦亮自己的小短靴。

爐火劈哩啪拉爆裂了，滾滾熱浪湧向我的臉。好極了。我拿圍巾裹著頭，扣起外套上的鈕釦。

「我如果找得到一棵橡樹的話，就可以煮沸樹皮來治療水泡。」我告訴詩人。

「我陪你一起去。」他說。

「你休息。未來幾天你需要體力。」

「親愛的姑娘，我壯得跟小伙子一樣。」他捲起他的羊毛長褲，露出他瘦削的膝蓋。膝蓋上抹得白白的。「鞋匠的祕密，」他對流浪兒小聲說道。「白色鞋油裡有水銀，可以抵抗關節炎。我壯得跟小伙子一樣。」流浪兒也捲起他的長褲褲腿，檢查自己小小的膝蓋。

詩人笑著拍拍小男孩的頭。老先生仍然精力充沛，他拒絕屈服於悲傷與失落。「去外頭要小心，喬安娜。」他告訴我。

我走過漆黑的屋子空殼，回到玻璃門碎裂的圖書室。一本書攤開在地上，冰冷的風掀動了書頁。我彎腰把它撿起來，封面上的名字扎著我內疚的心。

查爾斯・狄更斯。

奶奶曾送給我和麗娜兩人《匹克威克外傳》[12]當作聖誕禮物。

麗娜。

我做了什麼？

我把那本書放在桌子上，然後慢慢走到寒冷的外面，走向樹林。兩個黑色人影坐在森林和莊園大宅之間的雪地上。我凝神注視，看見金色髮辮在粉紅帽底下飄動。是那波蘭少女和身上有砲彈片的年輕人。我朝他們走過去。

「你們是在跟蹤我們嗎？」我大喊。

「快點，」他大喊道。「她出事了。」

我跑了起來。艾蜜莉亞坐在雪地上，她的下巴垂在胸前。

「哪裡不舒服？」我問她。她沒反應。

「我想她太過震驚了。剛才她在樹林裡射殺一個士兵，後來怎麼也不肯動。」他說。

我跪在她身旁。她立刻用胳膊摟著身體，盡可能從我身邊一點一點移開。「沒事的，艾蜜莉亞，告訴我哪裡不舒服。讓我幫助妳，」我說。「我們進去裡面。」

她不肯動，反而倒在雪地上，並且動手解開外套的鈕釦。

我幫她解開釦子，然後一件一件撩起她的衣服。

看見它時，我忍不住發出驚呼。

「噢，天哪。」

12《匹克威克外傳》（*The Pickwick Papers*），狄更斯的代表作品，一八三六年出版。

傅洛仁

我們把她抱進屋裡。我的胃嘔上了喉嚨。波蘭少女和我妹妹差不多年紀。人類變成什麼啦？是戰爭使我們變得邪惡，或只是觸發了一直潛伏在我們心中的邪惡？

損失了一天。我在這一群人之前離開，他們卻比我更早抵達。真是可悲。

我的感官知覺如此失去準頭，害我幾乎喪命在樹林裡。

而今救我一命的十五歲小女孩可能快要死了。

漂亮的護士在照顧小女孩，對她輕聲細語。我看著她。幾分鐘後，護士出現在我身邊。她的手指掠過我的肩膀。「離開爐火。」她說。

「我覺得冷。」

「你覺得冷是因為你在發燒。離開爐火。」

她帶著我經過被大家稱為鞋匠詩人的男人。他和一個小男孩露出穿了襪子的腳。他們的靴子靠牆排成一列，亮得可以當鏡子照了。

小男孩向我揮手。「哈囉，我叫克勞斯！」他宣布說。我謹慎的對他眨了眨眼睛。他微微一笑。

「坐在這裡。」護士說。

和她在一起令我不安，然而不知怎的，有她在讓我感覺放心。

「你說你叫什麼名字？」我問她。

「喬安娜。你說你叫什麼名字呢？」

我張嘴要說，但忽然驚覺，又把嘴閉上了。一抹微笑牽動她的雙脣。她在取笑我嗎？等她明白我從她手提箱裡拿了什麼東西，她還笑得出來嗎？

「我想看看縫線。脫掉你的襯衫。」她說。

不得體的笑話竄過我腦袋，但她沒在看我。她的眼睛直盯著波蘭少女，眉頭之間的皺紋更深了。

「她撐得過去嗎？」我說著解開襯衫釦子。真希望我沒問。這個少女我關心不起。她不過是另一個戰爭的悲劇。

護士轉向我。「既然她的生存與否完全看你，我們就瞧瞧你的狀況吧。」她小心翼翼的剝開我的繃帶。「嗯，比我料想的好。」

「我沒辦法照顧她。我的進度已經落後了。」

她跪在我面前，我幾乎聽不到她的聲音。「俄羅斯人包圍了這個地區，」她說。「現在只有兩條逃生路線，從哥騰哈芬港或是皮勞港[13]。我們走的是同一條路，一起走的話比較安全。」

她為我扣上襯衫時，冷冷的手指輕輕劃過我的胸膛。

她有所不知。誰跟我在一起都不「安全」。

---

13 皮勞港（Pillau），位於波羅的海北岸，一九四五年前屬德國東普魯士，現在屬於俄國的波羅的斯克。

喬安娜

「他很可愛，」艾娃說著在爐火旁伸展著她猛獁象般的巨大雙腳。

「他很年輕。」

「對我來說，他是太年輕，但對你來說不會。他幾歲？十九，還是二十？你瞧，他盯著你看呢。」

我瞥了他一眼，他別開目光。艾娃對他年齡的判斷看來沒錯。英格麗也沒錯，他的眼睛是灰色的。我與男孩的交往紀錄並不十分成功，我似乎天生就會挑錯對象。

「可是他有什麼地方不太對勁，」艾娃說。「也許他是個間諜。」

英格麗的話又在我腦中回響。**他是個小偷**。

艾娃靠在一把破椅子上。「但你知道，就算是個間諜，也能讓女孩暖和起來。」她環視房間。「納粹徹底毀了這個地方。以前想必是很漂亮的。」

我點點頭。

她哈哈笑了。「現在他們肯定不信任普魯士的老貴族了吧？」

艾娃說得對。普魯士的容克[14]和其他德國人難以融合在一起。「容克」的意思是「年輕仕紳」。普魯士的貴族也在德國軍隊裡服役，為自己的土地和頭銜而戰。不過他們有些人和希特勒的意識形態並不一致。早在七月，普魯士人就曾企圖暗殺希特勒。陰謀敗露之後，涉案的容克遭到處決。

「所以說那個女孩是哪裡不對？」艾娃問。「累倒了？還是說她明白她父親再也無法算數學？抱歉。」

我搖搖頭。「我要你跟她私下談談。我需要知道細節才幫得了她。艾娃，你做得到嗎？」

「為什麼是我？」

「因為你比我們大家更懂波蘭語。」

「她好像嚇壞了。」艾娃說。

「可能是的，」我告訴她。「她懷了八個月的身孕。」

14 容克（Junker），普魯士地主貴族之子。

艾蜜莉亞

我喜歡那個立陶宛女孩，但是那個叫艾娃的女巨人波蘭語說得糟糕，而且老是一副不耐煩的樣子。我從來沒見過這麼高大的女人。

「那個。」艾娃指著我的肚子。「是在內默斯多夫懷上的？」

「不。是去年在農場。」我告訴她。

「哪個農場？」

我點頭。我應該告訴她嗎？我應該解釋我父親把我從波蘭送到東普魯士的一間農場工作嗎？我應該提那間農場是父親的朋友克萊斯特一家人的嗎？父親說我在那裡會比較安全。克萊斯特家有個兒子叫奧古斯特。一想到他，就感覺一股熱氣拂過我的臉頰。

「艾蜜莉亞，」克萊斯特先生指著一個晒黑的男孩說，他正在用雪橇拖著木頭。「那是我們的長子奧古斯特。」

我微笑著想起他那張俊秀的臉，然後把雙手放在肚子上。「我要趕去跟奧古斯特見面，」我告訴她。「這是我們的計畫。」艾娃點點頭走開了。

我躺下來想著奧古斯特，想著我們的婚禮，和我們將如何在小屋屋頂上為鸛鳥做一個大鳥巢，就像我在穀倉頂上看到的鳥巢一樣。那些畫面是如此祥和，如此完美，所以我很快就睡著了。

阿弗雷德

你好，親愛的漢娜蘿！

天氣持續寒冷，我在這裡忍受零下十五度的酷寒。一走到外面，我的眼睫毛就凍得黏住。這種氣候當然不適合皮膚細嫩的女性，因此我寧可想像你在家裡浸泡你的長襪，或是放盆熱水洗澡。

今天我有新聞和你分享。我已確定將搭乘海港中最令人一見難忘的威廉．古斯特洛夫號出海航行。它巨大無比，兩百八十公尺長，五十六公尺高，而且只有八歲，真是美麗非凡。她原本是為度假巡航而建造，擁有各種我想你會喜歡的便利設施，例如游泳池、一間正式餐廳、一間宴會廳和一間圖書館。但是，且慢，容我以這個逗你心癢吧——這艘船甚至有間電影院，一間音樂廳，一間美容院，和一條完全用玻璃圍住的散步長廊。你能想像嗎？除了元首本人在B甲板的私人豪華套房之外，所有艙房都一模一樣。也許某個時候我將受邀住進那間私人套房，但我必須婉拒。犧牲，小蘿。這種犧牲我每天都在做，讓別人用我的湯匙吃東西。

我想像以前古斯特洛夫號用作休閒巡航時一定相當漂亮，但因為投入戰爭，如今船身漆成灰白色。她曾經是一艘醫療船，但最近被用來當作潛艇訓練學校的營房。沒關係，現在她是我的船了。

是的，我很幸運能夠成為一名有優先權的水手，搭乘一艘宏偉壯觀的大船航行，不用像我這個年齡的大多數小伙子一樣挖掘坦克溝渠。國家迫切需要我的服務，所以我不得不擱筆了。不過我想告訴你一個讓人印象最深刻的事實——這艘船可搭載一千四百六十三人，但我聽說船上可能要載兩千人之多。

想想哪，親愛的，你的阿弗雷德正在拯救兩千條人命。

「費瑞克，廁所打掃了沒？」

「還沒有。」我應道。

傅洛仁

我坐在角落觀看。他們沒什麼食物，但不管有什麼都會分享。小男孩發現一台老舊留聲機，然後把它拖過地板。他找到唯一一張唱片，一個名叫莎拉．萊納的瑞典小明星唱的Davon geht die Welt nicht unter（德文，意思是世界不會因此而滅亡）。他們把唱片放了一遍又一遍。矮矮胖胖的鞋匠邀女巨人和他跳舞。以他的年紀來說，他跳得不錯，比她好多了。

我記得跳舞。

朗格博士曾託我陪她女兒參加兩次舞會。不幸的是我的舞技比她好，因此她生氣了。她是個自私的女孩，鼻子長得像啄木鳥。

護士朝我走過來。「只有豆子湯，不過是熱的。」她伸手遞杯子。

「給那女孩吃。」我告訴她。

「她已經喝了一些。拿著吧。什麼都不吃的話，你明天會覺得更虛弱。」

我接過她手中的湯。

她自動在我身邊坐下。「我聽過這首歌。我知道她唱的是德語，但有些歌詞我聽不懂。」她說。

我用湯匙把溫熱的湯舀進嘴裡。「她說這不是世界末日。」

護士交叉裙子底下的雙腿。「哦，很高興知道。能聽聽音樂真好。我們在醫院偶爾會放音樂給病人聽，士兵們最愛聽的是《莉莉瑪蓮》[15]。」她看著我。「你知道那首歌嗎？」

「不知道。」我撒謊。

「很動聽的一首曲子，說的是一個渴望見到愛人的男孩。」

我不打算糾正她，其實歌曲是根據一名德國士兵在第一次世界大戰期間寫的一首詩。那首歌說的是他和他的女友約在一根燈柱下碰面，之後他將因戰爭離開。他在一個防禦工事底下的提燈旁思念他**燈光下的莉莉**。

「所以你喜歡跳舞。」她說。與其說是問題，不如說是評論。

「我？沒有。」

鞋匠朝我們滑過來。「來吧，親愛的立陶宛女孩，我們跳個舞吧。」他把骨節粗大的手伸向護士。「你懂不懂她在唱什麼？」

「當然。」她微笑道。「她說這不是世界末日。」

「好極了！讓我們跳舞慶祝吧。今晚我們像貴族一樣睡覺。」鞋匠詩人說。

「我懷疑貴族會睡在冰冷的地板上，」護士對我輕聲低語之後才握住詩人的手。我好想笑，好想繼續和她說話，但我什麼也沒說。

鞋匠和她繞著房間共舞，他正經八百的擁著她，並且閉上了眼睛。或許壯年時候的他時常和許多漂亮女孩跳舞吧。他看來像個充滿智慧的人，一個善良的人。我想像他在油燈下工作，整夜剪裁和縫合皮革。他可能雇用了一名學徒，傳授他一門誠實的行業，不像朗格博士靠謊言引誘我入彀。

朗格想必以為我是個簡單的目標。我是那麼滿心熱切，被所有的古畫迷住了，盯著它們看了好幾天，直到它們向我坦承畫中的祕密。朗格博士教我如何小心溶解和清除變色的光油。為了和古老的光澤相稱，我研究顏料和色澤。我們花上好幾個月的時間實驗早年大師們創作打底劑的方法。我學得很快。我漸漸辨認得出個別畫派使用的裂紋圖案、畫布種類和撐具。朗格博士十分佩服我能夠很快檢測出重塗、偽造和潤色。我的古畫修復工作總是及格，完全看不出破綻。

「太驚人了，傅洛仁，」他在我肩膀上小聲說道。「我的孩子，你是納粹帝國最不為人知的祕密。」

我的孩子。厭惡使我作嘔。我真是個白痴。如果我這麼快就能發現一幅畫的瑕疵，為什麼卻花了那麼久才看清關於朗格博士的真相？

歌曲結束了，護士走回來坐下。我站起來小心把背包扛上肩膀。「這裡大概沒有還能用的馬桶吧？」

「你的背包可以留在這裡。」她棕色的眼睛認真的看著我。「沒人會拿。」

我不會留下我的背包。裡面有我的用品、我的記事本、我的未來、我的復仇。我走過石頭地板，離她遠遠的。接近高大的門口時，鞋匠詩人抬起手來擋住我。

15《莉莉瑪蓮》（Lili Marleen），二次大戰兩方陣營中廣為流傳的一首德語歌曲。

「你想幹麼？」我問。

他盯著我看，然後低頭注視我的靴子。「鞋子會說故事。」他小聲說道。我的鞋跟。他聽見我穿過房間時腳步聲中的空洞。

他知道。

喬安娜

英格麗默默坐著編她的髮辮。「我們什麼時候會走到冰層？」她問。

冰層，我們長途跋涉的目標。我們若是穿越凍結的維斯圖拉潟湖[16]，就可以沿著狹窄的陸地向南前往皮勞或哥騰哈芬。兩個港口都有撤離的船隻。

「詩人說我們離弗勞恩堡只有一天的路。」我告訴她。

「我們是在那裡走過冰層？」英格麗問。

「是。」

英格麗的手指停止移動。「你在緊張那個。」

我**的確**緊張。我們越接近一個實際的村莊，就越容易遇到更多的軍隊和傷患。

「遇到士兵的話，」英格麗輕聲說道。「你說服得了他們嗎？」

「繃帶可以騙過他們。」我告訴她。

英格麗會擔心也是情有可原。希特勒認為生來失明或殘疾的人都是劣等人，他們被稱為垃圾孩子，不配活下去。他們的名字一一被登記在官方名冊上。因斯特堡的一位醫生透露，名冊上的每個人都將遭到處死。自此以後，我們就用繃帶把有殘疾的難民包紮起來，假裝受傷來瞞騙他

16 維斯圖拉潟湖（Vistula Lagoon），波羅的海南岸的潟湖，橫跨波蘭和俄羅斯邊境。

們。

「也許今晚我們應該把我的眼睛包紮起來。可能會有軍人經過這間屋子。」英格麗靜靜的說。

「好，就這麼辦。」我伸手拍拍她的肩膀。「我得去找些補給品。」

「小心。」英格麗說。

我跨步走在沉睡的身體之間，接著推開高大、沉重的門。老舊的鉸鏈在旋轉時發出低沉、詭異的吱吱嘎嘎響。遺棄老屋裡的空氣寒冷而靜止，沒有人住在裡面，只有揮之不去的死氣沉沉。走過某人的家與個人的財物不僅感覺像是闖入，更像是侵犯。

一位身著制服的老人畫像歪歪的掛在灰泥牆上。這座宅邸屬於哪個家族？普魯士的容克向來以倔強、高傲聞名，但那似乎是不公平的以偏概全。我在因斯特堡就曾遇到一些可愛的普魯士家庭。許多普魯士貴族在姓氏前面都有個「馮」（von），即表示「的」或「來自」的意思。我瞅著那幅肖像畫。我若是屬於某個普魯士貴族，我的名字就會是喬安娜．馮．維卡斯——狼族的喬安娜。

一個貴族殺手。

我凝望著昏暗大廳中彎曲的石頭樓梯，每級踏階的中間已被許多世代的腳步踩平了。我猶豫著。應不應該走到樓上呢？我想著我們在立陶宛的房子。現在裡面住了多少蘇聯人？它們睡在我的床上嗎？他們有沒有把我們的書像垃圾一樣統統丟在地上？我登上寒冷寬闊的樓梯幾步。閃亮的銀色月光隔著窗戶照射進來，照亮了一隻躺在上一級階梯上的灰色絨毛兔。可憐的小兔子。哪怕是玩具，也成了戰爭的犧牲品。

我再爬兩階。

我需要的補給品最有可能在廚房或洗衣房找到，不需要走上樓，但我的好奇心在向我招手。

我又爬了一階。

下方傳來陣陣噹啷聲響，驚得我跳了起來。我匆匆奔下氣派的樓梯，然後穿過漆黑的走道來到廚房。

那德國人在櫃子裡翻找，背包擱在他的腳邊。一張紙鋪在地板上，中間扔了一堆亂七八糟的東西。

「你在跟蹤我？」他問道。

「你別那麼看得起自己。我需要補給品。」

他朝地上一堆東西點點頭。「需要繃帶的話，可以撕開床單。那堆裡面有把鋒利的刀。」

「謝謝。」

我瞧見流理台上有幾罐黑莓和胡蘿蔔。「你在哪裡找到這些？」我問。「艾娃說她在廚房裡統統找過了。」

「我對藏東西的地方有點了解。」

我看著罐子。「這些你全都要？」

「不，留一些給那波蘭小女孩。」

「我告訴過你，她的名字叫艾蜜莉亞。」我說。

他對我的話不理不睬。

「我們都要去弗勞恩堡。跟我們一起走，她可以坐在車子上。她描述的收縮和症狀顯示可能會早產，她不應該再長時間步行了。」

他似乎在考慮這個提議。

我翻遍了陰暗的廚房，把藥草、剪刀和廚房細繩放在一邊。這些還不夠。「我上樓去找幾條毛毯。」

「不要，」他說著快步走去擋住門口。「不要上樓，也別讓那個小男孩上去。」

「為什麼？」

他沒回答。

我湊得更近了。「為什麼我不應該上樓？」

他望向廚房門，把體重挪到另一隻腳，遲疑不定。我又湊近一步。他吸一口氣，眼睛緊盯著我。

「沒有人應該看見那個。」他低語道。

艾蜜莉亞

壓力使我從淺眠中醒來。我不得不上廁所。又一次。

我調整一下帽子。這棟漂亮的房子裡面很溫暖。爐火仍劈哩啪啦響，發出火光，將影子投射在地板上一個個縮成一團的人身上。有些人睡著時的模樣和聲音多麼滑稽啊。

但騎士不會。

即使是睡著了，他仍然強壯、英俊且五官細緻。我從我的角落看他，他的臉放鬆了。他有沒有大笑或微笑過？盲女的眼睛包紮了繃帶。盲人在夢裡看見了什麼呢？如果她在現實生活中從未見過一朵花，她可能會夢見花嗎？

那個護士喬安娜很親切。我本以為她一定會生我的氣，或是討厭我，可是她沒有。她的雙手和聲音帶著一種溫柔的冷靜，像我媽媽一樣。她摸我肚子的時候露出微笑且點了點頭。她常常直視我的眼睛，我真好奇她是否什麼都看到了。可是她單獨坐著時，她的臉卻顯得淒涼而落寞，滿眼的淚水耐心等著要掉下來。

接著一陣噪音爆發了。

一陣尖叫。

它從上方滲漏，在牆壁之間形成陰影，然後下降，更清晰，更刺耳，越來越近。那聲音掀起了記憶的門閂，我的肩膀開始顫抖。

冷風呼嘯穿過走廊。一扇門「砰」的關上。騎士醒了，他站起來，拔出了槍。他先朝喬安娜望一眼，再看看我。他快步走向門口，不過還沒走到，艾娃已衝進房間，一臉驚嚇之色。

「他們死在床上！他們全都死在他們的床上！」她尖叫道。

艾娃慘白的臉色發青，一隻絨毛兔在她的大手裡晃蕩，它的一隻耳朵不見了。

傅洛仁

有很多可能。我拼湊出這一個。

一家人在吃晚餐。他們聽到俄羅斯人接近的警告——也許是門口的人，或是外面的聲音。年長的紳士——可能是祖父，吩咐大家上樓就寢。接著他走進他的房間，穿上他大戰時期的軍服。失去榮譽即是失去一切。他絕不容許他的家人或遺產在自己的土地上遭到剝奪，他們寧可死得有尊嚴。他挺起肩膀，他的左胸別著一排排的勳章，老人家走進又走出每個房間，取走了家人的性命，但保全了榮譽。事後他大步邁入自己的房間，佇立窗畔眺望遠方的山丘，然後扣下扳機。

而今他們躺在床上，沒了性命，他們的遺產凍結了。

沒有人能夠倒頭繼續睡覺。我們在早晨第一道曙光出現之前離開了莊園。

鞋匠握著小男孩的手。

小男孩抱著缺一隻耳朵的兔子。

我們這群人好可憐哪，飽受蹂躪又渾身是傷，但仍比大多數人幸運；當然是比樓上死去的那一家人幸運。女巨人怎麼也不肯閉嘴不談論那幅景象，她不斷對其他人描述每個病態的細節。我真想拿磚塊砸她。

「抱歉，但你沒看到，那些鮮血，那些孩子，」她說。「謝天謝地這地方這麼冷。就算是這樣，那味道可難聞。」

我們走下長長的車道，才剛剛來到馬路上，女巨人又開始找波蘭少女的麻煩。「讓她下車，她不能跟我們一起走。不能讓人逮到我們跟逃跑的波蘭人和逃兵在一起。到頭來我們會落得跟樓上一家人同樣的下場。」

「閉嘴，」我告訴她。「我不是逃兵。」

「艾娃，她已經有早產的跡象，應該要休息。」喬安娜說。

「哦，她都走這麼遠了，我相信她能走完剩下的路。我們不希望她待在我們這群人裡面，喬安娜。其他人只是沒有足夠的勇氣告訴你。」

波蘭少女從馬車後面望著我。我想把那討厭的女人大罵一頓。護士卻在我之前挺身而出。

「好了，艾娃。也許你忘了那匹馬是我的？我會帶著艾蜜莉亞一起騎在前面，車子就給你們自己去拉吧。」

護士女孩倔強的時候更美麗了。

「喬安娜，請不要離開我們，求求你。」盲女懇求道。

小男孩緊抓著受傷的絨毛兔放聲大哭。

「真是的，艾娃，到了這個節骨眼，其實沒什麼差別，」鞋匠詩人說。「我們很快就會走到冰層，而且——」

盲女高高舉起一隻手，爭論立刻停止。噪音、人聲，和其他聲音慢慢穿過樹間傳來。

馬路上有人。

我跑過雪地，躲在一棵樹後向外窺視。只見人與推車的龐大隊伍形成一條長龍，一直延伸到視線的盡頭。

原來真的發生了。

撤離命令已經發布。德國早在幾個月前就該告訴人民的話，現在終於說出來了。

大家趕緊逃命吧。

阿弗雷德

哈囉，我的小蘿：

這個冬天的早晨，我在春天打掃你家人行道的回憶中醒來。或許你注意到我在你家的走道打掃起來特別有活力？一想到我經常為了你如何過度勞累時，我就微笑得非咬住嘴唇不可。

今天，我實在忙到根本沒空寫這樣的一封信，但我知道你可能在想著我。你瞧，漢娜蘿，我在精神方面也很慷慨，不光是在打掃上。令尊本來可以在他的家具工廠雇用像我這樣的好人。我相信我向他提過這回事，但他不理我。不打緊，我沒時間老想著這種無關緊要的事。

你知道，港口現在面臨了盟軍飛機攻擊的危險。昨晚撤離命令已經張貼出來了，此刻東普魯士這一帶數以百萬的民眾將紛紛湧向我求助。難民將在港口排隊，我會分配他們搭乘的船艦，載他們前往安全的地點。是的，這是一項非常重要的任務，但我超級能幹。你或許還記得我敏銳的估算能力。我是一隻能夠同時考慮老鼠與乳酪的貓，我馬上就知道哪一個可以滿足渴望。

這幾個月是我們別離最久的一段時間，或許你每天也在月曆上用大大的紅色X做了記號吧。我看見你在門階上等待與渴望我的來信。除了你，我從未向任何人這樣抒發自己的想法。或許藉由這些信，我們可以分享彼此的祕密。畢竟戰爭催生了許多祕密。不過我私下對你的思念減輕了戰鬥的壓力，我想這不算是祕密了。

可悲的是，現在海德堡感覺非常遙遠。為了把你拉近一點，我在腦海中想像著昏暗的傍晚。

我看見你臥房窗簾後面黃澄澄的溫暖燈光，你輕輕摺疊紅色毛衣，然後彎腰在腳趾頭上塗指甲油的影子在牆上舞動。

是的，家裡的夜晚漆黑而寂靜。而在那黑暗中，使命召喚著我，我也做了決定。但說真的，我的甜心，我能有什麼選擇？

喬安娜

他們都是從哪裡來的？這條沒完沒了的人流堵住了狹小的鄉間馬路——他們是突然從洞裡爬出來的嗎？或者也像我們一樣在森林裡等待？年輕婦女、年邁的祖父母，以及多到數不清的孩童。他們拖著雪橇，駕著騾子拉的車，或是用床單把財物馱在背上走路。

一個小男孩和妹妹跨騎著一頭牛，手抓一條套在牛脖子上、已磨損的繩子。「拜託，馬格努斯，快點啦！」小男孩一邊哄著，一邊拿腳跟猛踹牛身。他妹妹裸露著細瘦的腳踝，已凍傷成黑色的腳踝。

「讓我幫助你們。」我對他們喊道，可是他們沒聽見。他拍打那頭牛，然後小跑步離開了。有幾輛車讓充分休息過的馬兒拉著，喀啦喀啦迅速駛過我們身邊，只驚鴻一瞥橫在馬車車尾上一個出名的姓氏。有的人疲倦而沮喪，有的人驚慌而恐懼。一個有隻木腿的老人蹬蹬蹬來回穿越馬路，兩手緊抓太陽穴，衝著每個經過的人宣布：「他們槍殺了我的母牛。」

艾娃吃力地走過人群，糾纏著人們問東問西，打聽最新消息。「你們打哪邊來的？聽到什麼消息？」

據說德國漸漸在吃敗仗，雖然他們終於允許人民撤離，然而對許多人來說，已經太遲了。

「喬安娜！」艾娃對我大喊。「這位是立陶宛人。」

我奮力穿過大批老百姓，終於走到一個老婦人面前。

「你好，」我說。「你從哪裡來？」

「考納斯[17]，」她說。「你呢？」

「我本來住在比爾札伊[18]，不過已經離開四年了。可是我的表兄妹們來自考納斯。那邊情況怎樣？」

她搖搖頭，幾乎無法說話。「我們可憐的立陶宛，」她低聲說著。「我們再也見不到它了。快啊，孩子，繼續往前走吧。」她拍了拍我的手臂，隨即走開了。

她在說什麼呀？戰爭會結束的，到時我們都將返家。

不是嗎？

氣溫驟降到零度以下。我想到莊園宅邸裡暖和的爐火，和躺在二樓床上冰冷的屍體。我們離開屋子時，我看了最後一眼。我忘不了樓上角落窗戶有個彈孔穿透的畫面，上面沾滿了血。莎拉·萊納的歌聲在我腦中迴盪，喃喃低語著這句話：**這不是世界末日**。

希望她是對的。

流浪兒和鞋匠詩人走在我們的車子前面。詩人藉由給人配上不同類型的鞋子娛樂小男孩。

17 考納斯（Kaunas），立陶宛第二大城市和舊都。

18 比爾札伊（Biržai），立陶宛北部一城市，比鄰與拉脫維亞接壤的邊境。

「那邊那個男人的腳窄，我們就給他穿牛津鞋。不過穿短靴那個男人再走不到一公里，腳跟肯定磨出瘀傷，我們非得給他穿雙平底便鞋才行。要知道，克勞斯，如果弄不到指紋，跟那人的鞋匠要他的腳型圖也行。那比身分證能告訴你的事情更多。」

我站在眼睛包紮了繃帶的英格麗身邊，她堅持要走路，並且抓著拴在馬車後面的繩子。艾蜜莉亞坐在我們的車子後面，身子依靠著一堆堆人們打包的東西，她粉紅色的帽子在一片無止境的黑色與灰色中偶爾閃現一抹色彩。艾蜜莉亞的眼睛定定看著走在我背後的德國男孩，他的帽子拉得低低的，覆住了眼睛。我放慢腳步，好讓他趕上我。

「英格麗認為我們明天就會走到冰層。她聞到海岸的味道。」我告訴他。

「我們應該設法在今天晚上走到冰層。」他應道。

「大家都快沒力氣了，況且天色也會太暗。我們什麼也看不見。」

「正是，天色很暗的話，俄羅斯人就看不到我們。白天的我們將成為毫無遮掩的攻擊目標，類似現在這樣。」他說。

這點我倒是沒想過。

「夜裡比較冷，冰層也比較堅實，」他低聲說。「你瞧瞧所有這些人。冰層在他們越過時會越來越薄弱。他們不該帶這麼多行李。」

「那些都是他們珍貴的寶貝；他們僅存的東西。就像你的背包，對你來說好像也挺重要的。」

他沒說話。

「你覺得怎麼樣？」我問。

「我很好。」

我們繼續默默前進。我盯著前方結冰的馬路。

他的鼻息倏的靠近。「那個小女孩，她沒有證件。」

他是對的。艾蜜莉亞沒有身分證件，我居然忘了。德國要求所有平民必須合法登記且攜帶包含我們的姓名、照片、國籍、種族、出生日期和詳細家庭資料的文件。然後該政府才會在身分證的封面上指定識別符號。我的身分證上標示的是**再定居**，意指德國允許我從立陶宛回到祖國安居。任何官員或軍人要求要看的話，我們就必須出示證件。我們的證件決定我們的命運。

我抬眼注視在大包小包中努力坐穩的她，只見她露出微笑，還微微向我揮揮手。

艾蜜莉亞沒有證件。

沒有證件，就沒有未來。

艾蜜莉亞

坐在馬車上真好，我坐車，其他人卻得走路，總是覺得不公平。從我在車上的位置，我能看見我們後方一串長長的深色外套、兩輪運貨小車、牲畜和雪橇。這條長龍一路迤邐到遠方，直到人們不過是一顆顆小斑點。

喬安娜走在騎士旁邊，她美麗的褐色鬈髮從她的帽子後面露出來。她說話時他不肯看她，然而她一望向別處，他的目光很快就溜到她身上。

他想告訴她一些事。

她希望他願意告訴她一些事。

但他不會。

我感覺得到齒間卡了好幾粒黑莓籽，它們來自他給我吃的黑莓蜜餞。黑莓和黑醋栗讓我想起了父親。我還是個小女孩時，他常吩咐我拿個小錫桶，到靠近我們家外邊的灌木叢中摘黑莓和黑醋栗。每次摘了滿滿一桶回來，他都會用擁抱和微笑迎接我。他送我去東普魯士的那間農場裡既沒有擁抱，也沒有微笑。那裡有馬廄、牛棚、豬舍、雞場，以及兩座附帶乾草棚的大穀倉，還有一個冷藏地窖安靜而孤單的佇立其後，可以走階梯下去一個漆黑的地下室。我就是從那裡拿的甜菜根、蘿蔔、乾蘑菇和一桶一桶酸白菜。我眨眨眼，揉著眼睛。

我的肚子開始抽搐。之前感覺好像有隻蝴蝶在那裡拍翅膀，或是肚子裡冒起大泡泡。可是這會兒我一把手放在那裡，就覺得手掌被一個東西撞到。那撞擊的力道變得越發強而有力了。

傅洛仁

黎明變為白晝，很快又到了下午。得知准許撤離之後，我們行進的速度更快了。接近弗勞恩堡時，道路堵塞得動彈不得。一座紅磚教堂坐落在山丘上。我們逐漸靠近時，一陣瘋狂的騷動和許多德國士兵也離我們越來越近。

我挪動一下背包。又一個考驗。我必須在檢查站登記而不引人懷疑。我父親的話沉甸甸的壓著我的良心。

「難道你不明白？朗格根本不想訓練你——他是想利用你，傅洛仁。」

「你不懂，」我爭辯道。「他是在拯救世界的寶藏。」

「拯救？你管它叫拯救？他就這麼輕易把你騙得團團轉？這個貪婪的冒牌貨塞得你滿腦袋垃圾，害你竟然成了一個叛徒？」

「我沒有做出讓德國蒙羞的事。恰恰相反。」

「不，兒子，」我父親懇求道。「你不是背叛你的國家。更可怕的是，你背叛了你的靈魂。」

你背叛了你的靈魂。那是父親對我說的最後一句話。不是因為他說完了，而是因為我氣沖沖的奪門而出，壓根不想再聽下去。等我數月之後懷著恐慌返家，並且亟需他的忠告，可惜為時已晚。

因此我現在甘冒一切危險面對命運，明明知道我在把自己送上絕路。但除非是我失敗了。

一名年輕德國士兵擋住我們這群人的去路。我假裝我是一個人繼續走我的，波蘭少女企圖爬下馬車跟隨我。

「停下！」

我停下了。

那士兵向我走來。「你。證件。」

我耳朵底下一根肌肉在顫抖。我慢慢解開外套的鈕釦，然後從口袋裡掏出我的身分證件。他伸手要抓。我靠近他，謹慎的展示那張摺疊的紙。他不耐煩的一把從我手裡搶走它。我微微轉身，我們那群人的眼睛都盯著我看，密切注視我們的互動。

士兵掃視文件後將它遞還給我，並且迅速把腳跟併在一起，然後敬個禮說：「希特勒萬歲！」

我渾身每個毛孔都放鬆下來。我也回一個敬禮說：「希特勒萬歲！」

士兵從我敞開的外套瞧見我的襯衫。「貝克先生，你受傷了？」

「我沒事。但我必須繼續前進。」

「你跟這群人一起走？」他邊問邊望向我們這群衣衫襤褸的難民。我從眼角瞥見一點粉紅色羊毛線從車子的前輪後方滑下。

鞋匠詩人緊盯著我的靴子。流浪兒笑笑，也對我敬個禮。

「他們是跟你一起的？」士兵又問一遍，他的目光掃回人群，落在護士身上。他的眼睛睜得老大。

「她——」

我的話被人群中的尖叫聲打斷，只聽得飛機灼熱的嗡嗡聲從上方傳來。

「離開馬路！」士兵吆喝道。

我們後方一堆人被炸彈炸得七零八落。

喬安娜

孩童尖叫、木頭劈啪碎裂，和生命離開的聲音從後方呼嘯而來。我奮力奔向人群，然而那士兵抓著我，把我拋下馬路。我往艾蜜莉亞的粉紅帽方向爬過雪地，然後用我的身體覆蓋在她身上。

爆炸終於停止，那名士兵衝著我們吼叫，要我們快速進入村莊。

「可是我可以幫助後面的人，我受過醫學訓練。」我據理力爭。

「沒有用的，快點向前走，女人，快！」士兵命令道，揮手叫我們向前進。我們這群人重新集結，繼續步履維艱的往弗勞恩堡前進。可是少了一個人。

年輕的德國人不見了。

他是誰？無論那封信裡寫了什麼，都讓路上那名士兵充滿敬意。

怎麼也安慰不了艾蜜莉亞，她四處找不到德國人，於是哭哭啼啼，想要離開。我們靠了四個人好不容易才把她拖回馬車上。這起爆炸使得每個人的步伐加快，急著盡快抵達弗勞恩堡和可能的避難所。我不想向前走，我需要倒回去幫助受傷的人。可是他們硬是不准。

「如果你受傷了，親愛的，對你有什麼好處？」鞋匠詩人說。「為了幫助別人，你必須好好保護自己才是。」

鞋匠不了解真相。我已經好好保護自己了。我離開了立陶宛，丟下我所愛的人去死。

阿弗雷德

威廉·古斯特洛夫號是多麼巨大的一艘船啊。走一趟船身已超過我喜歡的運動量，我寧可保存戰鬥能量。這種保存戰鬥能量有時就需要偷偷摸到廁所去坐上一小時。也許兩小時。偶爾我坐著時，會提醒自己健身對健壯的體格至關重要。我想消除爬滿我全身的紅疹。畢竟我聽說有個海軍婦女輔助小隊即將上船，三百多名年輕的海軍學員。她們當然需要我的協助。

我會告訴漂亮的學員說叫我阿弗雷德。但只有漂亮的才可以。

我站在船上壯觀的跳舞廳裡，想像它過去容納的跳舞身影。

噢，哈囉，小蘿！真高興看見你。你想跳個舞嗎？

「快點，費瑞克，這些家具統統都得搬走，」我的長官吩咐道。「為了騰出空間，所有東西都必須移開。把家具搬到外面的碼頭上，再把桌巾拿到上面日光浴甲板的涼亭上。他們要在那上面設個病房。」

「這個跳舞廳打算用來幹麼？」我問。

「給難民。等我們搬走家具以後，立刻擺上一排排的床墊。」

我注視舞池，努力想像上面擺滿海綿床墊的景象。

漢娜蘿的舞跳得很好。我曾多麼欣賞隔著窗子的私人獨舞演出。

我的紅疹又發癢起來，趕走了我唯一的弱點，那就是漢娜蘿·傑格。在我心中的某個地方，我提醒自己那必要的實情。

此刻漢娜蘿或許正在為別人翩然起舞。

艾蜜莉亞

他走了。

我想去找他，但喬安娜硬是要我待在馬車上。

「讓她走吧。」艾娃說。

女巨人艾娃怕我，她更關心自己的生存。不過喬安娜贏了，顯然她對這個團體非常重要。她受到信賴，大家都需要她。

「我們走近檢查站去登記，」喬安娜吩咐道。「飛機射穿了冰層，我們現在是過不去了。一夜之間，湖面又會重新凍結起來。我們就在村子裡等，明早再穿越冰層。」

納粹帝國給城市取了新的名字，他們稱這個村莊為弗勞恩堡，原來的名字是弗龍堡[19]。父親告訴過我，它曾經是天文學家哥白尼的故鄉，他證明了地球圍繞太陽旋轉。

「**歷經艱辛，終達星辰**（原為拉丁文 Per aspera ad astra），爸爸。」我輕聲說著。以前每當我抱怨什麼事好困難時，他常常念這句拉丁文給我聽。現在我父親在哪裡呢？他是否想像得到事情居然變得如此艱困？我仰望星辰，納悶這裡的星星漂不漂亮。

喬安娜在低聲跟艾娃講話。我聽見她說什麼難民困在冰雪中。她奮力當個堅忍的醫護員，但

19 弗龍堡（Frombork），波蘭北部維斯圖拉潟湖南岸港口。

我看得出她十分沮喪，因為那士兵不准她救治路上的傷患。

喬安娜爬上馬車。「哪，」她小聲說道。「這個拿著。」她遞給我一張身分證件。「這來自於在路上過世的一個年輕女子，」她解釋。「我本打算把證件交給紅十字會去登記。這個女子的年齡稍大，但她是金髮。鬆開你的辮子，再把你的帽子拉低。」

我趕緊開始鬆開我的辮子。

「打開你的外套，讓人看到你懷孕了，自然而然以為你年齡比較大。我會解釋你是拉脫維亞人，不會說德語。」

原來計畫就是如此。這真的管用嗎？倘若他們發現我不是死去的拉脫維亞女人，而是沒有證件的波蘭少女，那會發生什麼事？

鳥兒在頭頂上嘎嘎叫，發出了警告。

我知道鳥的傳說。海鷗是死去士兵的靈魂，貓頭鷹是女人的靈魂，白鴿是未婚少女剛剛離開的靈魂。

像我這樣的人的靈魂也會有一隻鳥嗎？

傅洛仁

我手握證件，等著接近檢查站。我凝視那幾個又粗又大的黑體字。

Sonderausweis

特別通行證。看起來很像真的，也許是我這輩子的最佳傑作。路上的士兵沒有懷疑。他為了通行證上規定的特殊任務向我敬禮，我的態度也必須配得上偽造的水準。我若是一副充滿自信的樣子，他們就不會檢查。但如果朗格博士發現少了一樣東西，他可能會先拍電報。果真如此，他們即將等著我自投羅網。就算我看來自信滿滿也沒用。

我注視士兵面前的總登記簿。其中是否包含一張叛國拘捕令？我在通行證上用的是我的真名，當時已來不及偽造新的身分證件。

一開始是個挑戰。我的朋友寇特很想和我們這組的其他人出席一場足球比賽，可是門票統統賣光了。「好啦，貝克，用你的技術偽造幾張門票吧。」寇特嬉笑怒罵的說。我接受挑戰。利用一個朋友的門票和修復古畫的設備，我偽造了兩張票。

「我猜我們決賽也需要你的特別門票。」寇特在我們回家途中開玩笑說。可是我們沒看到決賽。後來比我大幾歲的寇特應徵入伍。聖誕節我去看望他的母親，她打開門，一身黑衣，哭腫的雙眼盛滿了悲痛。寇特已於服役時陣亡，光榮去世。

我若是死了，有誰會用同樣的話談論我？

我前面的女人離開了桌子，我終於獨自一人了，不再受到波蘭少女和漂亮護士的煩擾。我以高人一等的姿態走近士兵，且把我的證件塞到他面前。「我現在就要穿越冰層。」

「現在沒有人過去，除非你想洗個冷水澡，」那士兵說著打開我的文件。他發現是特別通行證時抬頭注視我，隨即降低音量。

「很抱歉，貝克先生。明早我可以讓你第一個過去。」他在總登記簿上記錄了我的詳細資料。「今晚我們可以幫你在弗勞恩堡找個落腳的地方。」他說。

「不用，我已有安排。」我告訴他。我可不想引人注目。

「那麼明天一早你就可以走過去了，只要沒有進一步的攻擊。希特勒萬歲！」他說。

「希特勒萬歲。」我應道，硬是把我說話時湧上喉嚨口的膽汁給嚥下去。

喬安娜

我們這一群越來越接近村莊登記處和士兵了。艾蜜莉亞把粉紅帽拉得低低的，罩住了眼睛。艾娃咬緊下巴，流浪兒握著鞋匠詩人的手。

他們會把我們的證件檢查得多麼仔細？他們可能像我診斷病患一樣評估難民嗎？若是這樣，他們就會注意到關於我的以下事項：

想家。

筋疲力竭。

滿心懊悔。

想著自己並不公平。其他人比我冒的風險更高。

如果他們發現真相，將會怎麼對付艾蜜莉亞？還有英格麗？她會被送到德國或奧地利某個只有圍牆的殺人場所。

「跟我說些有關檢查士兵的事。」英格麗低語道。

「他跟我們差不多年紀，金髮，他的左腳跨在一個木頭盒子上。藍色圍巾。」

那名士兵摩挲著戴手套的兩隻手，忍受刺骨的寒冷。我們朝他的桌子前進時，他的眼光掃過我們這群人和馬車，然後停在英格麗身上。

「女士，你的眼睛怎麼了？」

「被爆炸的玻璃碎片割傷了。」英格麗背誦著。

「走近一點，」他命令道。「靠近桌子。」他的目光從她的臉移到她的雙腳。

恐慌撲向我的喉嚨。

「喬安娜。」英格麗微笑著說。「扶我往前走，我才不會摔倒，讓自己在士兵面前丟人現眼。」

我帶領英格麗向前進。

「我的眼睛一直在進步，」英格麗告訴他。「今天我隔著紗布看得到一點東西。我……喜歡你的圍巾，」她靜靜的說。「我最愛的就是藍色。」

士兵凝視英格麗，他的沉默充滿彈性，慢慢將繩子套在她脖子上。他看看我們這群人，然後一根手指頭按在脣上，要求大家安靜。他伸手向上，拉下脖子上的圍巾。

然後他向英格麗遞出圍巾。

他等著。

圍巾的末端在冰冷的寒風中飄動。

我無法呼吸。

慢慢的，英格麗舉起一隻戴著手套的手，顫抖而猶豫的手。

「是的。」他點頭微笑。「收下吧，女士。」他迅速把圍巾推到她手裡。他的聲音忽然變小。「你運氣好。我最小的弟弟生來是瞎子。」

「小伙子，我看出你的左腳在疼，是不是？」鞋匠詩人插嘴道。

「疼得要命，」士兵回答。「所以我才坐在這張愚蠢的桌子前面。」

「我是鞋匠，讓我看看。」鞋匠詩人是個明星，他的技術和任何電影演員一樣高明。他檢查了士兵的腳和腳踝。

「你需要一個足跟鞋墊，」鞋匠詩人說。「登記完我們這一群人以後，把你的靴子給我。我馬上可以讓你感覺舒服許多。」

「真的嗎？」士兵問道。

「當然啦，這是我起碼能為納粹帝國做的，不是嗎？但我不想耽誤到我們這些人，那不公平。」鞋匠詩人不停和他聊天，說他很快就會感覺多麼輕鬆。士兵溜一眼我們的證件，很快登錄了我們的資料，幾乎沒瞧艾蜜莉亞一眼。為了調整那隻靴子，鞋匠詩人和流浪兒殿後。「我們會趕上你們的。」鞋匠詩人說著眨一下眼睛。

英格麗面對士兵站著，把那條圍巾緊抓在胸前。她對他微笑，他也報以微笑。我輕輕抓著她的手肘攙扶她離開。她渾身都在顫抖。

我們和其他難民一起在山上擠迫的大教堂裡安頓下來。我走過聚集的人群，在尋找物資之餘，同時盡力幫助需要的人。一位老婦人提議用一些藥草交換我的一雙襪子。我和她交換之後，重新整理了我的行李箱，想要找張紙寫封信給母親。我朝她跨近了一步，距離查明我父親和弟弟現在何處也更接近了。我一一整理行李箱內的個人物品，一邊思索自己拋下的東西。以前我常抱怨家庭晚餐太耗時間，當我需要讀書應付考試時，我們全家都得坐在餐桌前。「讀書讀夠了吧，喬安娜。有時候生活要比讀書更能增長知識。」以前我父親常常這麼打趣道。

戰爭逼得我必須重新排列優先順序。現在我緊抓著回憶不放，而非目標或是物質上的東西。但有些無法取代的東西激勵了我的精神，促使我努力為生命而奮鬥。就在那一瞬間，我才忽然驚覺。

我的行李箱裡有個東西不見了。

阿弗雷德

最親愛的人：

聽到許多俄國人打劫這個地區的新聞報導，你柔軟的耳朵可能聽飽了吧。那些布爾什維克黨徒[20]多麼粗俗，只對烈酒和手錶感興趣。「快點，快點。」他們說，要求大家交出他們的手錶。小蘿，海德堡有沒有報導那種事？大概不會。一般人總會忽略掉許多重點細節。唯有指望像我這樣的人——軍中的紀錄員——才能詳實記述。不過我若是如實告訴你那些殘酷的暴行，恐怕會攪亂你脆弱的神經，比方說上個月，也就是在去年俄國野蠻人入侵之後，單單是在斯托爾普[21]，就有六百個俄國嬰兒出生。如此的侮辱我們的元首。是的，這種事還是避而不提的好。

相反的，我要把你的注意力帶往威廉·古斯特洛夫這艘無比神奇的船上。我知道你喜歡我們共享祕而不宣的細節，因此我冒險把它們說出來。祕密說給你聽，當然安全無虞，親愛的漢娜蘿。你多愛保守祕密啊。但讀完這封信以後，或許你最好把它丟進火裡。

這艘船的煙囪，或水手所稱的漏斗，高十三公尺。但你我都知道外表是會騙人的。那教人一眼難忘的煙囪是假的，它根本不能用。你問我怎會知道？哦，以我的身分地位，就是有辦法知道

---

20 布爾什維克黨徒（Bolsheviks），即前蘇聯共產黨員，俄語意為「多數派」，列寧為其領袖。

21 斯托爾普（Stolp），位於波蘭西北部的一座城市。

諸如此類的特殊細節。我這禮拜巡邏時才發現這支煙囪。煙囪內有個漂亮的鐵製梯子通往一個壁架，我可以坐在上面觀看外面的甲板。向外張望時，我觀察到有些士兵正在做些不該做的事。我把這些事情統統記錄下來，以備未來對我有好處時善加利用。我很享受這種手中終於握有王牌的感覺。

為了收容難民，我們搬光了船上公共區域的家具，不剩一桌一椅。聽說他們會肩膀碰肩膀坐在每個房間與走廊的床墊上。潛艇軍官與資格優先的德國人當然可以住宿在船上的客艙裡。

我媽媽總是悲嘆我在海德堡缺少朋友，不過我每天在這裡都有人介紹新朋友給我認識。今天我就認識了尤金·傑叟，船上的印刷領班，他負責印製登船證，這張令人垂涎的紙，可以讓人通往自由。

「這些紙比金條更值錢。」傑叟告訴我。

他離開去上洗手間時，我決定為了後代子孫，最好是取走一疊登船證吧。相信他不會在意的。因此，親愛的，這就是今天的新聞。希望我雖不在你身邊，這些重要的細節能夠撫慰你心中的壓力。

我寫完了腦海中的信，卻略去一個細節。

古斯特洛夫號只剩下十二艘救生艇。另外十艘已不見蹤影。

傅洛仁

我蹲在大教堂的祭壇附近，戒慎小心的注視波蘭少女。她在找我。她一轉頭過來，我便採取行動，迅速衝向那小小的入口。我爬了進去，把我的背緊貼著那扇小門，不給任何人進來。小時候住在提爾希特時，我曾鑽進當地一個教堂的管風琴裡。那是一個完美的躲藏地點。一見到大教堂，管風琴就是我的目標。除了到處探索的無聊孩子，沒有大人跑來煩我。

狹窄的空間幾乎無法挪動身子，但我才不在乎。我獨自一人，遠離酷寒，朝完成任務又邁進一步。我從管子後面觀看人群。在數百張疲憊、憔悴宛若熟肉的灰色臉孔當中，波蘭少女的粉紅帽彷彿糖果蛋似的快速擺動。護士女孩不斷掃視整間大教堂。她是否在找有誰可能需要幫忙？還是在找食物？或者她也許是在找我？我盡量不去在乎。

在不受干擾的保護下，我終於能夠打開我的背包，拿出美術用品和筆記本。小盒子沒人動過。朗格博士偷偷看了木條箱嗎？朗格博士為了激起自己對藝術的狂喜，有時會打開一個木箱，慢慢欣賞來自珍貴琥珀廳[22]的一幅畫，如同別人細細品味一瓶陳年白蘭地酒。最初，他的情緒反應給我留下深刻的印象，我還以為那是他對藝術的熱情。並非如此。令他興奮的是違反常情的貪

---

22 琥珀廳（Amber Room），位於俄羅斯聖彼得堡附近凱瑟琳宮內，一個通體由琥珀和黃金裝飾而成、極端奢華的房間。

婪與權力。

琥珀廳創建於普魯士，後來贈予彼得大帝[23]，那是一個通體由琥珀、珠寶、金子與鏡子裝飾而成的閃亮房間。一九四一年，納粹把它從列寧格勒附近普希金[24]的凱瑟琳宮偷走。琥珀廳是希特勒藝術夢想的頂點，其中的寶物裝滿二十七個板條箱。他仔細制定出一套保存行動計畫，經過一番深思熟慮之後，將二十七個板條箱裝船祕密運到了柯尼斯堡的城堡博物館。

朗格博士負責保護這些寶物。

我為朗格博士工作。

藝術界一些人士聲稱琥珀廳帶有詛咒，朗格博士壓根不予理會。他說琥珀廳是全世界最了不起的寶藏，他只信任我一個人去碰觸這些寶物。他送我特別的訂製手套，完全貼合我的手指。

「傅洛仁，你可了解我們在這裡擁有的一切？」朗格欣賞金色寶石中閃閃發光的珠寶時，顫動的鼻息撲面而來。

隨著俄國軍隊的逼近，朗格博士向我保證，遷移裝滿琥珀廳寶藏的二十七個板條箱意味著保存納粹帝國的財富。其實他和科赫另有陰謀。他們自己藏起了琥珀廳，並且在過程中不斷暗示我才是有史以來最大的搶劫犯。這種作法充滿算計且巧妙不已，讓一個年輕學徒捲入騙局，未來若有必要，就是現成的代罪羔羊。

我們密封木箱要搬動時，我注意到其中有個箱子跟別的大不相同。

「為什麼這個箱子做的記號不一樣？」我問朗格。

他十分急切的告訴我。「在那個箱子裡面，」他喘著氣說，「還有一個非常小的盒子，裡面裝著琥珀廳最有價值的寶貝。」

「那是什麼？」

「一隻小小的琥珀天鵝。」朗格一手放在胸前，其實就是擱在他的心口上。「是元首最喜愛的。」

我們在城堡深處挖出一個祕密地下碉堡，然後把大木箱鎖在裡面。我再把地窖上方的石頭地板塗成看似陳舊的模樣，因此看不出地窖門口究竟在哪裡。

但我知道。

我也有鑰匙。

我躲在風琴後面，小心翼翼的拉開小木盒的蓋子，以及覆在上頭的稻草。哪怕是在黯淡的光線之下，這隻琥珀天鵝也閃著微光。多少人不惜為它而戰，為它殺人，為它送命。

而它為我所有。

23 彼得大帝（Peter the Great），即彼得一世，為俄羅斯帝國羅曼諾夫王朝的沙皇及俄羅斯皇帝，在位期間（一六八二至一七二五年）厲行改革，使俄羅斯現代化，定都聖彼得堡，人稱「彼得大帝」。

24 普希金（Pushkin），舊稱皇村，是俄羅斯聖彼得堡下轄的一座城市，位於聖彼得堡市中心以南二十四俄里。

朗格博士去找鑰匙了嗎？他發現我背叛了嗎？

我仔細把稻草覆在天鵝上面，然後蓋上小盒子的盒蓋。那支鑰匙是我用來向朗格報仇的，不過裝了天鵝的小盒子更重要。

它裝著我對希特勒的復仇。

艾蜜莉亞

鞋匠詩人早早醒來，用他的拐杖敲我們的腳。

「穿過冰凍的潟湖時間到了，」他宣布道。「如果是夏天，我會游泳過去。我游泳非常厲害。」他告訴流浪兒。

詩人說我們穿過結冰的湖面之後，可以沿著窄窄的陸地走到一個港口。沒有別的選擇，俄國人從四面八方包圍我們。但騎士在哪裡？他已單獨穿越冰層了嗎？

我無意中聽到喬安娜對艾娃說的話。「你有化妝品嗎？也許可以把艾蜜莉亞化妝得老一點，更像證件上的拉脫維亞人。我可以告訴他們說她要去見男朋友。」

男朋友。

我想到奧古斯特，想著他在家裡的土地上工作得多麼賣力。他走進廚房為他媽媽殘酷的行為道歉時，態度又是多麼親切。

「你別在意她，艾蜜莉亞。總有一天她會自食惡果。」他曾這麼說。

光是憑著觀察，我就知道許多關於他的事情。我知道他最喜歡兔子的哪個部位，和他偏愛秋天甚於春天，而且他寧可獨自在馬廄裡吃早餐麵包，也不肯同父母一起在餐廳用餐。

我用心觀察，記得媽媽說過的話：**要是你細心觀察的話，親愛的，就不需要開口去問了**。媽媽也擅長觀察。客人要在咖啡裡加奶精，或往茶裡加果醬時從不需要張嘴。她早已記住他們的偏好。

喬安娜知道誰有病痛，我知道騎士的祕密。但我確信沒人知道我的祕密，或許除了幾隻在冰冷地窖上方築巢的烏鴉吧。

喬安娜

我睡在冷冷的石頭地板上，睡得我的臀部和背部疼痛不已。我曾在三更半夜醒來，以為看見那德國人在黑暗中站在我面前。我一眨眼，他就不見了，我才明白是在作夢。

我擔心他的傷口，我這麼告訴自己。但真相戳了我一下。為什麼我在找他？他的傷癒合得很好；他比大多數人都來得強壯。我很尷尬的承認這一點：我想再見到他，不是為了評估他的傷勢，而是想知道他的名字，他的任務，和他為什麼拿走我行李箱裡的圖畫。英格麗說他是個小偷，不過她認為他起來活動是想認識我，而非傷害我。我想要相信她。這場戰爭充滿了殘酷。世上還有善良的年輕男人嗎？

「他可能就在這裡某個地方。」英格麗微笑道。「留神觀察。」

前一天晚上，我已好幾次環目四顧這間擁擠的大教堂，真不曉得她說的對不對。

「喬安娜，」英格麗低聲說著，伸手要抓我的手。「俄羅斯人一天天逼近。沒有你的話……我真不敢想我會怎麼樣。」

「我們只需要穿過冰凍的湖面就好，」我讓她放心。「我們很接近了。只要走短短一段下坡路，穿越的地點就到了。」

我們收拾好自己的東西。英格麗把德國士兵送她的柔軟圍巾繞著脖子。

我們離開大教堂時，塗了紅色唇膏的艾蜜莉亞對我微笑。

我們是怎樣的一群人啊。一個戀愛中的懷孕少女，一個和藹可親的鞋匠，一個小孤兒，一個盲女，和一個老愛抱怨大家都妨礙到她的女巨人，其實最占空間的是她。還有我，一個思念家人、乞求能再有一次機會的寂寞女孩。

我們是頭一批穿過湖面的團體之一。遼闊的冰層看來無比巨大。「每一組人相隔五十公尺，」士兵們吩咐道。「大家絕不可以同時壓著冰塊。快點。」

我們哪裡快得起來？這一路走過去有幾公里，況且冰層又滑溜。

「我先走吧，」英格麗說，她的眼睛還纏著繃帶。「一個人。」

「絕對不可以，」我告訴她。「我們大家一起走。」

「我陪著英格麗走，」鞋匠詩人說。「我的拐杖比鞋底更適合測試。」

「不，」英格麗堅持己見。「我一個人才真正感覺得到冰層。我會讓你們知道穩不穩當，然後你們就能拉著馬車和其他人過來。」

眼睛包紮繃帶的英格麗在冰上走了幾公尺，雙手伸向前方。她再走一步然後停下，傾聽著。

她又走一步。

太陽首次露面，陽光灑在潟湖上。英格麗前方的冰層是紅色的，那是凍結的鮮血。她向前走，然後猛的縮回一隻腳，彷彿感覺到血的污漬。她一動不動站著呼吸，一個人站在結冰的湖面上。她向前謹慎的踏出一步，和我們至少相隔二十公尺。我實在不忍心看著紮了繃帶的她獨自站在那裡，於是我走過去和她一起。

「我來了，英格麗。」

「是的，冰很堅固，」她喊道。「過來吧。」

我一步步邁向她。我們這個團體的其他人小心而緩慢的向前進，但也不顧一切的極力加快腳步，穿越危險的冰層。

英格麗的身體倏的僵硬起來，弓起了背部。「**不要！**」她尖叫道。「退回去！」

我們一群人向後退。我走得太遠，來不及快速撤退。然後我就聽到了：俄羅斯飛機在頭頂上低空掃射。湖岸邊絕望的難民群驚恐的往四面八方爆開，士兵們躍入雪堆。我面孔朝下，貼著結冰的湖面。燦爛的陽光穿透冰塊，照亮了恐怖的湖底。一匹死馬和一隻小孩的連指手套在冰封的湖水底下死瞪著我。我閉上眼睛，那令人毛骨悚然的畫面令我窒息。

尖銳刺耳的颼颼聲飛過我的頭頂，瞬間發出劈哩啪啦的爆裂聲。子彈擊碎了冰層，碎冰撒滿我的外套時，尖叫聲也灌入我的耳朵。

掃射停止了。我睜開眼睛。只見冰層中央一個破洞的周圍滿是斑斑的血跡。

「英格麗！」我尖聲嘶喊。

英格麗不見了。

她戴了手套的手突然出現，伸出了黑水。

我向她爬過去。

她的手來回快速擺動，瘋狂的想抓住冰的邊緣。

「英格麗！」我哭喊著。

冰層破裂了。

冰層中央的破洞向外延伸，一路往我的方向裂開一道深縫。英格麗的手拚命拍打。

一雙手抓緊了我的腳踝，趴著的我開始用肚皮滑著倒退到凍結的岸邊。

「放開我！」

冰層的縫隙越來越寬，湖水向我湧來，背後響起驚懼的哭喊。「全都裂開了！」

有人把我拉開。我奮力掙脫，奮力想要爬回湖上救英格麗。

「**不要！**」我懇求著。「英格麗！」

我朝那黑水坑望過去。英格麗發狂似的手驟然放鬆，手指變得柔軟，慢慢彎曲起來，然後消失在冰層底下。

傅洛仁

我偷偷跟在後面。

飛機出現時，波蘭少女下了馬車，企圖趕到冰上兩個女人的身邊。我推開她，然後奔向護士，把她拖回我這邊。小男孩抓住我的腿，想拉我回到安全地帶。他輕得就像一根枯樹枝，想不到竟力大如牛。我把護士拖到岸邊，阻擋她，和她打架。

「放開我！」她狂踢且尖聲大叫，不顧一切的想要救她失明的朋友。我們跌作一團。我把她拉到膝蓋上。她伸出手要爬上冰層。

「英格麗，」她低語著，渾身發抖。「求求你，不要。」

護士的脖子無力的垂下，彷彿一個破娃娃。她低垂的下巴抵著我的胸口，隨即哭了起來。破碎的冰塊正在移動，盲女的藍色圍巾忽然冒出湖面。

小男孩把頭埋在詩人的腿裡。「讓它停住！求求你，不要動了。」

「噓，好了，好了，克勞斯。」鞋匠說。

護士哀哀抽泣，緊抱著我。

我癱瘓似的坐著不動，好想用雙臂擁著她，但我知道我不能。

波蘭少女在我們身邊跪下。她安靜的說話，撫摸護士的頭髮，擦拭她的眼淚。然後，她一語不發的舉起我兩隻胳膊，讓它們環抱著護士。

阿弗雷德

最親愛的漢娜蘿：

從港口向你道聲早安！哥騰哈芬越來越擁擠不堪。逃離該區的難民都在排隊等候分配船隻。我們登記時必須千萬小心，因為可能會有逃跑的德國士兵躲藏在這些難民中間。

我可憐那些無法克服心中怯懦的人，他們控制不了自己的弱點。小蘿，我知道你看到一群希特勒青年團[25]團員來到我家門口。那些男孩譏笑我是個膽小鬼，沒有強健的體魄為祖國服務，但他們實在錯得離譜。我好高興你明白這一點。沒錯，起初我不是希特勒青年團的一員，我那愛挑剔的父親因此非常羞愧。可是現在我人在這裡，雖說比大多數人晚一點受到徵召，但那只是因為他們終於了解到有些事情必須交給男人才做得成，男孩只會一再壞事。真讓人心滿意足啊。現在希特勒青年團的惡霸們在哪裡呢？說不定死了吧，被坦克車輾壓出深深的印子。死亡似乎有自己的想法。

是的，我知道這話聽來充滿敵意，但這是一場戰爭。勇敢的男人已淪為數字。這些數字兩次刻在一片橢圓形的金屬片上，讓我們戴在脖子上。萬一我死了，他們就把金屬片折成兩半，一半跟我的屍體一起埋葬，一半連同我的證件和個人物品交給指揮部。

我是四二〇八九號。

我忍不住想要知道：漢娜蘿也有個號碼嗎？

25 希特勒青年團（Hitler Youth），一九二二年至一九四五年間由德國納粹黨設立的青年組織。這是納粹黨在衝鋒隊成立一年後設立的第二個準軍事組織。一九三三年後推行至全國，並成為該時期納粹德國唯一的青年組織，成員人數達八百七十萬人，占當時德國青年的百分之九十八。

艾蜜莉亞

我們在岸邊等了幾小時，不過飛機沒再飛回來。湖面又凍住了，我們的手腳也是。

士兵們回到他們的崗位。他們硬要我們走另一個區塊的冰層，並且不斷催促難民趕快，大家的眼睛都盯著天空。我爬回我在馬車上的位置。騎士扶著喬安娜的手肘，擔心她或許會跳進盲眼女孩墜入的洞裡。他害怕碰她，卻又拚命想要碰她。

我屏住呼吸走過冰層，想到冰封在湖面底下的英格麗，便忍不住渾身顫抖。冰層發出疼痛的呻吟，好像負重多年歲月的老骨頭一般，變得脆弱且隨時可能折斷。隨著每一個聲響，我的神經也跟著一個踉蹌。我雙手撫著肚子。鞋匠詩人走在我們這群人的前面，用他的拐杖輕敲湖面後點點頭。

「冰層得了關節炎，但還沒有裂開，」他報告道。「快點走，頂部有點融化了。我們還要走好幾公里的路。」

好幾公里的路。

腰部以下又開始抽筋與感覺到壓力，我不能再看下去了。我在寒冷的馬車裡躺下，閉上眼睛，想著奧古斯特。在我心中，溫暖的陽光照得亮亮的。沒有籬笆的牧場猶如磨舊的天鵝絨溫柔的綿延起伏。窗台上的木箱裡花朵盛開，樹上垂墜的枝幹累累結滿了成熟的李子。剛剛返回家中的奧古斯特因長途騎馬而滿頭大汗，他的馬名叫塔布雷斯。

我聽見馬車輪子在我身體底下滾動與刮擦的聲音。沒有人問我，所以我也沒提。

我不會游泳。

喬安娜

幾小時後，我們抵達潟湖的對岸。我們沒人慶祝，反而安靜且緩慢的走到湖岸。終於，艾娃說話了。

「我以為我們統統都會淹死，好像袋子裡的貓。」

流浪兒抬頭望了艾娃一眼。細長如冰柱般的淚水凍結在他的臉頰上。

「抱歉。」她說。

憤怒猝然吞噬了我。我猛的抓起德國人的手臂，將他拉到一旁。「我救得了她的。」

「不，你救不了。他們不僅射穿了冰層，也射中她了。」

「淹死的人是救得回來的！是有可能的。你偏要阻擋我。」

「是的，我阻擋你。單單是冰冷的湖水就足以讓她喪命，你的性命也可能不保。」

「你又不知道！」我大吼大叫。

「好了，好了，」鞋匠詩人打岔道。「別讓爭吵玷污了我們對英格麗的懷念好嗎？」詩人向德國人比了個手勢。「他很可能救了你和艾蜜莉亞兩個。艾蜜莉亞也趕著下車要去救英格麗。我看到了。他也擋下她了。」

艾蜜莉亞也想去救英格麗？「艾蜜莉亞，你還好吧？」我對馬車上的她大喊。

「是，我沒事。」她點點頭。

「我們很可能失去你們所有的女孩。」詩人繼續說道。

「她倒不會，」德國人說的是艾娃。「她的大腳生了根，連動也不動一下，一點都不想救人。」

「腳生了根叫作黴菌感染。」詩人告訴流浪兒。

一名士兵走進我們這群人當中。「證件！」他查問。

我把德國人拉向自己。「是你虧欠我們。」我低聲說道。

傅洛仁

虧欠她？我怎麼虧欠她了？我救了她一命。

士兵檢查我的證件時，我盡可能分散他的注意力。「後面的人情緒激動得很，他們的朋友掉到冰裡了。」我說。

「幸好只有一個人，」士兵說。「昨天我們失去幾十個人。該死的俄國人。」他反覆掃描我的證件，然後抬眼注視我，眼光犀利。「包裹還在你身上？」

「是。」

「這是科赫總督的簽名。」士兵說。

我看不懂他的表情。他到底是懷疑還是承認？「是的，我在趕時間。」我告訴他。

「你等一下。」他說著轉身走向另一名士兵。我的脈搏瞬間加快。

我們的對話全都讓我們這群其餘的人聽見了。「來吧，」鞋匠邊說邊催趕大家。「讓小伙子辦他的事吧。」

波蘭少女從人群中跨出一步，站在我身邊。

事情原本可能很簡單。我本來可以在沒有一群人的負擔之下獨自走過冰層，他們本來可以奮力救起盲女。說不定他們統統都會在救人的過程中淹死，那樣會簡單得多。

也困難得多。

「求求你。」

她說得如此靜悄悄，我甚至不確定到底聽見沒有。我低頭看看波蘭少女。她塗了紅色脣膏，一直綁著辮子的金髮鬆散開來，拉得低低的粉紅色帽子覆住了眼睛。「求求你。」她又低聲說了一遍。

士兵和他的一個長官正在討論我的證件。是不是朗格博士和科赫總督已經發現了？我的名字是否列在士兵們的叛徒名單上？若是這樣，我的後腦勺很快就感覺得到手槍的陰影。

士兵返回時眼睛直盯著我看。「我猜你打算要去皮勞吧？」他問。

「你猜？」我以充滿威權的神情說著，想要他多透露一點。

「我聽說科赫總督可能正在前往皮勞的途中。」

「不，我不去皮勞。」我說。

「那麼是去哥騰哈芬？」他問。

哥騰哈芬在另一個方向。「正確。哥騰哈芬。」

「是，貝克先生。可是走到哥騰哈芬很遠，我們說不定能找到一隻小船載你。」他忽然瞧見我身邊的波蘭少女，於是聳起一道眉毛。

「是你的嗎？」他咧嘴一笑。

「說話當心點。她是跟那群人一起的。我受傷的時候，他們幫助過我，因此也等於他們幫助過科赫總督和元首。」我一把搶回他手中我的證件。「你見過科赫總督嗎？」我問。

士兵搖搖頭。「沒有，但我聽說過。」

他當然聽說過。科赫就是以謀殺而名聲遠播，人人一聽就怕。

「為什麼科赫沒叫你穿上軍服？」士兵問。「這樣你會比較安全。」

「或許吧，不過我也可能被哪個單位拖上戰場。如你所知，科赫不喜歡他的事搞得人盡皆知。這是私事。」我說著目不轉睛的逼視他，逼他讓步。

他點點頭。

「聽著。我要那隻船載我到哥騰哈芬，現在就要。」

阿弗雷德

「快點！」

快點，快點，永遠都是快點。快點使得我的雙手更癢了。

我被指派到古斯特洛夫號封閉的日光浴甲板一整天，現在這裡被整裝為產科病房。婦女在戰爭時期懷孕多不方便哪。她們實在是考慮不周。我媽當然不會做出這樣的事。我想到媽媽的臥房和我爸的臥房是分開的。但後來我又不再多想了。我寧可一分一秒也不要想到父親。

「醫生們會住在哪些艙房？」我把木頭小床拉成一條直線時問道。

「你說『醫生們』，好像有許多醫生似的，」士兵回答。「我想會有一位醫生同時照顧孕婦和傷兵。」

一位醫生照顧所有的病人？接著我才明白我搞錯了。「所以說大多數工作都是護士在做。噢，是的，那樣好多了。」

「護士？護士難找得很。現在是戰時，老兄。倘若有人要生孩子，你就是助產士。」

討厭。如果女人那麼不小心，偏挑這種時候懷孕的話，就讓她們自己想辦法解決，這不是元首最傑出的部下該做的事。

「好吧，他們需要更多醫療人員。我們已經累翻了。」我抱怨道。

「當然，」士兵不自然的笑了笑。「摺桌巾和鋪床墊，幹這些活可累壞你了。我寧願站上前線殺俄國人，可惜我的膝蓋毀了，所以才留在這裡——」他看著我，「跟你這種人在一起。」

「這是最重要的一項任務，」我糾正他。「我們即將指揮兩千人。」

「兩千？」他哈哈大笑。「你以為這艘舊船只載兩千人？是誰告訴你的？」

艾蜜莉亞

我們坐在岸邊發抖，我的腹部扯得好緊。我注視難民走過冰層，然後繼續跋涉在潟湖和波羅的海之間的狹窄土地上。往左邊──哥騰哈芬。往右邊──皮勞。不管走哪邊，又將是一段漫長的旅程。

我們的團體一陣爭吵，但最終選擇了哥騰哈芬，他們認為自哥騰哈芬航行的路程較短。接下來又繼續爭吵如何去到那裡。

「我們可以用走的。」艾娃說。

「太遠了。船可以更快切入水灣，」喬安娜據理力爭。「俄國人快要撲到我們身上了，沒有時間可以浪費。」

「這麼著好了，」詩人提議道。「我們把馬車和馬借給步行的一家人，有車代步，他們一定會很感激。我們再設法租用一艘小船，和他們在哥騰哈芬會合，取回我們的物品。這麼做適合每個人。」

除了口袋裡一顆爛掉的馬鈴薯，我沒有任何物品。每當沒人在看的時候，我就偷偷啃一口。我只有那個。

這使我想到我父親。**我只有你**，他常常這麼說。媽媽的死改變了我父親。一天，他後腦勺冒出一撮純白的頭髮。我提起它時，他說那是很特別的天使頭髮。不過其他事情也改變了。他的皮膚像溼透的衣服似的貼在骨頭上，他也經常把臉埋在手中。

我很快明白最讓父親開心的就是我很快樂，所以就算是不快樂，我也學會裝出一副快樂的樣子。

父親無時無刻不在為我操心。當他哭著告訴我為了安全起見，要送我到東普魯士克萊斯特家的農場時，我也好想哭出來。我想大聲尖叫拒絕。可是眼看他失去他所愛的一切那麼難過，我的心也好痛，因此我向他保證他是對的，那是最好的辦法，我並不生氣。我告訴他說我們再過兩、三年就能重聚，那時冬天的戰爭已變為春天。

我變得擅長假裝。我假裝得如此出色，以至於一段時間過後，事實與虛構之間的界線模糊起來。有時我實在假裝得出神入化，連我自己也瞞騙過了。

傅洛仁

波蘭少女不肯放棄。她十五歲，懷了男朋友的孩子，懷著自由的憧憬。而且她很勇敢，這點我無法否認。

還有一件事我也無法否認，時間所剩不多了。我在鄉下靠著欺壓兩、三個年輕守衛闖過幾個哨站，但哥騰哈芬截然不同。哥騰哈芬是納粹德國政權的海軍主要基地，駐守與來往的軍隊肯定眾多且頻繁。海軍基地與港口也是蘇聯紅軍的首要目標。聽說科赫本人也已離開柯尼斯堡。他什麼時候離開的？現在他人到底在哪裡？

大雪飄落。我不在意冰冷的氣溫。寒冷降低了我的傷口受到感染的風險，也使我保持警覺。

「貝克，」士兵喊道。「那艘船是你的。」一艘小船加速抵達一個破損的碼頭。我一聲不吭的轉身走向碼頭，粉紅帽緊緊跟在後面。

如果我非得帶著波蘭少女上船離開，我願意。她在混亂不堪的哥騰哈芬一定會迷路。到時她也必須獨自處理她的拉脫維亞證件和懷孕的問題。一股解脫的感覺湧上心頭。我很快就可以獨自一個人了。我踏上馬路，向船夫點頭。

「等等，你們所有的人？」他問。

我一轉頭，才發現整團的人都站在我身後的碼頭上。小男孩走近，舉起那隻沒有耳朵的兔子，問他可不可以一起去哥騰哈芬。

護士的眼睛與我對望，它們似乎在說：**是的，是你虧欠我們**。

阿弗雷德

晚安，親愛的漢娜蘿：

我在古斯特洛夫號的甲板上呼吸新鮮空氣。雖然是攝氏零下十度，風在呼號，但能夠自由自在的呼吸真好。每個人似乎都在抽菸。你知道我多麼討厭菸味。若是見到你也像我看到的許多年輕女孩一樣，弄髒了你那甜蜜的嘴唇，我會很苦惱的。漢娜蘿，你抽過菸嗎？當然沒有。

我從甲板上可以看到港口內和它周遭的環境。那裡的人海肯定有三萬人吧，而且聽說這項行動根本還沒真正開始。

港口裡還有其他船隻同我們作伴。我看見漢莎號、商船、舊漁船、拖網漁船，甚至也有搭載難民從附近潟湖逃過來的小艇。我聽說古斯特洛夫號將航向德國的基爾港[26]，預計航行四十八小時。我很好奇如果碰到惡劣天氣，這艘船會有什麼遭遇，因為它到底已經四年未曾航行，而且當初它是為了在風平浪靜的晴空下航行而建造的。

其中一位負責的船長是彼德森船長。他是個六十幾歲、討人喜歡的白髮傢伙。其他許多海軍人員已上岸保衛港口了，在船上代替他們的是一位克羅埃西亞籍的甲板人員。不得不和別人分享一切實在很討厭，但別怕。我精心設計了聰明的替代辦法。今天我在一間廁所外面標出「故障」

26 基爾港（Kiel），德國北部城市，臨波羅的海基爾灣，自十九世紀六〇年代以來一直是德國主要的海軍基地。

的記號，因此從現在起，這間廁所只有我一個人用。你的阿弗挺聰明的嘛。

家裡有些人不欣賞我的聰明或能力。他們把我看作一隻翅膀出了問題的小鳥，應該待在窩巢附近才對。他們渾然不知真相。

我相當確信沒有人察覺到我的聰明才智和目標。我很可能令他們大吃一驚，漢娜蘿。戰爭充滿了責任與決定。你知道我已許下那個承諾。

是的，對於真正傑出的人來說，親愛的，人生可能會很寂寞。所以我為自己築了一個窩，並且以思念你當作羽毛鋪在裡面。

喬安娜

我們於黃昏時分抵達哥騰哈芬，我們的臉被海風吹得紅通通且乾巴巴。艾蜜莉亞在小船行駛的大半時間都在暈船，她卻硬說她沒事。我們走進港口時，她的臉是痰的顏色。她緊緊抓著德國人的袖子穩住自己。我們需要找個地方讓她休息，找點東西給她吃。

為了來到港口，我們已經長途跋涉幾個星期，卻對在那裡眼見的一切毫無準備。迷路或被主人遺棄的馬兒與牲畜在街頭無助的遊蕩。灰色的海軍補給卡車飛馳而過。木箱、盒子和糧食整齊排列在碼頭上。

「梅塔！」一個女人尖叫著奔向我們，她抓住我的胳膊。「請問你有沒有看見我的梅塔？她才五歲大。」

一位手拿一包藍色東西的女士哭著慢慢走過。「他溼掉的尿片凍成了冰塊。我應該扯它嗎？會不會扯掉他的皮？」

人們高聲哭喊著食物和失去的家人。

「天啊，瞧瞧這場戰爭造了什麼孽。」艾娃說。

流浪兒緊緊抓住鞋匠詩人的一條腿。就算是那個德國人也似乎覺得震驚。

詩人環目四顧。「人這麼多，可能得花上幾天才有把握上得了船。大家必須待在一起才行。不如現在約好，要是有人走散，我們就在那座建築物的大鐘底下碰面吧。」他用他的拐杖指了指遠方的時鐘。

艾娃攔下一個圍著披肩、手推嬰兒車走過雪地的女人。「有什麼消息嗎？你知道什麼？」她說。

「我知道什麼？聽說希特勒躲在柏林的一個掩體裡。」那女人的聲音如同男人一樣低沉而沙啞。「我們卻在這裡。我們的掩體在哪裡？」她抬頭注視艾娃。「乖乖，你塊頭真大，呃？」

艾娃的臉為之一沉。

「不好意思，請問有沒有秩序井然的住宿地點？」我問。

「秩序井然？」那女人笑了。「你四處瞧瞧。沒有一樣東西有秩序，到處都是一團亂，蠢女孩。像我們其他人一樣，看見什麼空間就占著，努力爭取一張登船證吧。」

我們這群人湊近我身邊。流浪兒走到嬰兒車前面，眼睛睜得大大的。

「你的孩子還好嗎？」我邊問邊往嬰兒車裡偷看。原來嬰兒車裡躺的不是孩子，而是一頭山羊。

「不要評論我，」那女人說著往嬰兒車前跨一步。「我不拿，別人也會拿。我有餓肚子的小孩。」

「我沒有。我們都餓了。」

「哦，這頭羊是我的。去找你自己的羊。」她說完朝我們大家望一眼，然後示意叫我靠近。

「我聽說舊電影院的屋頂沒有破洞，說不定會比較暖和。」

「謝謝你。」我說。

她站著等待。「我本來可以拿那個消息來賣錢，」她說著「哼」了一聲，隨即推著嬰兒車走過路上的碎石與碎冰，山羊的咩咩叫聲在她背後回響。我們默默無言的站成一圈，面面相覷。

艾娃終於說話了。「抱歉，不過那真是我這輩子見過最醜的嬰兒了。」

「還有，喬安娜，看在老天的份上，去找你自己的羊。」詩人唱和道。

「電影院沒有破洞。」流浪兒模仿低沉的聲調說。

接著，從人群後面傳來他的聲音：「當心，克勞斯，你本來可以拿那個消息來賣錢。」德國人說。

我盡可能忍住，但實在沒辦法，還是笑出來了。流浪兒開始咯咯笑，艾娃放聲大笑。緊跟著最神奇的事情發生了。德國人露出微笑，然後哈哈大笑，狂笑。

「我們去找那間電影院吧。」等我們笑完恢復鎮定之後，艾娃馬上說道。我們離開港口和那些龐大的船隻。明天我們能不能搞定登船證呢？倘若可以，哪一艘船將載著我們航向自由？我們離開時下雪了，雪花堆在我們的頭頂和肩膀上。德國人抓起我的手將我拉向他。

「我很遺憾，」他低聲說。「關於英格麗。」

我垂下目光，還沒來得及回答，他已放掉我的手走開了。

艾蜜莉亞

他長得很俊美。

騎士微笑時真是俊美又瀟灑。

他不想讓任何人看到。

他不想對自己承認。

然而在那短暫的一刻，我看見他了。他內心中真正的男人，而非飽受祕密與痛苦折磨的他。而他很俊美。

我希望奧古斯特和他能見個面。他們如此相似。安靜的堅強。

我希望媽媽能見到奧古斯特。她會讓他坐在我家的餐桌前，請他吃抹了黏稠橘子醬的厚麵包。茶壺的腹部將是溫熱的，裝滿了覆盆子茶。桌子中央的紅色罌粟花也會從玻璃花瓶裡友善的揮揮手。媽媽脫下圍裙後，會坐在奧古斯特旁邊，接著她會伸手過去，把手放在他的手上，然後告訴他——Tak się cieszę, że tu jesteś.（波蘭文，我好高興你在這裡。）

喬安娜的母親還在，和母親團聚是她的動力。為了回到母親身邊，就算要屠龍她也願意。母親是靠山，母親是安慰，母親是家。一個失去母親的女孩，猶如突然出現在怒海上的一葉小舟。有些小船最終漂到岸邊，有些像我一樣，似乎漂得離陸地越來越遠。

我強迫自己想開心的事——奧古斯特、溫暖、鸛鳥、家——任何可以讓我分散心中壓力的事。我和大家一起尋找電影院。每走一步，事實也越趨接近。

我拖不了多久了。

傅洛仁

部署在港口的軍人數量甚至比我預期中更多，這就表示紅軍更逼近了。這回我倒很慶幸自己是團體中的一分子。我低著頭，由他們包圍著一起走。眼前的景象令人心痛。

附近有個女人哭著跪倒在地。「他們說我只能選一個孩子上船。叫我怎麼選呢？拜託別逼我選好嗎？」

絕望的感覺強烈到我幾乎可以把它推下碼頭。德國需要所有的男人服役。親衛隊將四處巡邏。我偽造了信差證件，不過軍官大可輕易要求我放棄任務，改而駕駛坦克車。

那個推著山羊的女人說一切都亂成一團。她錯了。沒錯，各種事物是很混亂，但德國人向來有條有理，一絲不苟。他們做每件事都有一套系統。

納粹黨的官員、地方領袖和他們的家人有權優先上船離開。軍官與傷兵也獲准上船。在擁有優先權的旅客和軍事人員上船之後，德國人會挑選難民。首先獲選的是帶了孩子的婦人，像我這樣的年輕單身男子就無法得到允許了。一點機會也沒有。

到頭來我或許不得不透露我隱藏著一個比彈片更大的傷口。果真如此，我就需要護士的幫忙。這個策略是我幾天前想到的，但她若是生我的氣就行不通。因為緊緊抓著護士，我救了她一命。她幹麼生氣？她的怒氣困擾著我，我一點也不希望這麼受到困擾。

但我需要她的幫助。

所以我非得說我很遺憾。
但我不必握著她的手。

阿弗雷德

親愛的小蘿：

情勢隨著每小時的流逝越發緊張了。明天一早，載滿傷兵的救護火車將從東方抵達。我最初是被分配到醫院的病房，但我當然會找人代替，因為他們一定會發現我更適合在別的領域發揮我的才幹。

小時候，我的媽媽會蒙住我的眼睛，不讓我看到生病和畸形的人。她這麼做非常正確。世界上有那麼多的醜陋與不完美。我們知道它的存在，可是非看它不可，卻造成更深的創傷。有些事還是視而不見的好。

「費瑞克，別做白日夢了！」

我轉向對我說話的聲音。

「這一區供手腳殘缺和截肢的傷兵使用。我們無法收容所有的人。明天救護火車到達時，我們要檢查傷患。只有生存機會極大的傷兵才能登船。」

檢查傷口？不，那怎麼可以？

「對不起，長官，」另一名水手說。「你說有生存機會才能登船。那麼我們傷勢更重的同胞怎麼辦？」

「他們得留下。」那軍官應道。

「非常明智。」我點頭說。「把變成褐色的白菜留在籃子裡。救一顆只剩幾片好葉子的白菜沒啥道理。」

「閉嘴，費瑞克。」他們異口同聲的說。

喬安娜

哥騰哈芬到處都是滿滿的難民和軍隊。我們一路走，鞋匠詩人一路在別人丟棄的行李中翻找。他找到兩雙靴子。流浪兒快手快腳的把它們擦得鋥亮。待我們走到電影院時，詩人已經拿兩雙靴子換得一大桶熱粥。

「有用的技能總是交換得到東西。你瞧，你的專門技術很有價值。」他告訴流浪兒。小男孩聽得眉開眼笑。

我們接近小小的電影院。「我們很快就能坐下了，」我讓艾蜜莉亞安心。她看來一副快要癱倒的模樣。我們走到後門，卻發現門上了鎖。

鞋匠詩人轉向德國人。「朋友，也許你找得到進去的路。」

「也許吧。」他點點頭。「大家把我圍起來。」我們照他說的去做。他從口袋裡取出一把小摺刀，幾秒鐘不到，門就打開了。我們統統溜進去後，他再鎖上門。

「我們應該讓它開著，」我告訴他。「別人也需要落腳的地方。」

別人已經在裡面了。坐在椅子上，躺在地上。

「我看那位山羊媽媽已經拿她的消息賺了幾枚硬幣吧。」艾娃說。

「我們在哪裡紮營？」鞋匠詩人說著張望四面八方。

「我們應該占用放映室，」德國人說。「在樓上。」

「我不想走上樓，」艾娃說。「我累了。我們就在這裡坐下來，趁著粥還熱快點喝掉吧。」

我同意。這真是非常漫長的一天，又是坐船，又是穿越冰層，還有英格麗。

英格麗。

我覺得喉嚨又是一陣顫抖。

「那麼，」艾娃說：「是誰把死人莊園的黑莓和紅蘿蔔藏起來了？」

安安靜靜吃完熱粥後，我扶艾蜜莉亞躺下，並且抬高她的腳放在行李箱上。流浪兒幾秒鐘就睡著了，艾娃也很快入睡，她巨大的身子有流浪兒的兩倍長。她打鼾，每呼一口氣就發出劈哩啪啦的聲音。

我從行李箱裡抽出我的醫療袋，準備幫助需要的人。

「嘿。」德國人悄悄的說。

我望向他。

「有好幾艘船。明天我們一個個都會在登記站被分開。」他說。

艾蜜莉亞看著我，我倒是沒想到這個。「可是我們應該盡可能待在一起。」我低聲對他說道。

「你替她想到什麼說法？」他說著指向艾蜜莉亞。

「我想是同樣的說法吧，配合那張拉脫維亞證件。」

他搖搖頭。「這裡比較困難。每個人都想登上一艘船。」

「我會解釋她懷孕了。她一打開外套，大家就明白了。」

「可是她看起來沒那個拉脫維亞女人那麼大年紀，又不會說拉脫維亞語，」他說。「他們這裡嚴格得很。有負責的高階軍官，不光是年輕的新兵。」

艾蜜莉亞伸手觸摸德國人的膝蓋。「求你了。」她說。

「對不起，我不能帶著你，」他告訴她。「不過她可以。」她指著我。

「我可以？」

「是的。正如老人家說的，技能很有價值。大一點的船隻設置了病房，他們會需要你。主動介紹你的工作能力，但要告訴他們說你想把你的病患帶在身邊。」

艾蜜莉亞盯著他看。「你也是病人。」她說。

「也許吧。我確實有——」他遲疑著，「一種病況。」他說。

彈片，我差點忘了。「哦，我連問也沒問。你看來挺健康的。你的傷口怎麼樣？」

「不是那個。是別的，」他說。

「什麼呀？」我問。

艾蜜莉亞拍拍她的左耳，然後指了指德國人。

他凝視著她，雖然震驚，卻忍不住笑了。「你是什麼，小巫婆還是什麼？你怎麼知道？」

「什麼呀？」我再問一遍。

他俯身越過艾蜜莉亞。「我左耳的聽力受到損傷，」他低聲說道。「我有證件，一項重要的任務，我需要上船，但他們很可能要求我留下來打仗。如果有人證明我的病況，我就比較不必擔心。你可以說我的傷口還在復原，同時也失去了聽力。」

他在要求我做什麼？

「我不是醫生。」我告訴他。

「可是我是你的病人，」他說。「拜託考慮一下。」他抓起他的背包指著樓上的放映室。「我要上樓了。」

他走了。過去五分鐘裡他對我說的話，比他加入我們團體以來還多。

仍然清醒的鞋匠詩人也在聽。他對我挑起眉毛，隨即翻身入睡。

阿弗雷德

我死盯著媽媽的信封。是兩個月前寄到的。我決定拆開它。

我親愛的阿弗：

我好擔心啊。儘管我寄出許多封信，卻沒接到半點你的消息。請寄給我隻字片語，讓媽媽知道你很安全。你吃得好嗎？你的胃怎麼樣？

比起德國的其他地區，海德堡可算是非常安靜的了。我很感激我們的與世隔絕。我打掃你的房間，盼望你能盡快回家。上週我清除你衣櫥裡的灰塵時，發現櫥子背板上釘了許多隻蝴蝶。你能想像我有多麼驚訝嗎？好多好多喲，可是你從來就沒提過。你有這些蝴蝶多久了，阿弗雷德，又為了什麼？

家裡一切都和我上一封信中說的一樣。傑格家的房子仍然寂寞淒涼。韓高夫人說起傑格一家子的時候總是提到你。我猜你很仰慕小漢娜蘿是吧？我懷疑你是不是還有什麼事沒告訴我？別害怕分享你的祕密。我不會告訴你父親。待戰爭結束之後，將有「對的一邊」可以去，去到「錯的一邊」可能會造成嚴重的後果。你父親明白得很，希望你也一樣明白。

記得穿上兩雙襪子，可以保護你的拇囊腫。

永遠愛你與思念你的，

媽媽

我抓起紙筆。

親愛的媽媽：

你的信剛到。我在哥騰哈芬。我很好，也非常忙碌。我在威廉·古斯特洛夫號上工作，值班實在太忙，沒時間寫信。不要碰我的蝴蝶，也請盡量不要進我的房間。我對傑格一家人一無所知。

你的兒子，

阿弗雷德

傅洛仁

我就知道。護士會想看看我的耳朵。我眼看著她慢慢穿過走道，尋找樓梯。她會找到嗎？我坐下來，開始用小摺刀清理指甲。

她打開門。「我很驚訝門沒鎖。」

「我知道你會上來。」

「你怎麼知道？」她問。

我聳聳肩。「你非常負責，你迫切需要治癒病人。」我抬起望著小摺刀的眼睛。「這是為什麼？」

「你還好意思問問題。你幾乎不說話。我好幾次問你叫什麼名字，你都不肯回答。你曉得我叫你什麼嗎？」她問。「德國人。」

「我是普魯士人。」我低頭看我的小刀。我應該告訴她那個嗎？

「好吧，所以現在你是普魯士人。」她挨著我跪下。「讓我瞧瞧你的耳朵。」她伸手到醫療袋裡掏出一盞小燈，然後檢查我的耳朵。

我感覺到她溫暖的臉龐靠近我的臉，一個琥珀墜子停留在她喉嚨的凹處。「好看的項鍊。你喜歡琥珀？」我邊問邊想著那隻貴重的天鵝。

「我是立陶宛人，我當然喜歡琥珀。你的耳膜破了，是最近的事。怎麼發生的？」她問。

「爆炸，和榴彈片同時發生的。」我告訴她。

她按壓我的耳朵周圍，她的指尖掃過我的耳垂。我抽搐一下。

「疼嗎？」她問。

我搖搖頭。不，不疼。我半聾，但我並不麻木。護士的臉離我只有幾英寸，她緊閉嘴脣，她的鼻息吹入我耳中。我閉上眼睛，拚了命忍住不要發抖。她在測試我。

她靠在腳後跟上，咧嘴一笑。

「滿意了沒？」我問她。

「噢，滿意。」她微笑道。「你那隻耳朵肯定是聾了。」

「我知道你說了什麼，我感覺得到，只是聽不見罷了。」

「嗯，我要你聽聽這個。我叫喬安娜，你應該叫我的名字，不是護士，也不是女孩。喬安娜。」

「那樣可能不禮貌吧，」我告訴她。「你比我大，我或許應該稱呼你女士，還是夫人？」

她翻著白眼。「躺下來。我想檢查一下你傷口上的包紮。」

我躺下去，把兩隻胳膊枕在頭底下。我非問不可。

「又或者你是位太太？」我說。

「不，我不是太太，」她邊說邊檢查我的傷口，「你有太太嗎？」

我瑟縮一下。「你現在碰的部位還會疼，」我說。

「正常。如果受到感染你會發燒，而且傷口會變色。」她回頭聊病情一點也不困難。她輕輕把我過長的頭髮往後撩，再把她的手掌擱在我額頭上。她的手好溫暖。「你沒發燒。」她頓了頓才清清喉嚨。「我一直在想你說過的事。明天我們大家可能會各分西東，我需要和艾蜜莉亞待在一起。」

「你需要？」

我髒掉的繃帶被她扯得更開了。「是的。她快臨盆了，雖然她總是裝出一副勇敢的模樣，但她可能非常害怕。」

你害怕嗎？我很想問。是否有個士兵在什麼地方等著她？我想到她提過的那首歌《莉莉瑪蓮》。也許有個傢伙在立陶宛家鄉的一根燈柱下等著她吧。

「所以說你想幫助波蘭少女？你是不是就像那個英國護士一樣，那個拿著油燈穿過黑暗、拯救所有病人的人？」

「不是，」她直截了當的說。「我不是南丁格爾。只是——艾蜜莉亞讓我想起一個人。」

我發覺說實話可能是我所需要的彈藥。「她也讓我想起一個人，」我說。「我有個妹妹。」

這招管用了。她猛的將頭轉向我。

「是嗎？」

我點點頭。「她現在跟波蘭少女一樣將近十六歲了。為了安全起見，我父親送她到丹麥邊界附近的北部。我已三年多沒有她的任何音訊。我打算去找她。」

她的表情變柔和了。

「你父母還健在嗎？」我問道。

她的手停了下來，手指輕輕擱在我的胸口，並且別開目光，凝望著角落。「但願如此。」她嘆了口氣說。

家人。我觸到了她的痛處。我若是想說服她，這恰恰是我需要的，但我突然覺得難過起來。她確實是個善良的好女孩，況且她又何必長得這麼漂亮？為什麼她就不能像艾娃那個女巨人一樣長鬍子呢？

「我盡量不讓自己想得太消極，」她說。「我母親待在德國的一個難民營，但我父親和弟弟仍留在立陶宛，母親認為他們是在森林裡戰鬥。我聽說史達林對立陶宛人做了難以言喻的壞事，然後我又想到莊園樓上的那一家人。」她停頓片刻。「你十分確信他們全都死了嗎？我一直在想也許其中哪個孩子還活著，說不定我還救得回來。」

我不想對她描述那幅情景。「他們死了。」

她直視我的眼睛。「我做了一件傻事。」

我凝視著她，等她開口。她慢慢撤下防衛的簾子，等我接收關於她的全部真相。一撮柔軟的鬈髮從她耳後滑落到她的臉頰。那撮鬈髮真是令我意亂情迷。

「我給那家人寫了一張紙條，說我借用了他們的針線包。我總覺得拿他們的東西是不對的。當然，那時我還不曉得他們都在樓上。我在紙條上簽了我的名字。現在我的姓名留在那間屋子裡，如果那家人的親戚回去，發現死去的家人和我的名字怎麼辦？」

「當然，你殺了他們全家，然後留下一張借用針線包的借條，好個心思縝密的凶手。」我笑著說。

那道簾子又飛快拉上了，都怪我逼人太甚。「並非每個凶手都是刺客，有時他們的手上甚至沒有沾上血跡。」她收拾好醫療袋，任我的襯衫敞得開開的。

「你的縫線應該在兩、三天內拆掉，我不知道他們會不會讓我上船。如果他們答應的話，我或許會考慮為你的耳朵和傷勢擔保。但我必須知道更多，我不能冒險。要麼告訴我你的名字，讓我看你的證件，要麼告訴我你背包裡藏了什麼。」她站起來低頭看著我。

我用手肘撐起身子，不過我沒說話。我真的很不想喜歡這個女孩，卻敗得淒慘。

「你以為你很狡猾，」她邊說邊搖頭。「我知道你從我行李箱裡拿了一樣東西。我要你明天以前歸還。」

「我不曉得你在說什麼。也許你最好是再把行李箱檢查一遍。」

「噢，你是厲害，但沒那麼厲害，」她說。「相信我，你不是唯一有祕密的人。晚安，普魯士人。」她關上門。

我躺回冷冷的磚塊地板，一手伸進口袋掏出那張針線包借條。什麼樣的女孩會在浴血戰爭當中留下一張借條？

誠實的女孩。

我凝神注視她漂亮的筆跡，銘記在腦海中，且用手指沿著她的一筆一畫描過。我已經把那幅畫放回她的行李箱了。沒錯，我就是那麼厲害。

晚安，喬安娜。

阿弗雷德

早安，漢娜蘿！

今天將會非常忙碌。再過幾個小時，我們就要開始為湖邊所有傑出的女士登記，這些船隻也將拯救數千人。海軍基地這裡聚集了相當多的艦隊，不過我的船，咱們海軍稱之為威利G號，則是許多小魚中真正的鯖魚。

媽媽寄來一封信。她告訴我說多管閒事的韓高太太一直在我家門口散播一些不實的流言蜚語。的確，那些希特勒青年團的討厭鬼來到我家門前，堅持要闖進門時，我看見那既老又腫的太太隔著她的窗簾偷看。他們如此傲慢又野心勃勃。幸虧他們來的時候，媽媽正好出門去買麵包了。這事我當然沒對她提起。這場戰爭已使得她精神耗弱，但顯然韓高老太婆還是跟她說了，於是我不得不說點我的意見。

那些討厭鬼離開我們家以後，我恰好在我家的浴室。希特勒青年團那些男生過去敲門時，我看到你迅速離開你家廚房，邁向門廳。我仍然好奇的是，你何必那麼快走到門口。

我們千萬必須小心，漢娜蘿。只因為有人敲門，並不表示你非開門不可。親愛的，有時來到門口的是惡狼。我們若是不小心，牠們可能吃了我們。

喬安娜

我們於黎明時分離開電影院，接著走到港口。港口裡的能量已逐步升高到狂熱的地步。難民們竭盡所能搬運他們的財產。艾娃閃過一個騎單車的人，然後指著馬路對面。「那是餐桌嗎？」一匹疲累的馬拖著一張倒扣的桌子，上面裝著用帶子捆綁的物品。「可真是最後的晚餐，抱歉，」艾娃說。

奧克斯霍夫特（Oxhöft）火車站坐落在幾百公尺外。艾娃在人群中來回穿梭，蒐集消息。

「他們說如果鐵路照常營運的話，火車就會載來受傷的士兵。有人口口聲聲的說俄羅斯人已經炸毀了整條鐵軌。」

謠言好似感染般傳播。有人說柏林不關心東普魯士的德國人。有人說現在連十二歲的小男孩也受到徵召，扛的槍比他們的身高還高。

「你何必這麼緊張？」艾娃說。「你明知自己一定上得了船。你說你有一封信。」

「噓。」我往背後瞧一眼，看看有沒有人在附近。「我不想讓別人知道。」

「幹麼這麼神祕？」艾娃小聲說道。

「我不希望他們以為我有優先待遇或是機會。」

「那是因斯特堡的醫生寫的一封信，喬安娜，說你很擅長於處理血腥和暴力。抱歉，我倒不會稱它是個機會。」她說。

「這整件事情都很不公平，艾娃，你知道。希特勒准我進入德國，他認為有些波羅的海人有可能『德國化』[27]。可是，每當希特勒讓一個像我這樣的人進來，就擠掉一個像艾蜜莉亞那樣的可憐人。」

艾娃聳了聳肩膀。「人生本來就不公平。你很幸運。」

我不覺得幸運，我覺得內疚。

「你覺得你有時間講道德嗎？」艾娃凶巴巴的說。「俄國人就快繞過轉角了。你再等下去，他們就會鑽到你裙子底下，然後你就死了。抱歉，別為了善待一個迷失的波蘭少女浪費你的時間。趕快排隊，趕快登上一艘船。和大家一起長途跋涉是不錯，可是現在我們到這裡了，我不需要一群人。我需要我的東西，我需要一艘船。」

我看見一個年輕水手在一堆行李裡亂翻。

「不好意思。」我說。

那水手很快站直了，試圖把一只水晶蝴蝶藏在他的背後。

「女士們早安。阿弗雷德．費瑞克為兩位效勞。」

27 德國化（Germanizable），源自germanisation，指德語、德國人和德國文化的傳播過程。

傅洛仁

我站在鞋匠詩人和波蘭少女的背後，費勁的傾聽喬安娜和那名水手的對話。波蘭少女盡其所能遮住我。

那水手沒完沒了的說：「我被派來迎接即將抵達的一列火車。我想我不妨好好利用這段寶貴時間，說不定可以讓一些珍貴的物品和他們的主人重逢。」

他不問我們問題，反而解釋自己的行為。他的水兵階級是德國海軍中接受徵召服役的最低階海員。

「當然，」喬安娜說。「我只占用你一分鐘時間。可否請你告訴我們登記的地點和開始登記的時間？」

「啊，是的，這是今天的重要問題，不是嗎？登記將於上午七時在碼頭東側開始。當然你也看見了，碼頭上有好幾艘船隻。不過那一艘——」他指向遠方一艘最大的船——「那艘船，女士們，就是威廉．古斯特洛夫號。那是我的船。」

喬安娜細細觀察那個年輕人。「請原諒我多問，你兩隻手怎麼了？」

他把雙手塞進口袋裡。「哦，沒什麼，只是有點皮膚過敏，水手常有的毛病。為了德國所做的小小犧牲。」

艾娃翻了個白眼。

「我有一種藥膏可以保護你的手，減輕過敏。」喬安娜說。

水手低下頭咕噥些什麼。

「我受過醫學訓練，」喬安娜說。「以前我在醫院工作過。」

水手的眼睛一亮。「你被分配到船上了嗎？」

「沒有，所以我才請教你關於登記的事。」喬安娜說。

「這樣的話，今天你可走運了，女士。我正在等一列醫療火車和戰地救護車隊進站。你知道，我們即將協助我國受傷的官兵登上古斯特洛夫號。我們只有一位醫生，他正要往這邊走過來，我幫你們互相介紹一下。」

今天走運的不是喬安娜，是我。這傢伙是一流的傻瓜。我從波蘭少女背後跨出一步，打算採取行動，可是喬安娜搶先開口。

「噢，天啊，謝謝你，水兵。可是你要了解，我正在照顧幾位非常重要的病人，我得帶著他們一起上船才行。」

「好吧，只要每個人的證件齊全，我們就可以提出要求。受傷的士兵和納粹黨員當然可以優先登船，但我聽說我們必須撤離許多傑出的女士……像你這樣的女士。」他對喬安娜奇怪的微笑，上唇翹起，露出朦朧的牙齒。

艾娃轉向我，惱火的說：「最好的就剩下他了嗎？抱歉，我不打算把我的未來交到這個氣喘咻咻的人手上。」

阿弗雷德

我總算交上好運了。就在滿載傷殘官兵的火車即將到達的幾分鐘之前，我竟誤打誤撞上一個合格的護士。

我一把抓起那年輕女子的袖子，拖著她穿過人群。「瑞克特醫生！」我在擁擠的人群中大吼大叫。「瑞克特醫生！我幫你找到一個護士了。」我把女孩猛力推到醫生面前，害她差點整個人倒在他身上。

「快給我停下。你在幹麼呀？」醫生問道。他伸出一隻手穩住護士。

「對不起，長官，」女孩說。「這位水兵覺得你可能需要幫手。」她掏出她的證件遞給醫生。

「我在因斯特堡曾擔任一名外科醫生的助手。我的證件當中包括一封推薦信。」

「外科醫生的助手。」我咧嘴笑道。「傑出的資歷。」

醫生的目光飛快掃過她的證件。「你登記了沒？」他問。

「還沒，長官。」她應道。

「我有一車隊的傷兵還在路上，可是我們收容不下所有的人，因此需要評估他們的狀況。只有身體強壯得足以熬過這趟航行的人才能上船。」

「我和幾個有優先權的病患一起來的，」護士說：「包括一位即將臨盆的媽媽，她——」

「你有沒有產房經驗？」醫生打岔道。

「我有。」

他把證件遞還給她。「先在這裡幫我一下。等我們為傷兵分類之後，馬上幫你登記上古斯特洛夫號。」

「長官，那麼我的病人呢？」她問。

醫生惱火起來。「我沒時間。」接著他看看我。「你，帶護士過來的人。你叫什麼名字？」

「費瑞克，長官。」

「你帶她的病人去登記。也許哪艘船還有空位。」

護士從她袋子裡抽出一個聽診器，隨即掛在脖子上。

醫生對我點點頭說：「謝謝你，費瑞克。」

「很高興為你服務。」

我抬頭挺胸站著，真開心哪。機會一來，阿弗雷德．費瑞克就會緊緊抓住，然後邁向英雄之路。

喬安娜

醫生和幫助新病患的機會吸引著我，但我又不想離開我們這個小團體。

「去吧，親愛的，」鞋匠詩人說。「可能的話盡量幫助別人。這個年輕水兵會帶我們去登記，然後我們再回來找你。」

我跪在流浪兒面前。「聽著，克勞斯，你跟緊詩人，抓著他的手。」小男孩點點頭。我親吻他一下。他伸手遞出他的獨耳兔子索吻，我也勉強給它一個吻。

「請照顧他，詩人，」我擁抱老人家時說道。「上船之前一定要找到我。」

「那座時鐘，」詩人提醒著。「我們可以在那座時鐘底下碰面。」

遠處出現了一個喘著粗氣、煤煙籠罩的火車頭。

艾蜜莉亞朝我一步步走來，害怕的睜大了眼睛。

「別擔心，」我告訴她。「我必須幫助這些人，但我也會幫你。」我將她的粉紅帽往下拉，再拉整齊了。「塗上口紅，」我低聲說，一手撫著她的肚子。「今天晚上我會見到你們兩個。」

即使相隔老遠，我仍看得見火車車廂裡塞了滿滿的傷兵和難民。乘客倚靠在車廂外面尖聲呼救。備妥擔架和床墊的水手們衝進來，醫生開始狂吼指令。

接著在一片喧囂混亂中，我聽見他的聲音。

「喬安娜。」

我轉向那聲音。

普魯士人將我拉到一邊。

「你想知道一件事，」他低語道，身子更靠近了。他直勾勾地盯著我的眼睛。「我叫傅洛仁，我的名字叫傅洛仁。」他伸出手，用手指捏著我的一綹鬈髮，一陣燥熱湧上我的臉。

我抓起帶我到醫生面前的年輕水兵。「你叫什麼名字？」我問他。

「費瑞克。不過你可以叫我阿弗雷德。」

「阿弗雷德，這些人非常重要，他們都有證件。我要去協助醫生，但一定要帶這些人搭上我要搭的同一艘船。你了解嗎？」

「是的，女士，當然了解。」

破舊的火車在鐵道旁軌上嘶嘶響著，有如一個渾身瘀傷的戰士。

醫生遞給我一塊附紙夾的筆記板。我能信任那名水兵嗎？

「阿弗雷德，你答不答應照顧我這群人？這位年輕媽媽非常重要。」

「包在我身上，女士。」

火車上傳來緊急的呼叫聲。

「我們走吧！」醫生說。

我抓著普魯士人，然後在他聽得見的耳朵邊輕聲細語。

「很高興認識你，傅洛仁。」

艾蜜莉亞

她要離開了。為什麼每個人都要離開我？不過喬安娜很特別。一位醫生挑中她一起工作。火車到站時爆發一陣混亂。我們離開軌道，跟著那名水兵走向港口。

那個水兵令我不安。某種陰影隱藏在他的表面底下，英格麗若是還在，就會感覺得到。我們在跟喬安娜說話時，有隻餓壞的狗走近水兵。可憐的狗兒虛弱到連吠叫的力氣也沒了，只是悲哀的在他腳邊嗅聞。水兵卻用靴子猛踹那飽受折磨的牲畜一腳，一臉的氣惱與嫌惡。

「記得，別說話，」騎士輕聲對我說著。「你是拉脫維亞人。」

我的騎士還沒丟下我。他正為了什麼事高興。為了水兵或喬安娜。也許兩者都有。但他可能也不得不離開我吧。當初父親也不想離開我。我在門後面偷聽時，就感覺得到他的掙扎。

「答應我，馬丁，」父親對克萊斯特先生說。「答應我你會保護她，照顧她，像你親生女兒一樣愛她。她是我的全部。」我忘不了父親難過得說不出話的嗓音。

克萊斯特先生答應了。「我會的，米卡爾，我們一定會好好照顧她。她會愛上鄉下和農場的，艾兒絲和奧古斯特也會很高興家裡多了一個年輕的聲音。」

「埃娜呢？」父親問。「你有把握她會歡迎她嗎？」

「埃娜……會的。」克萊斯特先生說。

我腦海中不斷重複那段談話。他說了「會的」兩字，但有什麼在尖叫著「才不」。接著我重溫一遍真相：
馬丁．克萊斯特歡迎我。
艾兒絲．克萊斯特歡迎我。
奧古斯特．克萊斯特歡迎我。
但是埃娜．克萊斯特不歡迎我。
從來沒有。

傅洛仁

成千上萬來自東普魯士和波羅的海國家深處的人逃到了哥騰哈芬，現在他們宛若人類浮木一般，在海港附近推湧與浮動。車輛尖聲鳴著喇叭，從難民人海中畫開一條狹窄的通道。一大群人圍在剛剛遭車子撞倒的一個小女孩四周。冠頂烏鴉在一輛翻覆的馬車前盡情吃著一匹死馬的內臟。人們四處遊蕩，不斷仰望天空，恐懼著黑死病。路邊坦克車輾過的泥土地面上，一頭瘦弱的母牛在哭號。牠的乳房結冰，且在一夜之間脹破了。

「請你站到一邊去，我是正式的護送兵！」陪著我們的水兵宣布道。

波蘭少女扯著我的袖子，擔憂的看我一眼。那名水兵故意在引人注目。他不單是個沒經驗的傻瓜，更迫切需要感覺自己很重要。這種人我很了解。

我看見遠處有一群納粹長官和他們的妻子。那些女人身穿厚厚的毛皮外套，戴著昂貴的珠寶，身邊簇擁著手拿行李與帽箱的女僕。這些人是特權乘客，可以和軍官及傷兵一起優先登船。可能給我帶來麻煩的就是這種人。

「嘿，水兵，暫停一分鐘。」我拍拍他的肩膀，他隨即轉過身來。我把他從我們這一群人當中拉到一邊，好讓喧嚷的噪音蓋過我們的交談。

「我覺得你是個充滿自信的人。」我告訴他。

「嗯，是的。」

「我真正的意思是，你做人很謹慎，」我澄清道。「就像護士說的，我們當中有些人身負重任。」我降低音量。「甚至可能是在替元首個人辦事。」我從外套的內袋掏出那張摺疊的紙。

「噢，是的，我的個性相當謹慎。」他向我保證，一邊好奇的看著那張紙。

「那麼我就信得過你，讓你讀一讀這封信，而且對誰也不能說出口。」我把那封信遞給他，他讀了起來。他兩隻手背上長滿硬皮和水泡，光是看在眼裡就覺得癢。我忍不住搔了搔頸背。

水兵抬起頭來開始敬禮。

「別這樣。你會引人注意。」

「噢，是的，貝克先生，我懂。你有祕密任務。」他的臉因為心照不宣而興奮得發亮。

「我不能因為其他工作或詢問而分心，」我告訴他。「我必須登上一艘船，最好是待在一個沒人看得見的地方。可是有些軍官說不定為了自己的事想要吸收我替他們工作，解除我的任務。你可以帶其他這些人去登記，但如果你能幫我登記得不著痕跡，我就會向科赫總督，甚至向──元首推薦你接受表揚。」

我引起了他的注意。

「我看見帝國這裡登記的方式非常有效率，而且井然有序，水兵，不過也許像你這麼能幹的人可以提供別的選擇？」

他的嘴唇抽搐兩下，笑得露出牙齒。「我可能有幾張多出來的登船證。當然只是為了做個紀念。」

「你真聰明，」我讓他放心。「這些登船證你帶在身上嗎？」

「可惜沒有，但我可以去拿，就放在我的鋪位底下。」

「那就帶這些重要的人，幫忙護士給他們登記吧。然後到進城不遠的電影院來找我。敲門三下，再兩下，我就開門。」

他的手指開始顫動。「敲門三下，再兩下。是，貝克先生，我會照做的。」

我對他擺出最嚴肅的臉色，並且降低音量悄悄的說：「希特勒萬歲，水兵。」

「希特勒萬歲，長官。」

阿弗雷德

我在間諜雜誌上讀過這些年輕新兵的故事。納粹黨老早就把他們發掘出來，然後交付他們重要的使命。而此人——是由科赫總督親自派來的，他值得我幫忙。

牽著小男孩的白髮老頭請我暫停一下。「請你等等我們團體裡的其他人。」

那位懷孕的媽媽在哭，她很年輕，塗了俗氣的口紅，身子緊貼著那個年輕的新兵。

「別哭，」新兵告訴她。「我待會兒就上船了。」

「啊，原來如此。她懷的是你的孩子。」我對他說。

「**不是**。」他倆異口同聲的應道。

「她是拉脫維亞人，」新兵說。「是護士的朋友。她擔心是因為她不會說德語。她懂一點，但不會說。」

「這次撤離的許多人都有和你一樣的障礙，」我向她保證。「我們船上的甲板水手就是克羅埃西亞人。他們也不會說我們的語言，但我們還是能夠溝通。」

「記住，她的身體很虛弱，醫生明白囑咐過你，一定要讓她上船。」新兵對我說。

「我們會照顧她的。」白髮老頭說著用一隻手臂摟著年輕媽媽。他輕輕把她從新兵身邊拉開，新兵隨即消失於人群中。

淚水滾滾流下她的臉頰。好懦弱啊。我跟這個哭泣的女人有何瓜葛？小男孩站在她一邊，老頭站在她另一邊。小男孩交給她一隻醜醜的絨毛兔子。她心中充滿了痛苦與悲哀，我倏的想到這個痴迷且情緒化的女人或許給了我一個機會。

她雖淚流滿面，卻是亞利安人，是優異人種的一個優良樣本。她可以得救。

是的，漢娜蘿。在戰爭的魔掌下，為了征服一直潛伏在人類心中的異端，獸性於是出現。我的劍已出鞘。任誰企圖傷害這個達欣妮亞[28]，都非死不可。

---

28 達欣妮亞（Dulcinea），出自塞萬提斯的《唐吉訶德》，是書中主人翁吉訶德先生想像中愛人的名字。

喬安娜

大群擁擠的傷患湧出車廂。火車漸漸清空之際，救護車隊也隨後趕到。仍穿著外套上沾滿泥巴的士兵被人直接從戰場上送過來，他們痛苦的哀嚎，朝我伸出雙手，將他們絕望的眼神投向任何人。

有些傷患的症狀可以迅速辨認出來——傷寒、痢疾、肺炎，有些需要打開他們的外套，才看得出缺手還是缺腳，受到槍擊或砲轟，及坦克的輾壓。

瑞克特醫生的指示明確，「如果你有把握他們熬得過這趟航程，就讓他們登記上船。必須要有把握。」

許多人是熬不過的，甚至撐不過一個小時。他們的身體和聲音因死亡臨頭的胡言亂語而顫抖。

「我兒子想要一本《馬克斯和莫里茨》[29]當生日禮物，」一個士兵閉著眼睛一再的說，鮮血從他嘴邊流淌出來。「拜託，他要一本《馬克斯和莫里茨》當生日禮物。」

我們快速檢查後，醫生問我：「你有幾個人？」

29《馬克斯和莫里茨》（*Max und Moritz*），德國插畫家、作家威廉·布施（Wilhelm Busch）一百五十年前創作的童話故事，是現代漫畫的原型。

「七十三人可以上船，兩百一十二人不行。」

「七十三人？再加上我的傷患名單，我們爆滿了。你確定他們都有機會？」

「是。」

我毫不猶疑的回答。我也沒把握，但我確定我想努力試試看。我俯身告訴那士兵說他會見到他兒子，給他那本書。可是他已經死了。士兵們的狀況道出了納粹帝國的命運。非常清晰的聲音。

戰敗。

但我會讓這些傷兵登上那艘大船。

威廉・古斯特洛夫號能救活他們。

艾蜜莉亞

騎士走了。

喬安娜走了。

那水兵帶領我們前去登記，悄聲吟唱著「南─斯─拉─夫─人」。他煩躁不安，眼睛眨個不停。騎士以為他能騙過水兵，或許他騙得過吧。但對我來說又意味著什麼？我們走近海水附近的登記區。申請登船的人排著拐來拐去、沒完沒了的幾條長龍。身穿奢華服裝的富裕德國人排一列，軍事人員排另一列，剩下的幾列隊伍都是滿臉疲憊的難民和家人。

「我不要排隊，」艾娃宣布道。「我要等我們的馬車。我所有貴重的物品都在那輛車子上面，我不想丟下它們。」

「可是，艾娃，親愛的，你的鞋子承擔著你最貴重的一樣財產——你的性命。別耽擱了，別的一切都找得到替代品。」鞋匠詩人說。

「我母親的銀器統統在馬車上。我要等。」她說得堅決。

水兵繼續走他的，絲毫沒察覺我們當中有個人脫隊了。他把我們帶到納粹長官的隊伍中，後來又改變主意，直接帶我們到難民隊伍的前方。一直在等待的其他人不斷抗議。

儘管寒風刺骨，我卻開始冒汗。我打開外套，深吸一口氣。負責登記的士兵擋住那水兵，要求他解釋我們為何插隊。

「這四個是瑞克特醫生直接要求登船的乘客。」

「我只看到三個人，」那士兵說。「你連數數都不會嗎？」

「我數學好得很。」水兵轉身說道。「那個大猩猩女人在哪裡？好吧，是三個瑞克特醫生直接要求登船的乘客。這個人懷孕了。」他轉向那士兵諷刺的說：「所以就是四個，不是嗎？你連數數都不會嗎？」

他拉我到登記桌前面，直接面對登記的幾個軍官。

「好了，女士。讓我們看看你的證件。」他命令道。

傅洛仁

我坐在電影院後門內側，緊貼著門。我對那水兵的看法是否正確，或者我判斷得太過倉卒？他心中是否真的有個不顧一切的英雄，或只是緊張造成的皮膚過敏？我誤信朗格博士的事不斷困擾著我；也許我的判斷力並不可靠。

打從第一天起，父親便看出朗格博士骨子裡就是個喜歡操弄擺布他人的邪惡之人。我替他找藉口，拚命找理由證明他為何選擇和我共事。我想要相信他的動機是保存與保護藝術界的珍寶。

去年七月的一個暴風雨之夜，一幅大尺寸圖畫在武裝警衛的保護下由卡車運送抵達。朗格博士在和同事吃晚餐，於是由我接待士兵的到來。為了展示畫作給朗格博士看，以便檢查有沒有需要修復的地方，我拆開了包裝，並且立即認出一幅冬季狩獵圖。那是波蘭畫家朱利安・法拉特（Julian Falat）的作品。法拉特的藝術曾刊登在該學會的書籍裡。

那幅畫是波蘭人珍視的寶藏，它是波蘭的財產。

納粹黨在科赫總督貪婪的指揮之下偷走了它。

幾天後，我在朗格博士的抽屜裡發現我未開封的信。我覺得想吐。他曾口口聲聲的說我們是個團隊，然而他懶得拆我的信，不關心我想說什麼。我在床上坐了整整一天，因為懼怕父親是對的而作嘔。我在腦海中回想我們的互動，從各個角度細細分析。想著每幅罩著防水布的畫作、那些輕聲細語和握手，和深夜的運送。我希望我是錯的，但我總是得到同樣的結論：科赫與朗格不是在拯救歐洲的珍寶。

他們是在偷竊。

而不知情的我竟幫了他們的忙。

次日我就離開了我在博物館附近的小公寓，然後搭車回到提爾希特。我父親一定知道該怎麼辦，我們會一起想出解決的辦法。一到家，我才發覺我家大門只剩下一個鉸鏈懸掛在門框上，屋裡已遭洗劫一空。我們的鄰居迅速現身，將我匆匆帶回她的小屋。

「我很抱歉，傅洛仁，」她哭著說。「你父親……你來得太遲了。」

艾蜜莉亞

「給他們看你的證件。」水兵命令道。

證件不是我的，是她的，它屬於那個輸給寒冬和戰爭、命喪路邊的拉脫維亞婦女。或許她是停下來休息時凍死的。我有什麼權利竊取她的身分？而我如果登上一艘船，又將要往哪裡去？

我想回家。

「你，戴粉紅帽子的，」那軍官命令道。「我沒有一整天。給我看你的證件。」他指著我手中顫抖的身分證。

我動不了。

他站起來和我面對面。「到底是怎麼了？」

鞋匠詩人輕輕把他的手放在我肩膀上。「烏娜，親愛的，你還好嗎？」

烏娜。我怎能偷走烏娜？

「您也看見了，烏娜即將臨盆，」詩人說。「而且她看來是在反胃。」

水兵阿弗雷德一把搶走我手裡的證件，將它遞給那軍官。

軍官嘆了口氣。「已經有個小孩吐在我的辦公桌上了。帶她到旁邊去。」他說。詩人把我從桌邊拉開，流浪兒拍拍我的外套。

「她的護士在救護火車上協助瑞克特醫生，」水兵說。「她請我帶這個快要生產的媽媽過來登記。」

「我們只做登記，但還沒登船，」軍官說。「每個人必須先經過檢查。」

水兵望著我，露出奇怪的笑容。「哦，請你一定要檢查她。難道你沒看見？她的頭髮，她的眼睛，」他說。「一個精美的樣本。她的子孫肯定也會跟她一樣。」

「我做不到。」我對詩人悄聲說道。這樣不對。我沒有權利。

「你非做到不可。」他點點頭。「為了你的孩子。」

軍官檢查證件。熱汗刺著我冷冷的脖子，悶悶的哭聲從附近飄過來。

「夫人，」阿弗雷德對我們身後一個眼淚汪汪的婦人說。「你懷裡抱著什麼？」

「沒什麼，」那婦人說著裹緊了胸前的一包東西。「她在睡覺。」

「這孩子生病了？」他問。「我們不能給有傳染病的人登記。」

婦人的眼淚變成啜泣。「不，她沒生病。她在睡覺。」

阿弗雷德轉過身去面對那婦人，並且掀開了毯子。他輕蔑的笑說：「她才不是睡覺。她死了！長官，這個孩子已經死了。」阿弗雷德無比著迷的注視死去的嬰兒。

這位母親的悲痛超過了她的堅強。她努力想要說話，身體卻不停發抖，只能斷斷續續的邊說邊吸氣。「不，求求你。她只是睡著了，我發誓。不要把她從我身邊帶走。」

軍官向附近一名哨兵吹聲口哨，叫他過來。

婦人抽泣著，緊抓著懷裡那一包。「不，求求你們，我不能把她留在這裡。不要帶走我的孩子。求求你們，不要帶走我的孩子！」接著爆發一場大混亂。

鞋匠詩人轉向我，眼中滿是淚水。「親愛的，看見了嗎？那句格言正在眼前上演：我因無鞋而哭泣，直到我遇見一個沒腳的人。」

我大叫一聲，假裝開始陣痛，隨即跪在碼頭的地上。

阿弗雷德

哈囉，我的漢娜蘿：

多麼難捱的一天，而且今天才剛剛開始。我好不容易克服一切困難，替我們船上的瑞克特醫生找到一名護士。這是不可能達成的任務，但正如其他許多場合一樣，我就是有辦法讓不可能成為可能。

我第一個工作是為護士的病患登記搭上古斯特洛夫號。這些人當中有個老鞋匠（他的指關節怪異得讓我很不舒服）、一個小男孩，和一個年輕的拉脫維亞孕婦，她的德語說得糟糕透了，但面目長得頗有納粹帝國的特色。我再次為德國拔出長劍，冒著生命的危險協助那婦人邁向安全，又為祖國救回一條性命！

今天上午還發生一件相當令人震驚的事。我在幫助一個替科赫總督執行一項極重要任務的年輕新兵。也許你並不了解科赫在這場戰爭中的重要性。他是納粹黨的地區領袖，是這一帶僅次於希特勒的重要人物。科赫成功消滅了烏克蘭。這個年輕的新兵擁有科赫親筆簽署的證件，表明他是受到招募的新兵，為了帝國隨身攜帶一件珍貴的寶物。我當然是以最謹慎的態度處理這件事，絕不透露一點細節。畢竟我很可能親眼見到科赫本人。

我的英雄事蹟已迅速增長到幾乎來不及記載的地步。這會兒我在我私人的洗手間裡享受片刻的安靜，好為下一個工作訂定策略。我有職務在身，年輕的新兵在等我。為了這項任務，我必須保持最佳狀態。

洗手間裡舒適又溫暖。我決定多待一會兒。

喬安娜

幾小時不到，哥騰哈芬的人群已增加一倍。掛在脖子上的聽診器使我一步一耽擱，人們一見到我，便紛紛從遭到轟炸的建築物和彈坑裡奔跑出來，乞求援助和藥品。我盡力幫助一個臉上生了凍瘡而變黑的婦人。

「我以前很美的。」她低聲說著，兩眼空茫。

「傷疤會慢慢褪色。」我告訴她。

「可以給我一根菸嗎？」

我搖搖頭。「我沒菸。」一根香菸就像黃金一樣。

她用手指撫摸下巴裂開、變黑的皮膚。「我現在好醜。你有一根香菸嗎？」她重複道。

我把聽診器放進袋子，然後一路擠過擁擠的人群來到港口。我口袋裡有一張瑞克特醫生為我準備的登船證。我們那一群人在哪裡？那名水兵給他們登記了嗎？如果艾蜜莉亞遇到困難，我就需要幫她的忙。

「喬安娜！」艾娃的頭高高位於眾人之上。

她獨自走向我。「其他人呢？」我問。

「我沒看見他們。」

「你們沒有一起登記？」

「沒有，」她說。「我和那輛馬車一起走了幾百公里的路，我的銀器和盤碟都在馬車上。抱歉，但我絕不讓哪個農民家庭帶走那些值錢的寶貝。」

「艾娃，沒有時間了。俄國人馬上就要攻過來了，他們隨時都可能入侵這個港口。」

「馬車一到我就登記。」

「不行，你現在就得登記。醫生告訴我說港口很快就會湧來一百萬人。古斯特洛夫號和其他船隻不久都將離港。現在就搞定上船的事。把車子和馬送給需要的人吧。」

她似乎在考慮我的催促。

「你看見其他人了嗎？」我問。

「我離開時他們和那個奇怪的水兵在一起。」她轉身開始對另一個婦人說話。

「艾娃，等等。艾蜜莉亞通過檢查了沒？」我追問著。

「不知道。水兵帶著她、鞋匠和小男孩去登記，那是我最後一次看見他們。」

「那傅洛仁呢？」我問。

她一臉困惑的看著我。「傅洛仁？傅洛仁是誰啊？」

艾蜜莉亞

一九三九年九月一日，德國從西邊入侵波蘭。

一九三九年九月十七日，俄國從東邊入侵波蘭。

我記得這些日期。

兩個交戰的國家像爭搶洋娃娃的小女孩似的緊抓著波蘭，一個握著腿，一個握著胳膊。一天，他們扯得太過用力，頭突然斷了。

納粹把我國同胞送往居留區和集中營。

蘇聯把我國同胞送往古拉格[30]及西伯利亞。

這一切開始時我才九歲。人們改變了，臉孔變得乾枯且凹陷，彷彿烤熟的蘋果。鄰居說著悄悄話。我觀看他們玩他們的遊戲。我趁他們不注意時觀察他們。我邊看邊學。

可是這遊戲我能玩多久？一種外表和內心的戰爭手法。如果我真的逃到了西方，又會怎麼樣？到時我能不能表明自己是艾蜜莉亞·斯托澤克，一個來自利沃夫的波蘭女孩？德國對我來說是否安全？

戰爭一旦結束，對一個波蘭人來說，哪邊才是對的一邊？

30 古拉格（gulag），前蘇聯的勞改營、集中營。

傅洛仁

幾個小時過去了，水兵沒有來到電影院。幾種可能掠過我心中：他很忙，上級指派更多工作給他。他忘了。也許他不如我料想中那麼容易受騙。

那喬安娜呢？她會找我嗎？

我內心交戰著要不要離開電影院。隨著每一分鐘過去，湧入哥騰哈芬的難民越來越多，能搭上的船隻越來越少，帝國將變得越來越絕望。納粹如狂風般的宣傳作者約瑟夫・戈培爾[31]多年以來都在宣傳胡說八道的言論，極力以謊言激勵士氣。「全面的勝利將屬於我們。堅持撐下去！」然而勝利已從他們指間溜走，他們的雙手因責難而變得黏糊糊。眼下俄國人越趨接近。我看著我在電影院外面找到的一張最新發行的宣傳單。標題是「勝利或死亡」。

我們是德國人！

這有兩種可能：

我們要麼是善良的德國人，

31 約瑟夫・戈培爾（Joseph Goebbels），擔任納粹德國時期的國民教育與宣傳部部長，善於演講，被稱為「宣傳天才」，以鐵腕捍衛希特勒政權和維持第三帝國的體制。

要麼是邪惡的德國人。

我們若是善良的德國人，一切都將很順利。

我們若是邪惡的德國人，

那就有兩種可能：

荒謬極了。剩下的我實在看不下去。我摺起宣傳單放進口袋。戈培爾說對了一件事。有善良的德國人和邪惡的德國人。但真相是，此刻這些標籤標反了。

大家視為逃兵的人們將遭到處決。我等得越久，朗格發現我背叛的機率就越大。他是否已經闖入我的公寓或是城堡底下的密室？他是否已經搜索過大木箱？

或者更糟的是——也許納粹頭子科赫這會兒就站在碼頭上等著我。

阿弗雷德

救生背心和浮標。那是我的新任務。盡可能多收集一些救生背心和浮標。我很高興接到這個到外面去的任務，它總算給了我一個造訪電影院和年輕新兵碰面的機會。事情變得越發刺激了，好像漢娜蘿愛讀的卡爾・邁[32]的冒險小說一樣。

可是這間電影院到底在哪裡？外頭嚴寒刺骨；我的鼻毛已經黏在一起結冰了。走一趟遠路的話將凍得難以忍受。我瞥見那個老頭和小男孩站在有座大鐘的殘破建築物下面。搖搖欲倒的電影院進入視線時，我的脈搏不覺加快。是的，是的，我要做這件事。等到新兵透露我幫助過他時，黨的領袖們將對我另眼相看。

我走過雪地繞到後面，才發覺我忘了該敲幾下。不要緊，門是開的，人們自由進進出出。電影院裡的難民擠到快滿出來，味道難聞得很。座位上高高堆著行李和個人物品。一聲刺耳的口哨響起，吹口哨的是那個拉脫維亞孕婦。她指著上方的天花板。我猜她大概是受到孕婦普遍都有的情緒爆發的困擾，但緊跟著我瞧見了站在放映室小窗前的新兵。

我好一會兒才找到樓梯，爬上去時，又喘得上氣不接下氣。我走近樓梯頂上的門口。我應該

32 卡爾・邁（Karl May）是德國作家，以通俗小說而知名。根據聯合國教科文組織的統計，他是最被廣泛閱讀的德文作家之一。

在這裡用敲門當暗號嗎？門忽然開了。新兵把我拉了進去。

暗矇矇的小房間裡瀰漫著香菸的味道。我往面前猛揮手，希望揮走菸味。

「要不要抽一口？」菜鳥邊問邊踱步。

「我不抽菸。」我告訴他。

「你拿來了嗎？」

他說得曖昧，但我懂他的意思。登船證。我努力回想間諜雜誌裡使用的術語，卻一個也想不起來，所以只是慢慢悄悄的說：「拿來了。」他的外套動了一下，我瞥見他腰帶上有把手槍。我趕快拿出一張登船證。

「你是個善良的人。」他告訴我，然後遞給我一張標題為「勝利或死亡」的宣傳單。

「你讀過那個嗎？」他問。

「沒有。」我承認。

「它說的是善良的德國人和邪惡的德國人。你是善良的德國人。」

「謝謝你，」我覺得心中亮起一束信心的光芒。「可以允許我問個問題嗎？」

他微笑道：「所請照准。」

「你會怎麼處理？這是一張空白登船證，上面需要填寫資料，蓋上官方的戳章，然後你才能夠上船，再說他們也有一份完整的乘客名單。」

「是，我知道，這些就交給我來煩惱吧。現在，朋友，等開始登船和一切亂成一團時，我需要你幫我帶護士過來。」

「今天早上那個漂亮的護士？」我問。

他停止踱步。「你覺得她很漂亮？」

我常聽別的水兵談論女孩子，有時還描述得十分露骨。不過當然，我有我的漢娜蘿。

「是的。」我咧嘴笑著說。「以我的經驗來說，那個護士絕對是非常迷人。」

他凝視那張登船證。「你找得到她嗎？告訴她說她的病人需要她。一定要說**需要**兩個字，水兵。」

「可是我要上哪裡去找她？」

「她答應過那個懷孕的女孩會來找她。說不定她已經在來這裡的路上了。」

「啊，是的，她的確似乎是最關心那個拉脫維亞人。」

新兵點燃一截菸屁股後轉向我。「那位漂亮的護士，」他說。「名叫喬安娜。話說她，水兵——」他拍拍我的肩膀，吐出一團煙霧——「我聽說她已經名花有主了。」

喬安娜

瑞克特醫生一定會生氣。我沒有跟隨他上船，反而丟下他一個人面對數百名傷患。

神聖而可靠的鞋匠詩人。天寒地凍的，他佇立在時鐘底下，流浪兒在他腳邊的一堆雪中玩耍。

「你瞧，」他對流浪兒說。「我跟你說她會來吧。」

流浪兒跳起來摟著我的腿。

「哈囉，小傢伙。」我望著詩人。「你拿到登船證了嗎？」

「排了四小時的隊，但還好我們拿到了。他們差點為了修理軍靴徵召我入伍呢。老實說，我想我得到一張登船證的唯一理由就是小克勞斯。兒童優先登船。」

「那艾蜜莉亞呢？」

「真是一團糟。那個滿嘴廢話的水兵把她推到隊伍最前面，害她更惹人注意了。」詩人皺眉道。「可憐的女孩嚇壞了。我不得在一旁幫腔，好在她聽懂了，開始假裝子宮收縮，躺在地上又哭又叫的，哭得那些士兵好想立刻讓她上船，可是她說沒有她的護士陪著，她怎麼也不肯走。能擺脫掉她，他們實在太高興了。分娩的威脅把那愚蠢的水兵嚇得臉色發白，差點翻倒在地上。」

「不過她拿到登船證了嗎？她現在在哪裡？」我問。

「噢，拿到了。懷孕的拉脫維亞人拿到一張登船證，現在人在電影院，她堅持要等你。抱歉艾娃在哪裡？」

「艾娃在排隊登記。我們得趕快才行。我得回去了，他們今晚要安排傷患登船，我想帶著艾蜜莉亞一起，你們其他人可以明天上船。」

年輕的水兵忽然出現。

「啊哈！你在這裡，女十。」他靠得令人不自在的近，然後開始低語。「你的病患說他需要你到電影院去。我強調，女士，他**需要**你。」

我莫名其妙的看著他。他是什麼意思？

「他本人就是這麼說的。」水兵飛快眨眼，直盯著我看。

我們離開水兵，奔向電影院。

傅洛仁

喬安娜推開放映室的門，滿臉通紅，氣喘吁吁。

「你還好嗎？」她問。

「你來得真快。」我微笑著說。

她看著我，很是氣惱根本沒有緊急情況。「我得趕回船上去，我先帶著艾蜜莉亞一起。詩人和小男孩明天上船。艾娃還沒登記。」

我點了點頭。

她凝視著我，拿捏眼前的狀況，然後交叉雙臂在胸前。「我不是隨你高興叫來即來的。我不知道你在玩什麼把戲，也不確定我想要知道。但我想我應該知道你的名字。你的姓名真的是傅洛仁·貝克嗎？」

「你不相信我？」我伸手到口袋裡，然後把我的身分證件遞給她。

「傅洛仁是什麼怪名字啊？」她一邊問，一邊注視我證件上的照片。

「我母親是按照十六世紀一個畫家傅洛仁·阿貝爾的名字給我取的。」

她聳聳肩，滿意了，然後把證件還給我。

我點燃剩下的香菸遞給她。

「我在威廉·古斯特洛夫號上。」她說著吸了一口菸，再把它還給我。

「你是在邀請我？」我咧嘴笑道。

「我感覺只要你想的話，就有辦法上船。」

我看不出她到底是覺得有趣，還是惱怒。「可以讓我看一下你的登船證嗎？」我問。她從她的證件當中抽出登船證遞給我。她走向小小的投影箱，並且俯視電影院。

我細細研究她的登船證，記住了每個細節。「古斯特洛夫號航向哪裡？」

「基爾。」她回答。

基爾位於德國北端，距離將近三百海里，靠近丹麥邊境，也靠近我妹妹安妮可能暫住的地方。我凝望著那張證件。

「我想我現在明白了，」喬安娜說。「當你需要什麼的時候，你就開始跟我說話。對吧？」

我換了個話題。「你似乎很高興跟醫生一起工作。我敢說你在班上一定名列前茅。」

她笑了。「是的，我是名列前茅，但現在又有什麼意義？你相信我以前寧可用功讀書，也不想去海灘玩？」她搖搖頭。「不過我確實喜歡幫助他人，也喜歡離我母親更近一步。」她低頭望著下方。「那麼多孩子。好多好多。」

我在她身後走上前，越過她的肩膀看過去。只見那流浪兒緊抓著他的兔子向我們揮手。我們也朝他揮回去。

「我尤其喜歡那個小男孩。」我低聲說道。

喬安娜轉過身來，她的臉突然和我的臉離得好近。

「為什麼？」她問。

「他很照顧獨耳兔。」我笑得嘴角彎彎，還摸摸我的耳朵。

她輕聲笑了。「這個我喜歡。」她說著指了指我的嘴。

「什麼？」

「你微笑時看起來完全不一樣了。」

我們站著凝視對方，我們之間的空間越來越窄。我們好接近，幾乎碰觸得到。她抬起下巴湊近我，我低頭注視她的嘴脣。

「我……或許應該走了。」她低聲細語。

我緩緩點頭，把證件遞還給她。我們默默等待著。她忽然看來一臉尷尬。

「好吧，那麼再見了。」她說著慢慢從我身邊走開。

我什麼也沒說，只是看著她穿過門口，然後把門關上。

我吐著氣，渾然不知我一直屏住了呼吸。

阿弗雷德

啊嘿，漢娜蘿！

啊嘿是我們經驗老到的水手用來打招呼的。此刻我站在古斯特洛夫號的頂層甲板上。夜晚和黑暗已經降臨，繫在我們碼頭周圍的許多船隻各種配置和形貌都有。泊在對面的是漢莎號，這艘大船也在熱鬧滾滾、快馬加鞭的做著準備。兩座燈塔在海港的門口站崗，可是都沒亮燈。你瞧，不需要跟天空中的俄羅斯飛機揮手。

今天，我從傳統的卓越發展為更為有趣的事物。

或許你還記得威廉·古斯特洛夫號並非為了特權階級所建造的奢華郵輪。希特勒建造古斯特洛夫號是為了普通人——木匠、郵差、鎖匠，甚至是家庭主婦。但現在這艘普通人的船隻運送的卻是非常重要的人。古斯特洛夫號將運送我們的傷兵、軍官和優先乘客，我也幫著在隱瞞他們的身分。是的，難道你不好奇？不想聽到更多關於那個年輕新兵的事？今天我只願意說這麼多。千萬不可以太快清空我的魚網。我的小魚兒，我必須誘你一再游到水面覓食才行。

你是美麗的女性，為此我很高興。願你的手指永遠不認識拳頭，願你的耳邊從不響起職責的鈴聲。在這場戰爭結束之前，所有的男人都將有機會展現他們真實的自我。我竭誠歡迎這個機會。身為英雄必須做出艱難的抉擇與犧牲。唯有在人們彎起勇敢的手指，招手叫每個男人向前時，他才會有反應。那隻手指正在向我招手，漢娜蘿，我感覺到了。

喬安娜

艾蜜莉亞想要等傳洛仁。我抓起她的手，將她拖出電影院，並向其他人保證我們明天就會見到面。

通往港口的路上擠滿了大批貨車和撤離的人們。鋪砌鵝卵石的街道兩旁一棟棟灰岩建築物滿是坑坑洞洞，不是少一道門，就是缺幾扇窗。這會兒裡面的房間看得一清二楚，彷彿破碎的玩具屋。我看到一張擺了打字機的美麗桃花心木書桌，屋頂的枝形吊燈在風中搖擺。一幅褪色、撕裂的希特勒橫布條在一間香水商店的碎玻璃櫥窗外飄動，上頭寫著：**同胞們拿起槍桿**。

立陶宛和波蘭的景象也這麼糟嗎？

我們的證件和登船證在進入港口、靠近船隻和後來走到舷梯附近時都受到檢查。那些士兵吩咐我們上船後，務必到B甲板的辦公桌前報到。我們沿著古斯特洛夫號側邊走上舷梯，再穿過開放的入口時，艾蜜莉亞被我握著的手一直在顫抖。

船上是個漂浮的城市，一個溫暖的城市，若說「龐大」就太含蓄了。看來就算外頭已是一片混亂，德國人仍打算且堅決要維持秩序井然的登船步驟，處處看得見為乘客指路的路標。一踏上B甲板，就有人交代我們前往已經設立臨時產科病房的散步甲板。

我們沿著走廊前進時，來自四面八方的水兵和工作人員和我們飛快的擦肩而過。「麻煩讓個路。」兩名捧了一疊毛毯的水兵跑過我們身邊時說道。廣播系統透過喇叭刺耳的宣布注意事項。

我們終於抵達散步甲板時，艾蜜莉亞放開我的手。

「我想離開。我想去外面。」她低聲說。

「我們先幫你安頓下來。待會兒你就會覺得好些了。」我要她安心。

我找著瑞克特醫生了，他指點我們哪裡是產科病房。只見一排排整齊的小床上鋪了雪白的乾淨床單。

「你是第一個到的媽媽，」瑞克特醫生告訴艾蜜莉亞。「我們希望船上會有另一位醫生，不過還沒得到確認。」

艾蜜莉亞一語不發。

「對她來說，這一切實在難以承受，」我解釋。「她懷著身孕，經過長途跋涉，還有語言隔閡，又跟她的……丈夫兩地分隔。」

「當然，」醫生說。「不過我可以解決其中一個難題。許多乘客都會說多種語言。一開始登船，我會盡快找個會說拉脫維亞語的人過來。」瑞克特醫生拍拍艾蜜莉亞的肩膀。「別擔心。你很快就可以告訴我們所有的事了。」他轉身走出產科病房。

艾蜜莉亞的指甲陷入我的手臂。

艾蜜莉亞

我該怎麼辦？我應該逃跑嗎？恐慌似乎使得我腰部以下的疼痛和痙攣更劇烈了。

「不用擔心，」喬安娜強調。「我會想出辦法的。」

我痛恨船。船是鋼鐵，沒有生命，裡面是空心的。我寧可坐在一艘老樹雕成的小木船上，甚至是一顆漂浮的堅果殼。我也討厭鐵鳥和鐵船。這些毫無生氣的船隻不是為了讚嘆大海而造出來的。鋼製的船隻是戰艦。我有幾分盼望他們趕我下船，告訴我說我不屬於這裡，說我應該滾回森林跟鳥兒在一起。

喬安娜說威廉．古斯特洛夫號是一艘 **KdF** 遊輪。我知道那是什麼意思。奧古斯特跟我說過。

KdF（Kraft durch Freude，德文）就是「力量來自歡樂」。

「力量來自歡樂」是德國一個全國性組織，它原本應該為一般大眾提供休閒度假活動，不論何種社會階層。希特勒說「力量來自歡樂」組織給每個人帶來機會，人人平等。但如果有人優先的話，又怎麼可能人人平等？

奧古斯特的母親和希特勒一樣，她深信世上有個優越人種。我是波蘭人，因此她認為我不是優越種族。我不斷聽見埃娜．克萊斯特嚴厲的聲音在我腦中一道上鎖的門後回響：**不是那個。這個比較漂亮**。

威廉．古斯特洛夫號的肚子裡裝滿了戰爭孕育而出的迷失靈魂。他們擠到她肚皮裡，是因為她將生出他們的自由。但是可有誰知道？這艘船是為了紀念威廉・古斯特洛夫這個人取的名字。

我父親跟我提起過他。他當過瑞士的納粹黨領袖。

他被謀殺了。這艘船是因死亡而生的。

傅洛仁

我拿東西塞到門底下，且卡住了放映室的入口，讓門打不開。現在電影院擠滿了尋求溫暖和棲身之處的難民，許多人企圖冒險上樓，但一個個都被我趕走了。我的手槍已經上膛。我若打算偽造登船證的話，就不能有人打攪。

波蘭少女知道我在打什麼主意。她走進電影院時我湊近她，她一語不發的把登船證遞給我。我記住了證件上的哥德式字體，墨水的色調，戳記的圖案，和使用的文句。喬安娜因工作分配的緣故，所以和少女的證件稍有差異。看到兩種證件幫助不小。

我展現出繪圖和視覺記憶上的天分時，父親開心得不得了。還是小男孩的我只消隨便看兩眼他的地圖，就能一筆不差的把它畫出來。但隨著年齡增長，我的興趣不在於創作，而是複製。我最熱愛的挑戰，就是精確的重新描繪父親的地圖，精確到他分辨不出哪張是原圖，哪張是副本。

他承認也讚美我的才華，可是他期許我創作，而非複製。「你那麼才華洋溢，傅洛仁，為什麼不創作自己的藝術，創作出你想像中的東西？就像哲學家們說的，『人生雖短暫，藝術永流傳。』與其模仿別人，不如奉獻一件藝術品。」

可是我絲毫不感興趣。我喜歡修復古老的珍寶和藝術品，偶爾我也喜歡複製它們。

登船證手寫的部分是黑色。戳印的墨色是黑色。這個證件偽造起來會很簡單。

阿弗雷德

哈囉，甜美的女孩。你等我的來信，一定等到快要沒耐性了吧。

船上已不再有閒暇或休息的時間，聽說我們在航行之前必須全天候工作。我仔細留意且記錄了所有的細節。氣溫穩定維持在攝氏零下十度，但海事辦公室預測溫度還會降得更低。古斯特洛夫號的欄杆和頂層甲板都結了一層冰，我們也不斷接到必須刮除冰塊的命令。幸好我們在航行期間用不到頂層甲板。

希特勒要求每個德國人盡忠職守，犧牲奉獻。漢娜蘿，有別人比我做的犧牲更多嗎？在部署之前，為了加強我的肺部，我不惜洗蒸氣浴，結果差點窒息而死。不過請放心，一直以來在我胸腔中肆虐的風暴終於減輕了。

是的，小蘿，現在最令我苦惱的，不過是滿腔的熱忱。穿上這身戎裝，我覺得自己無所不能。我有信心我不久即將得到應得的紀錄員職位。守望者必將戰勝。

緊接著這次航行之後，我盼望回到家鄉的土地。東普魯士這個地區相當奇怪，東普魯士人是全然不同的日耳曼民族，和我們所知道的德意志人非常不一樣。

這會兒有些普魯士鄉紳正在邁向港口。一個普魯士水兵告訴我說他的家人不會過來，他們拒絕遺棄他們的家園，反而為了安全起見，送僕人上船。這些家人已為自己在花園裡挖好了墳墓，萬一俄國人來了，他們打算一腳跨入土坑，了結自己的性命。你能想像嗎？元首提供他們一條逃生之路，他們卻拒絕離開自己的土地。那不叫犧牲，而是愚蠢。真氣人哪，但不知怎麼回事，想到他們躺在冰冷的地底下，也令人暗自感到滿意。

喬安娜

熱呼呼的毛巾貼在臉上感覺棒極了。威廉・古斯特洛夫號有五十間浴室，一百個淋浴間，和一百四十五間廁所。瑞克特醫生給我一條白色圍裙，建議我「梳洗一番」。

鏡中的女人好嚇人，尤其是當我發覺她就是我的時候。我臉上的髒污已經結塊，我的眼睛因悲痛與見到的淒慘景象而黑了一圈。我活了二十一年的歲月，但最近幾個月改變了我。我用力擦洗指甲裡面乾掉的血和污垢，想著我永遠也無法沖下洗臉槽的悔恨。

幫助他人、幫忙與治癒是分散注意力的好方法。可是我該如何幫助艾蜜莉亞？獨自待在沒人看見、不受干擾的浴室裡，沉重的經歷壓在我的身上。我想念我的家人，懷疑祖國的命運，也擔心我的表妹麗娜。

倖存是有代價的：內疚。

維爾紐斯[33]、考納斯、我的出生地比爾札伊。立陶宛人都經歷了什麼？我渴望說的是立陶宛語，而非德語。我不得不丟棄出生以來我所熱愛的一切。

有人敲門。我沒回應。一部分的我不想離開小小的鋼鐵浴室，我想繼續鎖在一個遠離痛苦與毀滅的地方，我不想逼自己堅強，我不想當個「聰明的女孩」，我好累好累，只希望一切終止。

---

33 維爾紐斯（Vilnius），立陶宛首都、最大的城市。

可怕的四年浮上心頭。
然後我哭了。

傅洛仁

墨水乾了。我把刷子和用具放進皮套，再把它們放回背包。我在筆記本裡寫下幾句話，那是我練習偽造的地方。

我有兩個選擇。

我可以早點登船，冒著讓軍官細細分析我的登船證和身分證件的風險。或者我可以等到船已滿載，同最後一批趕著上船的乘客混在一起登船。但我若是早早登船，就能找個地方一直躲到下船，那麼我便可以多睡一點。不過我也可能需要那個癩蛤蟆水兵幫助我。值得冒那個險嗎？

我看著證件。我的登船證偽造得惟妙惟肖。一股腎上腺素衝上腦門。我想要試試看。它到底管不管用，還是我一走上舷梯就會被逮個正著？

希特勒或許輸掉了這場戰爭，但他絕不肯心甘情願、拱手交出所有偷來的藝術品，尤其不肯交出琥珀廳。

「元首是一位才情很高的水彩畫家。他申請過藝術學校——」朗格博士降低他的聲音——「可是學校沒有給他入學許可。噢，他們會後悔的。」

因此希特勒既沒有創作或收集藝術作品，反而用偷的。他收集了許多附了照片的藝術品大畫冊和厚厚的清單，都是他挑選出來打算放進他博物館的藝術傑作。這樣的兩本畫冊曾送交朗格博士。其中列出的一些藝術品為猶太家庭的私人收藏。其他作品，如朱利安．法拉特的畫作都在博物館。位於克拉科夫的恰爾托雷斯基博物館[34]已遭掠奪一空。現在達文西、林布蘭及拉斐爾的傑作掛在納粹軍官的私人住所裡。

其他偷來的藝術品則藏在鹽礦、廢棄的工廠、城堡廢墟和博物館的地下室裡。朗格博士估計單單是波蘭的藝術品，大概就有五萬多件將被「重新分配」到德國。他認為這種事完全可以接受。

然而琥珀廳是所有珍寶中最名貴的。六噸閃閃發光的純淨琥珀，一個鑲滿金銀珠寶的房間發出猶如金色火焰的光芒。貼著金葉子的壁板，正面鑲嵌著閃爍的鑽石、翡翠、紅寶石和玉石。房間的正中央有個小小的橢圓形凹室，裡面歇著一隻最珍稀的琥珀天鵝。

我低頭注視我背包裡那只小盒子。希特勒一定會想先看這隻天鵝。我想到藏匿在城堡底下祕密地窖裡的二十七個大木箱。迷宮似的地道使人絕不可能找得到那間密室。

朗格知道它在哪裡。

科赫以為他知道它在哪裡。

我不但知道它在哪裡，還有一張地圖和一把鑰匙。

它們都密封在我挖空的靴子鞋跟裡。

---

34 恰爾托雷斯基博物館（The Czartoryski Museum），由伊莎貝拉·恰爾托雷斯卡（Izabela Czartoryska）公主於一七九六年創立。

喬安娜

瑞克特醫生評估了艾蜜莉亞的狀況。「她似乎受到輕微的創傷。」他評論道。

在不讓他起疑的前提下，我盡可能附和他的意見。「是啊，」我小聲說著。「我也這麼想。她經常提起她在前線打仗的德國丈夫奧古斯特。自從她與她的父母分散以來，就不顧一切的想要趕到他身邊。她很擔心他死了。」

他點點頭。「你說你有過助產經驗？」

「我在因斯特堡的醫院裡曾協助醫生接生。我也獨力接生過幾次，都沒有發生任何併發症。」

「不曉得我們會有多少待產媽媽。我有兩、三位護士，一名醫事勤務兵。我也需要你幫忙另一個病房的其他傷兵。」他說。

「是的，當然。今天上午看見傷兵時我很震驚，」我告訴他。「我們在因斯特堡沒見過這麼嚴重的傷勢。」

醫生降低了音量，輕聲說：「我很擔心這些大聲議論德國命運的傷兵的病情。這次航程很短暫，我們盡可能讓他們舒適吧。你失去很多嗎？」

我失去了我的家人、我的語言和我的國家。我好想說**我失去了一切**。但我知道他話中的意思。「昨天我走過冰層時失去了一個朋友。你呢？」

「多得數不清，」他答道。「明天首先上船的傷患更多，聽說還有來自療養院的一群人——都是落入俄國人手裡的德國女孩。我建議你今晚睡一下。接下來的幾天將很漫長。」

我把我的小床拖到艾蜜莉亞的床邊，然後在她身旁安頓下來。我們終於被保護和舒適包圍，來到一個冰雪、寒冷和俄國士兵威脅不到我們的地方，我總算覺得安全。這艘船設有固定在甲板上的防空高射砲。今夜我將睡在一個溫暖房間的小床上，不會受到任何傷害。

我和仍舊戴著粉紅帽的艾蜜莉亞面對面躺著。她對我微笑。我想著我和表妹在尼達[35]消磨的許多夏天。夜裡我倆挨近躺著，鼻子幾乎碰到鼻子，不斷低聲說話與哧哧傻笑。艾蜜莉亞使我想起麗娜。她有一頭一樣的金髮和湛藍的眼睛，深邃的眼神中充滿了力量與祕密。

---

35 尼達（Nida），位於立陶宛西部的一個著名的度假城市。

阿弗雷德

氣溫降得更低了。我決定天氣實在凍得無法收集更多救生衣和浮標，於是我乾脆大步穿過船上的通道吟唱我的曲子。我發現假如我不停急忙走來走去的話，就沒有人會叫我停下腳步，派個差事給我去做。因此我走啊走的，讓我的肺部吸飽空氣，腦中默默記下所有正在發生的事。

幾個大房間裡的家具已經統統搬光。餐廳、跳舞廳和音樂廳的地板上排滿了一塊塊供難民使用的薄薄床墊。我的手指順著音樂廳那台大鋼琴光滑的木頭摸過去，接著我走過散步甲板上長長的柚木走道。圍著玻璃的散步甲板繞行整艘船。我往下走到靠近船艙底部的E甲板。E甲板上有個可愛的游泳區。現在泳池的水已經漏光，但仍然美麗。毛玻璃天花板下方的泳池邊環繞著一根根白色大圓柱。游泳館的前頭有一塊巨大的鑲嵌畫，描繪的是海神和幾條美人魚及魚兒一起戲水。我喜歡嵌在瓷磚裡那些美人魚無法動彈的模樣。

數百個潛艇兵已在前來這艘船的途中，等我們一抵達德國本土的基爾港，他們即準備進入潛艇就位。他們將被分配到B甲板和C甲板。黨的官員和重要的德國人也將共用客艙。

我舉步邁向廚房，想看看他們在煮什麼吃的。聽說每天每位乘客都能吃到一頓熱騰騰的餐食。我空空的肚子覺得脹滿了氣，看來豌豆湯將是今天的主食。

「你需要什麼？」一個正在盤點食物補給的水兵問。

「只是看看，我是紀錄員。」我說著往空中一陣比畫。

「你的手出了什麼毛病？」水兵嫌惡的問道。

「沒什麼，只是有點過敏。」

「會不會傳染？」他問。

「我，傳染？你好大的膽子。」

「注意你的態度，然後去醫務室。我們不想被你傳染。」

去醫務室看我的手，我就可以監視那個漂亮的護士。怎麼我沒早點想到呢？

艾蜜莉亞

喬安娜很快就睡著了。

疼痛先從我的下背部開始，然後穿過核心向上移動，很像過去幾天的抽筋，但痛得更厲害了。我躺在小床上幾個小時，疼痛斷斷續續。每當我剛剛睡著，又在劇烈的壓力和疼痛中醒來。我扯下帽子，將手指插入粉紅毛線編織的孔洞緊緊絞著。我在腦海中吟唱《所有的小鴨子》。一陣錐心劇痛襲來。我緊捏著我的帽子，咬緊牙根，不讓自己痛呼出聲。疼痛蔓延開來，撕裂我的腹部。緊跟著，在痛苦之中，鎖在我心中的那道門忽然打開了，我已不再是躺在船上醫務室的小床上。

我坐在媽媽臥房外面涼爽的木頭地板上，一碗黑醋栗靜靜歇在我的腿上。等事情結束以後，我就要坐在床邊餵她吃黑醋栗。我終於要有個小弟弟或小妹妹了。我已等待與哀求了幾年。爸爸在走廊的地板上走來走去。有時媽媽會大喊大叫，拚命努力要把我的手足誕生到這個世界上。她努力了幾個小時。我肚子餓了，然後我才剛剛拿起一把莓果湊到嘴邊，她喊叫的聲音變了。分娩的尖叫變成恐懼的尖叫。爸爸奔入臥房。我一動不動坐在地板上，被媽媽的聲音嚇得癱瘓。

接著是一片寂靜。接生婆哭了起來。

屋頂上一陣喀噠響聲，宣告了鸛鳥的離去。隨後接生婆走進大廳，宣布我媽媽已離開人世。

我無法相信這是真的。我還以為我在作夢。我閉上眼睛再睜開。**醒過來，媽媽。醒過來。求你不要離開我！**我尖聲說著。莓果掉落在我衣服的前襟，然後滾過地板。

現在，我躺在小床上對我母親說話。「媽媽，我也快死了嗎？」

身旁的喬安娜動了一下。「艾蜜莉亞？」

我抬頭注視我母親一眼，又問道：「我現在要死了是嗎？媽媽？」

喬安娜飛快下床，拿幾個枕頭塞在我的頭和背部底下。她的反應讓我知道我的恐懼是真的。是的，我現在快要死了。

可是我不像媽媽，我不會上天堂。我的祕密鎖上了天國的大門。我將是一只扯破的風箏，卡在大樹的枯枝上，無法飛到空中。

一股熾熱的疼痛穿透我的全身。死神揮著鐮刀向我劈砍、撕扯、切削，難以忍受。一會兒疼痛退去了。「喬安娜。」我向她伸出手，但她在我身體下面賣力工作。

她迅速抬起頭來，把一隻手放在我的膝蓋上。「我在這裡，艾蜜莉亞。」

「聽著，求求你，請聽我說。」我懇求道。

「是。想著奧古斯特吧，艾蜜莉亞。」

又一波陣痛開始了，為了我的謊言而折磨我。這回更尖銳、更深切，痛得我喘不過氣來。我咬著嘴脣，覺得我的牙齒咬破了嘴皮。鐮刀已在我體內扭絞與戳刺。

你非說不可，艾蜜莉亞。

洗滌你的良心。釋放你的靈魂。

疼痛消退了。

淚水流下我的臉頰。

「別哭，」喬安娜說。「疼痛很快就會過去的。想想奧古斯特，艾蜜莉亞。想想你們將有多麼快樂。」

她說得對。疼痛很快就會過去。一陣灼熱感竄過我周身。我不禁痛苦哀嚎。

你非說不可，艾蜜莉亞。

我的良心，我的恥辱，統統沸騰起來。我看著她搖搖頭，痛哭流涕的我幾乎說不出話來。

「沒有奧古斯特，」我低聲說著。「沒有奧古斯特。」

喬安娜

身心俱痛又恐懼的艾蜜莉亞說著波蘭語和支離破碎的德語。

「沒有奧古斯特。克萊斯特太太。比較漂亮。」

她不斷重複說著「克萊斯特太太，克萊斯特太太」，聽不出什麼道理。

事情進展很快。我很想跑去找瑞克特醫生，但又離不開艾蜜莉亞。她徹底被恐懼打敗，被痛苦吞噬了。

港口遇見的那名水兵在門口張望。

「阿弗雷德！」

「噢，對不起，女士，我以為你大概……」一看見艾蜜莉亞，他就住口了。

「阿弗雷德！快跑到傷兵病房去找瑞克特醫生過來。快呀！」

艾蜜莉亞抓緊小床的兩邊。她高聲尖叫，身體震動，眼睛突出。

那水兵臉色刷的一白，一副快要癱軟的模樣。

「阿弗雷德！撐著點！去找瑞克特醫生過來。」

他轉過身，似乎神情恍惚，抓著門框自言自語。然後他就走了。

「來吧，艾蜜莉亞，和我一起呼吸。」我告訴她。我們緊緊盯著彼此的眼睛，有節奏地呼吸著。

艾蜜莉亞停住了，她痛得牽扯著嘴巴，接著尖聲大叫，話語和鮮血湧出她的嘴脣。「**騙子**。

騙子。救救我，媽媽！」

我從未見過這樣的恐懼。瑞克特醫生在哪裡？

我無法走開一步去拿氯仿[36]。鮮血滴下艾蜜莉亞的嘴脣，她整張臉汗涔涔的。她又痛得哭喊出來，這次聲音更大，聽在耳裡也更難以忍受。

「**媽媽！**」

嬰兒的頭突然出現。

「用力推！」我告訴她。波蘭語的「用力推」怎麼說？我設法用表情和手勢表達。她看懂了。

她一邊用力推，一邊尖叫。

「別停下來！推！」

她往下壓，緊握的雙拳在發抖，劇烈的疼痛使她連叫也叫不出來了。

我的手碰到小小的嬰兒。

「是的，是的！」我告訴她。

我低頭一看。一隻完美的小鳥飛進了我的懷裡。

艾蜜莉亞大喘一口氣，然後哭著遮住她的臉。「騙子。救命。媽媽。」

「結束了，」我告訴她。「一切都結束了。你生了一個女兒，艾蜜莉亞。一個美麗的小女嬰。」

---

36 氯仿，外科手術中作為麻醉劑使用。

傅洛仁

我帶鞋匠和流浪兒到樓上的放映室睡覺。我把小男孩密密實實裹在我的羊毛長外套裡，並且摺起衣領給他當枕頭。他抱著他的兔子睡得很沉，直到我睡醒以後都還沒醒。

鞋匠詩人已經醒了，眼睛直盯著我的靴子。

「你自己改的鞋跟，改得真不錯。你是工匠嗎？」他問。

「算是吧。」我說。他若知道的話，會不會告發我？

「六年了，」鞋匠說。「這場戰爭偷走這個世界六年的時光。我在德國出生，一輩子都住在這裡。我有許多親愛的俄國朋友。他們告訴我說俄國人受盡了千辛萬苦。史達林，希特勒──」他降低音量悄悄的說──「戰爭根本沒有快樂的結局。」

我點點頭，想著他的話。對於德國人來說，戰爭之後意味著什麼？對普魯士人又意味著什麼？我看看手錶。「我們應該叫醒小男生了。」

「我想是吧，但我看著那孩子，實在忍不住羨慕他睡得那麼安詳，羨慕他的純真。」老人家說。

「他是從哪裡來的？」我問。

「從樹林裡亂晃出來的，他外套上用別針別了一個柏林的地址。但我很想知道有誰會在那裡等著小男孩？如果是個孤兒院的地址怎麼辦？他告訴喬安娜說他和他奶奶在一起，可是有一天她沒醒過來。」

我聽了不禁為之動容，背叛了我希望心情不受影響的初衷。

老人家點了點頭。「俗話說：『死亡有一千扇門讓生命流走；我將找到一扇。』我們都有一扇門等著自己。我知道，我也接受。可是孩子們，那才是我覺得掙扎的地方。」他搖搖頭。「為什麼是孩子？」

「但你拿到登船證就是因為小男孩的關係。他年紀太小，不能單獨上船。」

「是啊，是啊，那個我想過。也許孩子們就是小天使，專門照顧像我這種枯萎老人的吧。」

「你們要搭哪艘船？」我問。

「古斯特洛夫號。你呢？」他問。

「古斯特洛夫號。」我說。

我們默默相視而笑。

艾蜜莉亞

我緊盯著金屬桌上一罐棉花球。一小團一小團被玻璃困住的白雲。我好想掀起蓋子，讓它們帶著我的祕密一起飛走。

我還活著。為什麼？

喬安娜照顧我的同時，醫生忙著清洗和檢查嬰兒。

「你做得很好，艾蜜莉亞。」她說著輕輕拂開我眼前的頭髮。

我凝神注視天花板上亮晃晃的燈，直到眼睛發疼為止。我渾身都在疼。我已筋疲力盡，力氣統統用光了。

一個說了實話的人，不是應該感覺好些嗎？或許我心中仍然不得安寧，是因為喬安娜沒聽懂或沒聽見我說的話。對自己、對天承認自己說謊是否足夠？還是你非得對一個願意傾聽的人吐實才行？

幾個月來，我一直做得很好。大多數日子裡，我真的相信自己的說法。沒錯，奧古斯特・克萊斯特確有其人。我暫住那裡時他去過農場。他幫我搬木頭，幫我爬梯子，省得我非爬不可。他和我分享他的李子，也在他母親面前護著我。他這麼做是因為他是個好人，不過他覺得有我在不如我覺得有他在那麼重要。他在事發之前就離開了。

俄國人來到農場那天，是個無風的五月。靜止不動的空氣，迴盪著他們接近時軍靴踩著石頭的聲音。為了逃避徵召成為人民軍，克萊斯特先生弄斷自己一隻手臂，他說事出意外，但我偷窺到他在穀倉裡做的準備。俄國人抵達當天他在家，胳臂還用吊腕帶吊著。

士兵們接近時，克萊斯特太太和她女兒艾兒絲走到屋外。克萊斯特太太迅速叫女兒進屋裡去，可是艾兒絲沒動，她的腳似乎黏在地上。當時我剛剛從森林裡摘蘑菇回來，正拖著籃子要到寒冷的地窖。我躲在一棵大樹後面。

克萊斯特太太拿起家裡的斧頭，但我從躲藏的地方看得出她很緊張。俄國大兵抵達時，克萊斯特先生話太多，惹惱了他們。他們要食物、伏特加酒、手錶，和艾兒絲。

「是是是，」克萊斯特太太說。「馬丁，把你的手錶給他們，馬上。」

一名士兵朝艾兒絲跨一步。克萊斯特先生開始低聲啜泣，但他太太迅速插手交涉。

「不！這個病了，病了。」她告訴士兵們艾兒絲生病了。「我們有個女孩漂亮得多。」

我聽了血液為之凝結，皮膚刺痛。不，她不會的。

「**艾蜜莉亞！**」她喊我過去。她瞥見我的籃子從大樹後面露出一角，於是命令我走上前去。

「看見了嗎？好漂亮。非常非常漂亮。由她代替吧。」

士兵們用他們毫無感覺的臉死盯著我。

他們拖我到寒冷的地窖時，一朵朵蘑菇在我身後撒了長長一串。

喬安娜抱著裹在被子裡的小嬰兒來到我的小床邊，一邊溫柔低語，一邊親吻她的頭。

醫生也走近了。「她很小，但似乎很健康。你取好名字了嗎？」

名字？我搖搖頭。

「啊，你聽得懂！你的確懂得一點德語。太好了。好吧，你不妨想個名字。喬安娜，你做得很好。」醫生說完便離開了。

我好累。我閉上了眼睛，等待死亡的鑰匙在鎖裡轉動的聲音。

傅洛仁

我會設法盡早登船。有個可愛的小男孩和一位步履蹣跚的老鞋匠或可巧妙掩飾我的到來。我們離開電影院，然後走上外面的馬路。街道上相當熱鬧，到處都是一群一群搖搖晃晃、奮力往碼頭推擠的人。飢餓的狗四處遊蕩與吠叫，都是因為無法獲准上船而慘遭主人遺棄。和父母走散的孩子們在人行道上哭泣，一個個不是害怕得發狂，就是凍壞了。有的蹲在廢棄建築物漆黑的門口，嘴裡啃著發霉的麵包或甜菜皮。

小男孩緊緊拉著鞋匠詩人不放，老先生在推推搡搡的暴民當中走得艱辛。他拿他的拐杖狠敲人們的腳踝，好不容易才清出一條路可走。

「上來吧。」我告訴小男孩。我把小男孩扛上肩膀時，引起傷口一陣劇痛。

「是的，很棒的主意，」鞋匠詩人說。「謝謝你。」老鞋匠和另一位白髮德國人並肩走著。

「你聽到什麼消息了嗎？」詩人問。

「聖誕節前夕，一艘德國潛艇在英吉利海峽擊沉了一艘運兵船。聽說船上的幾千名美國大兵都淹死了。」

美國人也一死數千人嗎？納粹的宣傳把美國描繪成種族不純粹的一個雜種國家，**一塊沒有心的土地**。

遠處響起低沉的轟隆隆砲彈聲，群眾當中有人尖叫著向前推擠。婦女都在臉上抹了薄薄的泥巴與灰塵遮掩自己，為的就是跋涉穿過森林的路途中不讓俄國人發現。難民們在空無一人的雪橇和行李中東翻西找。

「拿那雙靴子吧，」鞋匠詩人對一個在破爛堆裡撿東西的老頭喊道。「比你腳上的靴子好些。」那人點頭道謝。

我們一路走，一路聽著在人群中蔓延開來的各種故事。一個女人跑到我們附近一個女孩面前。

「趕快！俄國飛機往大批難民頭上投磷彈，害得他們眼睛瞎掉，不得不在雪地上打滾。」

有人竊竊私語，說盟軍早已切斷道路和火車路線。我們被重重包圍了。我們接近港口時，人群變得更為密集。驚惶失措的難民在檢查站排隊時忍不住顫抖。當他們接近登記桌時，嬰兒被用來當作擔保品，從一人手中傳到下一個人。

一個女人抓住我的手臂。「那個小孩多少錢？沒有小孩的話，他們不會讓我上船。」

流浪兒騎在我肩膀上的雙腿繃緊了。

「他是非賣品。」我告訴她。

「人人都有價錢。」她說。

「但顯然不是人人都有靈魂，」詩人說著朝那女人舉起他的拐杖。「離那孩子遠點。」

看來有幾個檢查站，沒有登船證的人不准通過。為了讓我襯衫上的血污清晰可見，我解開外套鈕釦，忍受天寒地凍的低溫。當然，我還有一塊污漬，但那是看不見的。

Sippenhaft。血統之罪。那是納粹政權的一條法律。倘若有個家庭成員犯罪或犯下叛國罪，大家便認為他的血統不好。這是一種古老作法，要求家庭成員為親人犯下的罪行負責。

我父親為企圖暗殺希特勒的人繪製地圖。他被押到柏林，吊死在布里澤支（Plötzensee）監牢的絞刑架上。而此刻我偷偷夾帶了希特勒最珍貴的寶貝，此外我的靴子鞋跟裡還有一張地圖，及琥珀廳的一把鑰匙。絕無問題。貝克家的血統是不好。

我們接近海港入口了，由一列武裝警衛封鎖著。

一輛閃亮的黑色賓士轎車緩緩駛過，將人群一分為二。士兵們移開一處路障，讓車子裡穿著講究的女士和身穿制服的軍官通過。

不，不是，不可能。那不可能是科赫總督吧？焦慮使得我的腦子為之錯亂。

一名士兵沿著排隊等待的乘客來回走動。「請拿出你的證件和登船證接受檢查。」

我喉嚨底的一根血管開始跳動。

喬安娜

她的話不斷在我腦海中響起。

沒有奧古斯特。俄國人。克萊斯特太太。要她吧。她比較漂亮。

我的胃在翻攪，多麼希望我搞錯了。我望著小床上熟睡的艾蜜莉亞。她曾談到奧古斯特和農場。每當她說起他時，臉上陡地一亮。然而在分娩的陣痛中，她也尖聲叫著**騙子**，且乞求她的母親救救她。

我注視襁褓中的小嬰兒。她真是完美，像她媽媽一樣睡著了。

又來了三位孕婦，這會兒舒服的安歇在臨時的產科病房。

瑞克特醫生進來了，後面跟著另一個男子。

「喬安娜，這位是溫德醫生，他剛剛才從格但斯克的海軍醫學院趕到這裡。他會跟我們一起航行。」瑞克特醫生指了指嬰兒。「喬安娜接生了我們今天早上的第一個寶寶。」

我和新來的醫生握手。「真高興你來了。我比較樂意擔任助產工作。」

「看來你做得很好，」溫德醫生說。

「已經開始登船了，我們說話的同時，乘客將魚貫上船。」瑞克特醫生說。

「我們預計什麼時候出航？」我問。

「很快，」他回答。「我們將會有七個待產的孕婦和六十二個傷兵。人數當然會有改變。如果看見任何可疑的事物，我們都需要舉報。」

可疑。完美描述了英俊的傅洛仁．貝克。好想知道他人在哪裡。

艾蜜莉亞

我醒來時不知身在何處。喬安娜要我動一動，走一走。我不想動。我好不容易才覺得暖和，暫時沒有人會打擾到我。而且我好疲倦，我把床單拉上來蓋到鼻子。

她為我端來豌豆湯，然後坐在我床邊。無論她何時離開，總是迅速返回。現在喬安娜看我的樣子不一樣了。

她了解。

她知道了。

「普魯士人呢？」我問，想要知道騎士在哪裡。

「不曉得。」她說。

「才怪。」我告訴她。

她笑了。

她的笑容頓時退去，接著她直接注視我的眼睛。她俯身靠著我的小床，握著我的兩隻手。她滿是同情的眼裡漸漸泛起淚水。然後喬安娜輕聲說著我等了好久才聽到的話。我知道可能的話媽媽也會說。但喬安娜說出來了，她說得很慢，說得慎重，我兩隻手被她緊緊握著。

「艾蜜莉亞，我非常非常抱歉。」

我的下巴開始顫抖，我的喉嚨緊繃。我點了點頭，溫熱的淚水灑落我的臉頰。

「我好難過。」她又說一遍，捏著我的手。

「我也是。」我低聲說道。

傅洛仁

我們走近登船官員，流浪兒走在我們兩人中間。

「喔，你們好啊。」

官員直接對小男孩說話。聰明。小孩子會洩漏真相。

「哈囉，我是克勞斯。」

「請給我你的證件，克勞斯。」

鞋匠把小男孩的證件連同他自己的一起遞出去。我也伸手把我的證件往外一推。

官員打開老鞋匠的證件，再看看他的登船證。他特別朝小男孩俯身過去，跟他說話。「克勞斯，這人是誰？」他指著鞋匠問道。

「爺爺。」小男孩回答。

沒錯。他就像個爺爺。很好的回答。

「那麼這位男士呢？」他指向我。

我的名字。沒有人知道我的名字，除了喬安娜。如果他也像其他人一樣叫我普魯士人怎麼辦？或是間諜？

「叔叔。」小男孩微笑著說。

「叔叔叫什麼名字？」官員又問。

小男孩轉向我敬了個禮，就像他曾在路途中做的那樣。「貝克先生。」

官員哈哈笑了。

流浪兒伸出抓著兔子的手。「我的朋友。」

「看來你的朋友在戰役中失去了一隻耳朵，可能要送它去醫務室才行。」官員轉向我，指指我的襯衫。「看來你也在戰鬥中受傷失血了。」

我點頭。「砲彈片。」我扣上外套避開寒冷。

「你有醫療豁免權嗎？」他問。

「有的。」

他把證件還給我們。「請繼續到下一個登船點。」

他查看過我的證件，但只瞄一眼我的登船證。我們走進港口。士兵、補給品卡車、乘客及行李覆蓋著碼頭上的每一吋土地。每一艘船都站了一排等待進入的隊伍，每一個舷梯也有額外的隊伍。

小男孩踮起腳尖又蹦又跳。

「是的，相當令人興奮，」鞋匠詩人說。「我也相信九號船塢那艘最大的船，就是我們要搭的船。」

古斯特洛夫號是海港中最壯觀的一艘船，她的體型顯然是屬於休閒遊輪。船上有幾層甲板，許多躲藏的地方。我瞧見設置在甲板上的一門高射砲。這是一艘有武裝的船。

「嘿！嘿，叫你們呢！」人群中有個超大塊頭婦人大聲吆喝道，且以動作向我們示意。

「哦，哈囉，艾娃！」鞋匠詩人揮手招呼。

「乖乖，你們這些傢伙運氣真好。我正打算扔掉你們的行李。」

小男孩跑過去抓起鞋匠的毛氈旅行袋。

「做得好，艾娃。謝謝你。」老先生說。

「你不曉得我為這玩意兒吃了多少苦頭，在寒風裡痴等。為啥？你們又不在乎，沒有人願意等我們的馬車。」

「甭說行李的事了。親愛的，你有沒有登記到船位？」詩人問。

「有，我有。我上那艘船。漢莎號，」她說。「你們是哪艘船呢？」

小男生指向古斯特洛夫號。

艾娃看著我笑了。「你也是，呃？我很好奇你是怎麼辦到的。我要上船去了，我凍壞了，而且這裡味道臭得要死。哪，拿著喬安娜的行李箱，我知道她會想要的。跟她說我向她道別。抱歉，你們當中我只喜歡她一個人。」她把行李箱放在我的腳邊。「嗯，很高興認識你。」

「等等。」我抓住她的外套。「接下來排的隊是要幹麼的？」我問。

「檢查，」她說。「他們在檢查每個人的行李。」

喬安娜

艾蜜莉亞假裝睡著了。我得讓她振作起精神才行。小嬰兒需要哺乳，她必須抱起她的寶寶餵奶。不這麼做的話，醫生說不定會起疑心。他們若是發現她不是拉脫維亞人，瑞克特醫生將會舉報她，偷偷帶她上船的我也要負起責任。我的胃在翻攪。

一個女人走近。「對不起，小姐。走廊上有個人想跟你說話。」是水兵阿弗雷德在走廊上走來走去。

「哈囉，阿弗雷德。」我決定問問看。「今天你有沒有看見我在電影院裡那個病人？」

「沒有，我沒有。但我會注意他。」他說。

「看見他的話，請告訴我。」

他把身體的重量從一隻腳換到另一隻腳，摩搓著兩隻皮開肉綻的手掌。

「喔，阿弗雷德，你的手。」我說。

「其實我來不是為了我的手。我來——嗯，我想說的是……有人說你有人追求了，但我很了解遠距離的戀愛。今天傍晚你若願意和我上散步甲板散個步，對你會有好處。我們可以聊聊我們家鄉的愛人。」他咧嘴一笑。「告訴我，女士，你喜歡蝴蝶嗎？」

他在說什麼呀？他在邀我約會嗎？噢，不。親吻阿弗雷德就像嚼著滿嘴的餅乾。我甩掉這個想法。

「哦，阿弗雷德，我想在出航之前，我們大家都會忙翻了，我大概抽不出時間散步。老實說，你要是有時間，我也會覺得很驚訝。」

瑞克特醫生走過來了。「喬安娜，可不可以請你協助？療養院的女孩子們剛剛到了，我們需要決定把她們安置在哪裡。也許你可以幫忙她們安頓下來？」醫生看了阿弗雷德一眼。「你在這裡幹麼？」

「記錄撤離的醫療程序，長官，」阿弗雷德說。「必須有人查核醫療工作是否做得確實。」他腳跟一轉，便邁開大步走了。

傅洛仁

氣溫在零度附近徘徊，我卻渾身冒汗。

行李檢查。

我看著乘客漸漸靠近隊伍的前頭。人們的討論多半與要帶上船的物件太大有關：古董，家具、昂貴的地毯。接著我看見了。大木條箱，就像我曾小心用皮帶綁緊的那麼多個箱子，一排排堆疊起來，由武裝警衛包圍著。當然。納粹不僅讓乘客登船，也把他們到處掠奪來的藝術品及金銀財寶裝載上船。我的好奇心熊熊燃燒起來。大木箱裡裝了什麼？

難民聽到他們的大件物品遭到拒載就哭了。我只帶了喬安娜的小行李箱和我的背包。小男孩沒有行李，鞋匠詩人只有一只毛氈旅行袋和他的修鞋工具箱。正當我打算把喬安娜的行李箱交給詩人時，一名武裝哨兵趕我們入列。

「向前走。請讓個路。」

德國人的效率對我不利。他們動作好快。我最後的計畫還沒想好，我們已拿著證件走到隊伍最前頭了。坐在桌子後面的警衛年齡較大，經驗豐富。他翻閱了身分證件，拿照片和我們的臉孔比對。另一名士兵繞著我們走，檢查我們的物品。然後桌子後面年紀較長的警衛查看我們的登船證。他指著鞋匠和小男孩。

「你們兩個繼續向舷梯前進。」說完他指著我。「你到我後面的桌子做額外檢查。」

額外檢查。我的心臟在胸口怦怦跳著。我竟然忘記敞開我的外套，展示我的傷口了。我一副好像要伸手拿證件及解釦子的模樣。冷風灌到我的軀幹四周，希望掩蓋得了我的冷汗，我的絕望。我祈禱檢查軍官也跟那水兵一樣笨得被我哄得團團轉。

他沒有。

他二十八、九歲，一頭金髮，近乎蠟一般的白皙皮膚，看來活脫就是宣傳海報上希特勒最看重的亞利安人長相。他身子往後靠著椅背，身穿一件長長的防水外套，坐在搖搖欲墜的椅子上，沉浸於自己的權力和權威。另外兩名士兵站在附近，凝神聆聽他說的每個字，該笑的時候就笑。我走到桌子前面，放下行李箱。我的背包掛在我背上，裡面裝了手槍、子彈、偽造材料、我的筆記本和元首最心愛的寶貝，那隻琥珀天鵝。

金髮軍官俯身向前。他的椅子「砰」的一聲落在碼頭的地上。

「證件。」

我遞給他我的身分證件和登船證。

「你的行李箱裡裝了什麼？」他問。

「不是我的。我要交給船上我的護士。是她的行李箱。」

「你的護士？乖乖，你有個私人護士？」

他望向他右邊的士兵。「這個人有他專屬的護士。」

「他當然有啦。」那士兵笑道。

「看來你需要一個護士。」他拿枝鉛筆指著我血污的襯衫。「讓我看看。」

「不好意思？」

「讓我們看看這個需要私人護士的可怕傷口，說不定我也想要一個。我得看看有什麼必要條件。」

我迅速撩起襯衫，露出巨大的傷口。

軍官的臉扭成一團。「很糟糕的樣子。皮膚快要長到縫線上了，現在拆線或許已經來不及。你說船上那個護士叫什麼名字來著？」

我遲疑片刻。這不公平。我不想連累她。「喬安娜・維卡斯。」我低聲說。

兩名士兵吹著口哨。「立陶宛俏妞。」

「什麼？」我聽不懂。

檢查軍官笑了。「那是給你那位漂亮的立陶宛護士取的外號。船上的女性人員不多，所以我們給她們統統取了外號。」

他又靠回椅背。「我想這裡少了樣東西。」

我的頭皮又開始出汗。

「你有平民的證件，你想搭船。可是你是個身體強壯的年輕人，應該為納粹帝國服役才對。」

我俯身過去用眼光逼視他。「我是在服役。」我抽出外套口袋裡更多的文件，然後甩在桌子上。

他笑著開始為他兩個夥伴念了出來。「夥伴，咱們瞧瞧。好了……一張簽了立陶宛俏妞名字的正式醫療證明。她的簽名多漂亮啊。彈片。噢，左耳也聾了。多方便哪。再看看他還有什麼情書。」他打開那張奶油色的厚紙，隨即不講話了。他快速看完那封信，然後生氣的抬頭看我。

「剛才請你拿出證件的時候，你就應該提供所有的相關文件。」

我任憑過去幾年以來的凶殘一股腦湧上心頭。我俯身倚著桌子，猶如即將爆炸的鍋爐。

「我很樂意告訴科赫總督，說你在刺骨寒風中如何多此一舉，耽誤他受傷的信差執行任務，浪費了他為自己安排的護士提供的照顧。近來科赫的心情可不是非常寬容。」

他回瞪著我，拚命想跳上桌子幹架。我有幾分盼望我們可以赤手空拳打個痛快，我想打得這個金髮白痴不省人事。

他把一疊文件朝我推回來，然後朝舷梯點了點頭。

腎上腺竄過我的全身。我想打掉他滿口牙齒的欲望超過了登船。我把文件塞進外套，接著扣好釦子。

「幫我們跟立陶宛俏妞打聲招呼。」他向舷梯的警衛吹聲口哨，再指指我。「那一個要去醫務室。」

我感覺他的眼光盯著我，一路跟隨我的腳步登上舷梯，進入船上。

阿弗雷德

滿足一個女人的要求令人心神蕩漾，讓男人占了上風。每當我請漢娜蘿吃糖，或是打掃人行道時，她的心似乎總是變得柔軟。是的，假如我想勾引那個漂亮的護士，就必須滿足她的要求。我會找到那個年輕的新兵。

我穿過大廳，去找那個高個子無賴。如果他在船上，那就很容易找到。穿著便服的年輕男人不多。

「費瑞克，」一群人當中有人喊我。「我們需要你發放救生衣。」

我舉手抗議。「各位先生，抱歉了，我有重要任務在身。」

「尿床膽小鬼。」那水兵應道。他們都在哈哈大笑。

尿床膽小鬼。

我摩搓我的手。他們會後悔笑我的。非常後悔。

船上的廣播系統嗡嗡響著，宣布走失和尋獲的兒童，和擺錯位置的物品。B甲板以下的樓層不許抽菸。救生衣必須全程穿在身上。

在船上繞了好幾趟以後，我在身體和心理上都覺得活力旺盛，或許軍方推薦的這種健身課程確實有點道理。當我轉過上層散步甲板的角落時，瞧見那個老頭和小男孩。小男孩正在努力幹活，為人擦皮鞋賺錢。

「兩位好。我在找電影院那個年輕人。你們看見他了嗎？」

老頭子的眼睛瞇成難看的細縫。他低頭注視我的靴子。「你知道，我看到你做了。」

「做了什麼？」我回答。他看見我搶走水晶蝴蝶了嗎？

「你用你的靴子去踢那隻可憐的狗。」

「哦，那個。」我嘆了口氣。「我們的元首會提醒你，扶持衰弱或殘廢的人沒有任何意義。自然界的虛弱物種只有死路一條。」我朝他靠過去，細看他的臉。「我相信有人或許會把你歸類為弱者吧？好了，你們有沒有看到電影院那個人？」

「你找他做什麼？他必須接受額外的檢查。」

「檢查，好的。我們必須非常小心，絕不容許任何流氓或逃兵上船，」我說著離開他們的擦鞋生意，往下走了幾層甲板，來到舷梯入口。

「我被派來找一個剛剛登船的年輕平民男子。個子很高，褐色頭髮。」

「我們剛剛才叫一個符合那些描述的人去醫務室報到。說不定他就是你要找的人？」

我跑到最近的樓梯間，一瞥見那新兵就喊了出來。他停下腳步，我登上樓梯。他看上去真的很高興見到我。

「好啊，你正是我要找的人。」他拍拍我的肩膀，我倆繼續走上樓梯。

喬安娜

我抱起艾蜜莉亞身旁襁褓中的小嬰兒，希望她願意和孩子四目交接。新來的溫德醫生出現了。

「喬安娜，轉角有個水兵說要找你。他看來……很急切。」

我走出病房。又是阿弗雷德。他笑得露出了牙齒，並且招手叫我向前走。「跟我來。」

他難道沒工作要做？「阿弗雷德，我不能跟你走。我很忙。」

「來啦，來啦。」

我為阿弗雷德感到難過。我在學校也曾認識像他一樣的男孩——非常渴望成為一個男人，卻困在自己的心智裡。女孩子喜歡開阿弗雷德這種男孩的玩笑，說母牛一見他就嚇得退奶。

阿弗雷德走到醫務室停下，然後抬起一隻手臂擺個華麗的姿勢說：「求則得之[37]。」

我的胃小小翻騰了一下。傅洛仁坐在角落一張小床上，我的行李箱就在他腳邊。我極力掩飾見到他的激動。「我的行李箱。謝謝你，傅洛仁。」

阿弗雷德看著我，聳起兩道眉毛。「還有呢？」

「也謝謝你，阿弗雷德。」我說。

阿弗雷德頓了頓，眉毛拱起，盯著我看。

---

37 本句「求則得之」（Ask and you shall receive），出自《馬太福音》七章七節。

傅洛仁對他點點頭，默默請他離開。「再一次謝謝你。」

「是，好的，」阿弗雷德說。「不得不回去幹活了。我很忙的。」他走了。

我慢慢走到角落，經過一排排的傷兵。「你做到了。」我說。我感覺自己在笑。

「差點上不了船。碼頭上有個納粹不怎麼喜歡我。」

「你還幫我帶來行李箱。所以你找到艾娃了？詩人和小男孩呢？」

「他們都登船了。艾娃在漢莎號上。她說要跟你道別。」他換個姿勢注視我的臉，然後伸手撫摸我的胳膊。「你好嗎？」

我點頭。

「可不可以幫我拆掉這些縫線？」

我走到一張桌子前面去拿必要的器具。聽到艾娃的消息令我難過，可惜我們沒機會好好道別。

我回到傅洛仁身邊，他開始解開襯衫釦子。現在他皮膚上乾掉的血看來很像粉塵。「你沒別的衣服可穿？」我問。

「你嫌我的衣服不夠多？」

我不覺莞爾。「非常滑稽。躺下來。」我嘆了口氣。

「嘆這麼大一口氣。出什麼事了？」他問。

「艾蜜莉亞生了。」

「小嬰兒沒活下來？」他似乎真的很難過。

「小嬰兒很好。」我搖搖頭。「可是艾蜜莉亞不好。」

「怎麼了?」他問。

我開始拆線。我能告訴他什麼?他又能夠理解多少?他凝神注視我。他是在等我說故事,或只是盯著我看。我吸了一口氣。

「根本沒有男朋友,」我低聲說道。「她暫住的家庭為了救自己的女兒,把她交給了俄國人。男朋友是她編出來的故事,好讓自己活得下去。她仍然不肯好好看小嬰兒一眼。」

他的臉色倏的變了。真誠與悲傷抹去了硬裝出來的勇敢。「那個小女孩是個戰士。」

「是啊,但她在抵抗誰呢?」

他吃驚的看著我。「每個人,每件事,抵抗命運。」

「現在我明白了。她緊緊抓住你,是因為你在森林裡從俄國人手裡把她救出來。你證明了世界上還有善良的男人。」

「好了。別說那些話了。」他盯著牆壁。

我從他肌肉結實的軀幹上拉出最後的縫線。

「我們離出航還要多久?」他問。

「聽說很快就要離港。」

「我需要找個沒人看見的地方,」他小聲說著。「你知道哪裡可以嗎?」

他上了船,現在卻想躲起來?

我搖搖頭。「我還不熟悉這艘船,老是迷路。」我看著他扣上襯衫鈕子。「傅洛仁,可以幫我做件事嗎?你要不要跟艾蜜莉亞打個招呼?求求你?那一定可以振奮她的心情。」

艾蜜莉亞

我在作夢嗎？騎士真的朝我走過來了？我趕緊坐了起來。他的眼光立刻溜到嬰兒身上。

「是的，就是那個美麗的小女嬰。」喬安娜告訴他。

騎士停下腳步，高舉兩隻手臂。「沒有戴粉紅帽？你的粉紅帽呢？」他問道。

我指著一堆外套。騎士往裡頭挖啊挖，挖出那頂毛線帽，然後他輕輕抱起小嬰兒，把帽子像毯子一樣蓋在她身上。她依靠著他的臂彎，有如一彎小小的月牙。他走到我面前。

他看著嬰兒，再看著我，然後眼光又回到嬰兒身上。

「嗯，你的眼睛，你的鼻子。漂亮。」他說著把嘴唇貼著小嬰兒的頭頂，閉上了眼睛。他看起來真的好美。喬安娜目不轉睛的注視騎士，她也覺得他美極了。

他張開眼睛小聲對我說：「滿不可思議的。她是你，她是你的母親，你的父親，你的國家。」

他親吻她的頭，然後俯身在我耳邊說悄悄話。

「她是波蘭。」

我抬起胳臂，伸出手去抱孩子。

傅洛仁

我們留下抱著女兒的波蘭少女。喬安娜尾隨我走出產科病房，只見她一臉的震驚與困惑。她一把抓住我的手臂，拉我到一道門的後面。

「剛才在裡面發生了什麼事？」她低聲說道。「你是誰？」

我聳聳肩。「我喜歡小孩。」我背起背包。「不過我現在需要那個水兵幫我找個躲藏的地方。」

「為什麼他在幫你？」

我盡可能按捺住笑意。「我告訴他說他會得到一枚勳章。」

「不，你沒有。」喬安娜說。

「我有。」

「你真壞。」她笑了出來。

「我壞？那你幹麼在笑？」我問。

她笑得更厲害了。「不知道。我不該笑的。」

「那就別笑了。」

她靠著我的肩膀又笑了一會兒，她的臉聞著有香皂味。

「你看起來很乾淨。」我說。

她的笑聲變小，接著露出微笑。「謝謝你，也謝謝你帶來我的行李箱。」她踮起腳尖，兩手捧著我的臉，然後吻我。

我用雙臂圈住了她。我回吻她，接著又吻她一下。

「再謝謝你，」她輕聲細語，凝視我的眼睛。「因為艾蜜莉亞。」

說完她便溜出我的臂彎走了。

喬安娜

大廳隨著陸續登船的乘客而越趨狹窄與緊迫。我拐過轉角，來到玻璃圍繞的散步甲板。窗子邊緣結了一簇簇蕾絲般的薄冰。我用手指觸摸冰冷的玻璃時向外凝視，卻視而不見。應該是個聰明女孩的我到底在做什麼？他比我年輕。我對他一無所知。他顯然參與了某種騙人的勾當。可是他若能夠如此溫柔對待一個嬰兒，又怎麼可能是個不折不扣的壞人？

我是因為艾蜜莉亞才吻他的。

我的良心從玻璃後面輕輕敲我一下。

也或許是因為我想吻他。

噢，還有，天啊，一點也不像在嚼餅乾。

我轉身倚著玻璃窗。一月的嚴寒浸透了玻璃和我的襯衫。這是很長的一段時間以來，我的身體頭一次感覺比室外的空氣暖和。

有些乘客因為能夠上船而現出一臉的興奮與如釋重負，有些則顯得緊張不安，好像籠中小鳥似的四處亂竄。我是屬於如釋重負的一群。我多麼幸運，居然登上這麼巨大的一艘船。我愛這艘龐大粗笨的古斯特洛夫號，我愛她厚重的鋼板牆壁和多層甲板。瑞克特醫生告訴過我，他說這艘遊輪才八歲而已，但已四年不曾航行。因欠缺使用的緣故，樣樣東西的狀況都很好。我們一旦離開哥騰哈芬港前往基爾，整個航程僅僅四十八小時。抵達目的地時我搭輛火車，然後總算可以和母親團聚了。

自從我離開立陶宛以來，改變了那麼多。媽媽說我父親和哥哥可能是在樹林裡作戰。躲在地下掩體中的他們真的能夠存活下來嗎？

古斯特洛夫號就是我的掩體。我好想來個深呼吸。所有的掙扎與擔憂，真的可能快要結束了嗎？

阿弗雷德

哈囉，我的蝴蝶：

我知道分離是難熬的，而且單獨飛翔想必非常寂寞。但我們偉大的祖國不久即將獲勝，盡忠職守的人也將站在榮譽的台座上。那天快要到了。

我很放心的報告目前登船手續進行順利，而且我覺得很暖和。有的水兵不得不在刺骨的寒冷中拖曳救生筏。我無法想像他們從哪裡找來這麼多的救生筏。

聽說還有更多乘客將登上我們的船，可是我不曉得要把他們安置在哪裡。上層艙房已被特權人士占用，難民們有張薄薄的床墊可躺就夠開心的了。船甚至還沒開動，有些乘客卻穿上了救生衣。他們看來好蠢。

現在威廉．古斯特洛夫號是個活的、會呼吸的城市。生意正在蓬勃發展，人們拿自己的東西跟別人交換，一個鞋匠和他的小學徒在上層的散步甲板幫人修理皮鞋。兩人辛勤工作的結果累積了一袋子硬幣。

我敢說你對我稍早寫到的一些活動一定很好奇。我和這位年輕新兵的友誼發展得相當不錯，我們針對所有重要的話題交換意見。唉，可惜我已不再是當初你在學校旁邊揮手招呼的那個夢幻男孩了。

漢娜蘿，我每天都發覺自己更效忠祖國和我們的元首。因此，我幫忙新兵在船上找到一個祕密藏身之處，協助他達成任務。他對我感激不已，再度提到抵達基爾之後，他會立刻推薦我獲頒一枚英勇勳章。在那麼多英勇事蹟之外，這又是一件令人感激的事。說到底，我所有的成就，我所做的一切，都是為了你。為了你，也為了德國。你當然知道，小蘿，不是嗎？

艾蜜莉亞

小嬰兒依偎著我。騎士說她是母親的一部分，父親的一部分，我的一部分。如果他是我們的一部分，我希望她認識我們利沃夫的城市。她應該認識波蘭。注視這嬰兒時，我突然渴望我的國家，渴望蘋果花中採花蜜的胖蜜蜂，和榛樹叢中歡唱的鳥兒。

她如何分辨真相與謊言？她是否相信戰前住在利沃夫的波蘭人、猶太人、烏克蘭人、亞美尼亞人和匈牙利人全都和平相處在一起？她是否相信我和瑞秋、海倫常在我們家廚房裡一起泡茶、吃甜甜圈？

食物。我希望她認識我們的食物。我的手多麼想念撒了麵粉的麵團的觸感。我的耳朵想念平底鍋中煎烤蘋果鬆餅的劈啪聲，我的眼睛想念架子上密封在玻璃罐裡五顏六色的水果與蔬菜。戰爭使得每樣東西失去了色彩，只剩下灰色的風暴。

我希望她不僅認識波蘭，而是**我的**波蘭。

我把她抱得更緊，並且以波蘭語低聲說著：「那裡沒有猶太人區，沒有臂章。我經常打開窗戶，讓微風吹得我入睡。這是真的。以前就是那樣。」

傅洛仁

煙囪內寬約五公尺，有個梯子，和一個寬度足以躺下的壁架。天氣冷得我睡不著。煙囪雖然隱蔽，但也可能讓我一敗塗地。萬一有人往煙囪裡看，看到了我，他們就立刻知道我在躲藏。我應該待在醫務室嗎？我在那裡搞不好可以掩飾得更好，也更暖和，更接近喬安娜。但如果港口那個納粹上船的話，他就會去醫務室找我。

正在琢磨該如何選擇，門上的鉸鏈忽然旋轉起來。

水兵爬上梯子，在我身邊坐下。

「我給你帶消息來了。」他宣布道。

「噢，是嗎？什麼消息？」

他合起長滿水泡的手掌又搓又揉。「我剛剛從頂層甲板看見海軍婦女輔助小隊幾百個學員登船，她們穿著講究，相當整潔。」

「他們讓海軍婦女輔助小隊上船？」或許那就意味著我們很快就要離港。

「是的，有好幾百個學員，而且看起來非常勇敢。」

「他們要把她們安置在哪裡？」我問。「艙房足夠嗎？」

「當然不夠，艙房統統客滿了。但我猜想船上大概有人願意提供一張溫暖的小床吧。」他噴著響鼻，笑了出來。

我往後靠著煙囪的冷冷牆壁。這傢伙是不是什麼時候被磚塊砸壞了腦子？

「水兵，你服役多久了？」我問。

他盯著自己的腳，遲疑的說：「既然我們互吐心事，我就老實說吧。我很晚才接到入伍徵召。本來我盼望加入青年組織，可是體力訓練相當嚴格，尤其注重體能競賽。我看得出你在體力和身體協調方面超人一等。我不是。我跑得不快，跳得不遠。我的天賦是在別的領域。我父親因此失望透頂，媽媽卻鬆了一口氣。媽媽當然也愛元首，但她可不願意讓我入伍。我是獨子。」

「你母親愛元首，是嗎？」

他看著我，眼神清醒且銳利。「當然。我們都愛元首，先生。就像報紙上說的，『善良的德國人為元首奮戰。』我當然是的。我願意承認我的心腸太軟，偶爾我也為那些無法成為優秀種族的人感到遺憾，但現在我已經排除這些不純潔的想法。這就是犧牲的本質，不是嗎？」

他不純潔的想法和我完全不同。

他盯著我看。「你當然同意吧？我們是善良的德國人。」

他的眼光游移，他講話的方式和節奏令人不安。我突然有股難以克制的衝動，好想把他一拳打下壁架。但我只點了點頭。

「我們是善良的德國人，所以你看能不能幫我找到一些食物？」我問道。

喬安娜

產科病房現在住滿了，有三位孕婦非常接近分娩時間。艾蜜莉亞輕聲對她的寶寶說話，細看她的小手。我小的時候有兩個嬰兒娃娃，不管去哪裡都帶在身邊。後來我讀的學校競爭激烈，沒時間玩娃娃。我轉身從艾蜜莉亞和她女兒身邊走開，奮力吞下喉頭打結的感覺。

一名身穿綠色制服和黑色軍靴的士兵走進來。

「喬安娜．維卡斯。」

那士兵黃色頭髮，近乎透明的白皙皮膚，看上去就像德國招牌上畫的、人們口中說的「血統純正」的德國人。「我可以幫助你嗎？」

「我來這裡是為了一個**你**幫助過的人。」他站著一動不動。「你的一個病人——身上有彈片傷，一隻耳朵受損的病人。」

艾蜜莉亞的姿勢變得緊繃。她抱緊了小嬰兒，眼睛直盯著士兵。

「維卡斯小姐，可否請你確認身上有彈片傷和單耳受損的病人姓名？」

我走到他面前，壓低我的聲音。「我沒有權利透露病人的姓名，這點相信你很了解。」

他生氣了。這個人不習慣遭到拒絕。

「如果我沒記錯的話，維卡斯小姐，你是獲准遣返德國的德意志裔立陶宛人，你的權利屬於阿道夫．希特勒，我們當然可以把你交還給史達林。」他咧嘴一笑，得意於自己的欺凌弱小。

「但是我們不想這麼做，你太漂亮了。所以呢，可不可以請你確認有彈片傷、一隻耳朵受損的病人姓名？」

「我沒把握我記不記得了，」我小聲說道。「也許是費瑞克？還是費里茲？」

那士兵似乎在考慮這一點。到底他知道多少？

他瞇起眼睛。「也許是傅洛仁？姓貝克？」

他知道的其實更多。

「對，可能是吧。」

「你在哪裡遇到他的？」

「在路上，他在流血，而且發著高燒。有問題嗎，先生？」

那士兵的手指滑過金屬桌的邊緣，彷彿是在檢查有沒有灰塵。「假如你說的是實話，那就沒問題，但如果你在協助或窩藏一名逃兵，維卡斯小姐，那就有問題了，問題很大。」

「他有文件。貝克先生拿給你看了嗎？」為了掩飾我顫抖的雙手，我忙著摺疊一塊麻布。

「他拿給我看了，也讓我見識到他的態度。在我逼問之後，他才拿出**所有的**文件給我看。」

我設法一面轉移焦點，一面打探消息。「那麼你了解他到底是什麼狀況嗎？」

「是的，他是科赫總督的信差。他受傷了，還說科赫指派你當他的私人護士。」

我沒了呼吸，雙手倒是沒停。科赫總督指派我？他在說什麼呀？

他搖搖頭。「不過有件事，」他說著看看艾蜜莉亞，再看看我。「我不相信他。我想再看一眼他的文件。我叫他去醫務室，但他似乎不在那裡。那張你給他簽了你名字的醫療證明，你還有沒有副本？」

醫療證明。簽了我的名字。他究竟幹了什麼好事？「對不起，傷患實在太多了。」我說。

「是的，太多受傷的人。因此我拍了一張電報到科赫總督的辦公室確認，可是我想或許你可以更快解決這個問題。你看見他了嗎？」

「有的。我幫他拆了縫線。」

一臉不以為然的艾蜜莉亞不安的扭動身體，想要保護傅洛仁。

「他說什麼？」士兵問道。

「只說他累了。」艾蜜莉亞凶巴巴的瞟我一眼。「還說……說他本來想搭漢莎號。」

「漢莎號？」

流浪兒跑了進來，隔著救生衣的胸口起起伏伏，大顆大顆的淚珠流下他的臉頰。他舉起那隻填充兔子。僅存的一隻耳朵垂吊在一根線底下擺來擺去。

「噢，糟糕！」我驚叫道。他噘著嘴，點了點頭。

「別擔心，我們馬上把它修好。」我轉向士兵。「先生，我們結束了嗎？你也看到了，我要動手術了。」

艾蜜莉亞

傅洛仁·貝克。騎士的名字是傅洛仁，就跟波蘭的守護神聖徒傅洛仁一樣。那個納粹士兵曾企圖故意找麻煩。他顯然是滿心憤恨。如果他發現我是波蘭人的話，一定會把我從船上扔進波羅的海。

喬安娜在地板上來回踱步，將兔子耳朵縫回兔子身上。她在生氣，或在想事情。也許都有吧。流浪兒走到我的床邊偷看小嬰兒。

「哈囉，」他對她說。「我是克勞斯。」

我注視小男孩。他的臉頰被寒風颳得通紅，過大的藍色救生背心蓋過他的膝蓋，使他看來身形更顯矮小。他和我一樣孤單一人，但他只有六歲。他的父母現在何方？媽媽說移栽的嫩芽無法繁茂生長。不過我看得出鞋匠愛他；他會照顧他、保護他，不像克萊斯特太太。

「四年，我們已經收容你四年了，」克萊斯特太太以前一直抱怨。「你曉得花了我多少錢嗎？」

「我父親會來接我，」我告訴她。「他會付錢給你。」

她氣憤的轉過身來。「你父親死了。你想我為啥這麼火大？」

死了。

她的話掐著我的喉嚨，一路往下掐著我的氣管，掐得肺部沒了空氣。

「這不是真的。」我低聲說著。

拜託，這不可能是真的。

奧古斯特出現在我身邊。「當然不是真的。」他拽著我的袖子，把我拉開。「來吧，艾蜜莉亞，我們去剪玫瑰花做果醬。」他朝他母親投以凶狠的一瞥。

過去的恐懼漸漸在我心中攪擾。小嬰兒在我懷裡動了動，我低頭一看，她的小腦袋上下擺動，幾乎就像在對我點頭。接著我們四目相接，相互凝視，她甜美、穩定的目光使我平靜下來。我的肩膀放鬆，恐懼消散了。

鞋匠來到產科病房，上氣不接下氣，喘得不得了。「你得等等我呀，克勞斯。我這雙老腿再也跑不快了。」一看見小嬰兒，他的雙手就飛到了臉上。

「看啊，看啊。真是奇蹟啊。」

「她豈不是很美？」喬安娜說。

「最美的是，」老先生說，「她戰勝了這場戰爭。你在路上也看見了。英格麗穿過冰層，到處都是死亡與毀滅。再看看碼頭那邊發生了什麼事，不顧一切的瘋狂。俄國人已經距離不遠了。」

他往前走，手指向小嬰兒。「可是儘管如此，生命卻衝著死亡的眼睛吐口水。我們必須給她找雙鞋子才行。」

阿弗雷德

親愛的漢娜蘿：

港口已是夜幕低垂，我坐著回想發生過的一切。請別受我詩意性情的誤導，我不僅是守望者，小蘿，我也是個沉思者，而且一直都在沉思。我已服務一個身負重任的人多時，我們彼此信任與了解，也具備許多共同特質。今天傍晚我們談到忠誠，我向他保證我效忠於德國的奮戰，也承認我曾同情較為劣等的人。請放心，我已連根拔除這些同情心。我知道這是弱點，必須從花園裡連根剷除。我們是善良的德國人，這是我們與生俱來的權利。因此，我們有責任篩去沙子，保存黃金，從而建立一個更為強大的國家骨幹。

我相信你也熟悉軟弱的時刻？我想到我打掃你家的人行道時，你曾發出仰慕的深深嘆息。噢，是的，親愛的，我聽見了。我比那些希特勒青年團的討厭鬼更觀察入微。

媽媽阻止我參加希特勒青年團時，小蘿，我承認我很吃驚。別人覺得我沒有準備好加入時，我父親覺得丟臉透了。他擔心會有不好的後果，但是後來我對那些逼人太甚的男孩感到厭煩，而且我明白我注定要做更重要的事。雖然我花了五年時間才投入戰爭，不過我終於在哥騰哈芬這裡找到了使命感。我的特質終於受到自己人，一個英勇無比的新兵的賞識。是的，發現自己使我心中有股說不出的寧靜。這種機會凡人少有。我是其中之一。

現在我才懂得什麼是優越感，我還滿喜歡的。

傅洛仁

我吐出的氣息變成一團霧，我的肚子咕嚕咕嚕叫。我想著我們在提爾希特家中溫暖的廚房，鍋蓋上的軟圈在鍋子上顫抖，和我妹妹的笑聲在整間屋子裡迴盪。

我母親肺結核病逝時，我父親最憂心的就是安妮。「我一個人怎麼教養得出一個端莊賢淑的女孩子啊？」

我最後一次見到安妮時，她才十三歲。現在她快滿十六歲了。倘若我在街上和她擦肩而過，我會認得她嗎？她去過哪裡，又經歷過什麼？

門吱嘎吱嘎響。「上面有人肚子餓嗎？」一個聲音喊道。

好個白痴。「噓。」我再次提醒他。

「啊，是的，我們必須偷偷摸摸的。」他爬上梯子。「我覺得我的身體有反應，」他宣布。「我把鍛鍊身體列為優先事項，也看到好處了。其實我相信好處已經擴及我的雙手，我的皮膚過敏好像好一點了。」

我一點也不想去想像他血肉模糊的雙手。「你帶來什麼吃的？」我問。

他拉下肩帶，把我的水壺遞給我。我已好久沒感覺它那麼沉重了。

「謝謝你。」我立刻喝了。然後他又從襯衫裡拿出一大塊麵包，還有一塊包在紙裡的肉。

「你知道，大多數人都在喝豌豆湯，不過熱湯攜帶起來相當困難。」他解釋道。

「我們什麼時候離港？」我問。

「聽說隨時都有可能。」

遠方響起一聲砲轟。他一陣抽搐，把自己緊緊貼在煙囪牆壁上。

「還在好幾英里以外，」我告訴他：「但他們越來越接近了。」我想像我父親的地圖，彷彿看見成群的俄羅斯人湧入東普魯士，朝波羅的海逼近，並且在逼近的同時，摧毀德意志國防軍和我們所有的人。

他抓搔著他的手腕。「可不可以請問你是否對武器很擅長？」

我點頭。「你呢？」

「我比較擅長思考，」他說。「我是哲學界通稱為『沉思者』的那種人，我喜歡在腦中了解各個角度。我觀察。我是個守望者。」

「但有時候根本沒時間思考，」我告訴他。「只能採取行動。」

「我非常不同意，當然是充滿敬意囉。我見到許多人憑直覺行動，我認為這麼做是錯的。直覺使我們屈服於軟弱與情緒。仔細考慮與計畫，心理的建設永遠是最好的。」

想要揍他的衝動又回來了。我嚥下最後一口麵包。

「障礙的存在不是為了要我們屈服，而是要去打破，」水兵說。「我經常思考這句智語。這些話你當然很熟悉。你讀過希特勒的《我的奮鬥》吧？」他問。

我沒有回答這個問題。「你知道，我覺得你是個聰明的傢伙。多為自己著想，比背熟別人說過的話或許對你比較好。」

「哦，謝謝你。媽媽向來讚美我腦筋靈活。」他轉向我，微笑得翹起上唇。「我確實是很為自己著想，但元首的智慧莫名的充塞我的內心，使我無法自拔。」他笑得嘴角上揚，開始背誦道：

「『只有持續不斷的使用武力，才是成功的首要前提。』」

他盯著我看，瞳孔放大。「這話是不是很美？」

我沒有回應，後頸豎起的汗毛在警告我。這傢伙不是水兵，而是個訓練有素的反社會分子。

「你看見護士了嗎？」我問他。

「我去找她過來。」他熱切地說。

「不——」

可是我還來不及阻擋，他已爬下梯子，開門走出去了。

喬安娜

我吸口氣，極力控制我的怒火。他怎能這樣對我？

明天一早，我大可走到碼頭去找那個金髮士兵，我大可告訴他說我發覺我搞錯了。我沒有寫過什麼醫療證明，我對此一無所知。那士兵曾說我是德意志裔——祖先是德國人。這是真的，德國把我從史達林魔掌中拯救出來。我現在虧欠德國什麼？

「喬安娜。」

那輕柔的聲音從我肩膀後面傳來。我轉過身。艾蜜莉亞凝視著我，眼睛裡充滿了擔憂。

「不要，」她小聲說著。「求求你。」

她看得出我在想什麼？

「不好意思，女士。」阿弗雷德站在病房邊緣。「有位先生要求和你見個面。」他說。

「他在哪裡？」我問。

「我帶你過去，」他說。「你可能需要帶件外套。」

我拚命催促阿弗雷德走快一點，但一點用也沒有。船上太擁擠了，根本走不快。他們到底讓幾千個人登船？

「可是我什麼時候才能見到他們？」走廊上一個小女孩哭著說。

「別哭，甜心，」一位老婦人說。「你在家人當中被選中實在幸運。你母親過兩、三年就會來找你。你等著看吧，時間過得很快。」

哭泣的小女孩看來只有十歲或十一歲。她獨自一人如何過活？「阿弗雷德，人這麼多。他們想必會調離一些乘客吧？」我問。

「不會，我聽說船上已經有八千名乘客了，可是人們還在登船。」

八千人？這艘船的載客量甚至還不到一千五百人。我們經過原本容納四個人的客艙，只見有十幾個人擠在裡面設法入睡，皮箱和行李高高堆到了天花板。

「這算是相當文明了，」阿弗雷德說。「今天下午有三百多位年輕的海軍婦女輔助小隊學員上船，她們全都待在船的底部，在水漏光的游泳池裡。」

我這才明白自己多麼幸運，能夠待在產科病房。那裡有空間，而且相對平靜。我們好不容易擠過人山人海，走向樓梯。有人身穿救生背心，占去了更多空間。

我們爬上梯子，空氣涼爽些了。我穿上外套。阿弗雷德擋住我，並且把手指放在嘴脣上。我們讓樓梯間的一些人通過。接著他打開一道小門，然後拽著我的外套袖子拉我進去。

我們在一個中空的房間裡面。「我們在哪裡？」我問。

「煙囪裡。」他宣布道。

「噓。」上方的聲音回響著。我抬頭一看，看見傅洛仁爬下梯子。

「阿弗雷德，」我說。「你介意離開我們一下嗎？」

傅洛仁

她甩我一個耳光。

見我沒有反應，她又舉起手來，這回我抓住了她的手臂。

「你真有膽子。」她說得氣喘吁吁。

「你在說什麼啊？」我說。我們的臉只相隔一英寸。

「你明明知道我在說什麼，」她小聲說著。「你偽造了一封信。你說我是科赫總督指派的。你知不知道他們可能怎麼對付我？」

我放開她。「發生什麼事了？」

她高舉雙臂。「你提過的那個金髮納粹，他來產科病房找你。」

「你告訴他什麼？」

「我什麼也沒告訴他，只說我一無所知。」她說話的速度加快。「可是他告訴我說他看過你的文件，說你是科赫總督的信差，還說科赫指派**我**當你的護士！」

「噓，」我又說一遍。「那個水兵可能在聽每一個字。」

「他應該聽，」她低聲說道。「他以為他是英雄，為了納粹帝國協助你完成什麼間諜任務。」

「那傢伙才不是英雄。你得離他遠一點。」

「你置我們於非常危險的處境，這不公平。艾娃說你是個間諜，英格麗說你是小偷。我早該相信她們。」

我有什麼選擇？她可能舉發我。

她會嗎？

喬安娜

我們站著凝視對方。

「告訴我你想知道什麼。」傅洛仁說。

「你真的幫科赫總督帶了什麼東西嗎？」

「沒有，我是幫自己帶的，」他說。「一件藝術品。」

「你偷藝術品？」

「不，是納粹偷藝術品。」

他是在告訴我他從納粹手中偷走藝術品？「別說得這麼神祕兮兮。」

他嘆了口氣，然後悄聲說道：「我是修復藝術家，喬安娜，我修理和修復藝術品，所以一開始我沒有接獲徵召入伍。我在柯尼斯堡的一家博物館工作，替館長和他的聯繫人保存及打包藝術品。但後來我發現他們是在利用我。」

「所以你為了報復他們偷走一件藝術品？」

「不只是『一件藝術品』，而是一件無價的藝術品。」他頓了頓。「這麼說好了，我偷走的那件藝術品將使得拼圖無法完整。」

沒有一句話合乎道理，再說不管怎樣，我都不想受到牽連。

「你愛你的國家嗎？你愛你的家人嗎？」他問。

「當然。」我告訴他。

「我也是。我有個妹妹不知現在人在何方，她只剩下我一個親人，我每天都想著她。我父親繪製地圖。他替企圖暗殺希特勒的那批人工作，因此納粹殺了我父親，還寄一張帳單到我家，跟我要三百德國馬克的處決費用。你懂嗎？納粹謀殺我父親，還要我付錢給他們。假如史達林殺死你所愛的人卻要你付錢，你會有何感受？」

「別說了。」

「嗯，你倒是品德高尚。你在產科病房裡窩藏一個波蘭少女和她的嬰兒。」

「小聲一點。你明知道那不一樣。她是個受害者，我需要幫助她。」我說。

「不要緊。倘若他們發現你謊報一個波蘭人的身分帶她上船，占去一個德國人的位子，你就完蛋了。我們兩個都涉入太深，但我不會舉報你，詩人也無意舉報我們。我不是間諜，喬安娜。我不為任何人工作，我為我自己、我的家人和其他像我一樣的人工作。若有任何人發現真相，我會告訴他們說信是我偽造的，你什麼都不知道。」

「他們要是不相信你呢？」我問。

「我會證明給他們看。我會拿出你的信和我的筆記本。我會讓他們看看我怎麼練習模仿你的簽名。」

「什麼信？」

他停頓一下，然後深吸一口氣。「就是你留在莊園廚房裡的那張字條。我拿走了。」

「你拿走了我的字條？」

為了那張字條，我一直擔心得要命，擔心他們會在那間屋子裡發現我的名字。原來傅洛仁一直都帶在身上。

「我拿走那張字條是因為我努力想要保護你。」他輕聲說道。

「哦，保護你自己吧。那個士兵告訴我說他已經拍了一張關於你的電報給科赫了。」

門開了，露出阿弗雷德蒼白的臉。「抱歉打擾了。兩位是否介意我離開崗位去個洗手間？」

「一點也不。」我說。「我正好要離開。」

艾蜜莉亞

船上充滿了不自然的聲響。鋼門叮噹響，空蕩的腳步聲，絕望的回聲。大自然，戶外，甚至是農場彷彿都如此遙遠。

我為克萊斯特全家那麼賣力工作。克萊斯特太太老是說我每件事都做得不對，但她非常樂於叫我替她打掃、燒菜和醃漬食物。屋子邊緣儲存食物的寒冷地窖成了我最喜歡的地方。炎熱的日子裡，我會坐在外面一個蘋果箱子上面，拿背靠著涼爽的石頭。奧古斯特在家的話，就會幫我修理架子。艾兒絲則在附近徘徊，乞求一勺玫瑰花辦果醬嘗嘗。

錯不在艾兒絲。

但我很想知道。

她有沒有想過此事？她可記得他們拖著我穿過院子時，我的鞋跟在泥土地上畫出的痕跡？我的尖叫是否在她腦海中回響，好像在我腦海中回響一樣？

或者她也像我一樣，奮力想要忘掉一切，只想著一勺玫瑰果花瓣果醬。

傅洛仁

她說的是實話嗎？那個士兵真的聯繫過科赫總督的辦公室，或者她只是生氣，故意想嚇唬我才那麼說？

我一直等到深夜，希望那時大家都睡著了。那名水兵將我帶到煙囪時，我注意到走廊上有個洗手間。我背著背包悄悄溜出小門，一路低著頭。

所有可能的空間都有人，不過倒是無人發現我上洗手間。然後我才去產科病房見喬安娜。如果她說的是真的，那麼天一亮，船上就有一大群士兵要追捕我吧。

我往病房裡頭偷瞄，但沒見到她。波蘭少女睡著了，小嬰兒睡在她的懷裡。我走到醫務室。一幅嚴肅的畫面映入眼簾，一排一排的傷患躺在相隔一英尺的木板上。喬安娜在照料附近一名士兵。在靜悄悄的黑暗中，他們說的話清晰可聞。

「哦，你沒有戴婚戒。」士兵說。

「沒有，但我告訴過你了。我有男朋友。現在你安靜休息，讓我幫你用繃帶包紮好。」

「讓我當你的男朋友，就只有今晚。」士兵懇求道。

我的手指握成拳頭。

「拜託，讓我包紮好傷口。」喬安娜說，聲音變得緊繃。

士兵繼續糾纏不放。他用沒有受傷的手抓住她。「來吧，給我一個吻。」

「嘿。」我還來不及阻止，話已脫口而出。

「你來啦，」喬安娜說。「我剛剛才跟穆勒中士說起你呢。我這裡就快好了。」

我退到走廊大家看不到的地方。

喬安娜走出醫務室。「有什麼事？」

「那種事常常發生嗎？」我問。

「他們神智不清。」她嘆著氣，累壞了，然後撩起一綹鬈髮塞到耳後。「我很忙。你想要幹麼？」

我想要幹麼？我想要戰爭結束，我才好邀她約會。

「我需要知道。那個士兵真的說他發了一通電報給科赫？」我問。

她抬頭看我。我看不懂她的表情。我告訴自己她的眼睛不美，而且我不想吻她。她只是盯著我瞧。

「他真的說他聯絡科赫了嗎？」我再問一遍。

「是。」她終於低聲說道。

阿弗雷德

太陽還沒升起，爭論就開始了。充氣筏，救生背心，天氣。這些喧鬧聲使我心神不寧，於是我決定最好是往下走到E甲板，查看一下待在水放光的游池裡的數百位女士。船艙底部很溫暖，不曉得女士們是否可能為了舒服些脫掉她們的制服。她們玩牌、睡覺、梳頭髮，成堆擠在一起，全神貫注於女人慣常的舉止行為。我在一旁觀察，覺得她們太迷人了，於是打算躲藏一或兩小時，好深入做我的研究。

十點，一群大步走上E甲板的士兵打斷我的監視，引起女士們一陣混亂。他們宣布正在尋找一名特定的乘客，這正是我提供服務的大好機會。我跨一步走出陰影，然後靠近那些人。帶頭的士兵是個優秀的樣本，陽光似的金黃頭髮，和透明無瑕的皮膚。

「早安，長官。我可以為您服務嗎？」

我的出現似乎使得那士兵頗為吃驚。

「他整個上午都在暗中監視我們。」其中一個女人說。「他不礙事的。」

其他女孩笑了起來。

我不喜歡她們拿我當笑話，也不喜歡我因此生出的感覺。我突然開始討厭這些乏味無趣的女人，她們噁心又愚蠢。

「你們在找誰啊？我們看過幾個傢伙在這裡閒晃，」乾泳池裡一個女孩說。「可否描述他的模樣給我們聽聽看？」

那士兵在泳池邊跪下去。「高個子，長長的褐色頭髮，穿便服，血跡斑斑的襯衫，名叫傅洛仁·貝克。他可能會設法避人耳目。科赫總督要告訴他一個訊息。」

她們很快就會明白嘲笑我是個錯誤，畢竟我不久即將獲得一枚勳章。我清了清嗓子。「對不起，長官，也許我能幫你把訊息帶給你心目中的那個人。」

那士兵越過他的肩膀瞟我一眼。「我不是在跟你講話。滾開。」女士們哧哧笑了。

他們在打發我走。嘲笑我。熟悉的憤怒湧上心頭。

我服務的不是這個士兵。

我服務的不是我父親。

我只服務一個人。

那一個人。

「希特勒萬歲！」我吶喊著，高高舉起右臂敬個禮，隨即腳跟一轉走了出去。

喬安娜

我把嬰兒放在艾蜜莉亞懷裡，接著俯下身子輕聲說道：「我告訴瑞克特醫生說我找到一個拉脫維亞人當翻譯。我猜他相信我吧。」艾蜜莉亞一臉不相信。我站直身子，也放大了聲音。「你想好名字了嗎？」

她點頭微笑。「哈琳卡。」

「哈琳卡，好美的名字。」我說。

「我母親的名字叫哈琳娜。我父親總是叫她哈琳卡。」

我想到自己的父親。俄國人會占領我們的國家多久？艾娃曾說占領可能持續長達十年。那不可能是真的。

我聽見僵硬的靴子腳步聲。金髮納粹士兵走進房間。

「早安，立陶宛俏妞。準備好離港了嗎？」

「還是不夠快，」我應道。「有什麼需要？」

「你向來這麼嚴肅嗎？」他邊問邊朝我閒步走來。「我剛剛從底下的E甲板過來。泳池裡的女孩親切多了。」

「也許她們不像我這麼忙。」

「我也很忙啊，」他說著脫下他的寬邊帽夾在手臂底下。「我還在找你的病人傅洛仁・貝克。

辦公室接到科赫總督發來的一封回電。」他盯著我看。

他獨自一人，心情放鬆。如果傅洛仁即將遭到逮捕，勢必會有更多士兵衝來衝去，四處搜索。「是什麼訊息？」我問。

「啊，你有興趣？」他說。

我的好奇心在燃燒。我勉強對他露出我最迷人的笑容，設法哄他說出更多細節。「護士對她的病人總是有興趣。」

「我能當個病人嗎？」他問。他的自鳴得意令人惱火。這種男人看到牆壁上的照片時從不欣賞照片，反倒注視自己在玻璃上的倒影。

我強迫自己跟他眉來眼去，而且朝他跨近一步。「咱們瞧瞧你多麼擅長跟護理人員溝通。念訊息給我聽。」

他從口袋裡抽出一張紙念道：

「**請貝克直接和我聯繫。告訴他DRL**（注：即朗格博士）**已死。需要鑰匙。緊急。**」

我在心裡一遍又一遍默念訊息，把它背起來了。我跨步離開他，回到艾蜜莉亞身邊。科赫總督直接發送訊息給他。傅洛仁沒有說謊。

「如何？」士兵說。

「聽起來你還是把訊息直接交給貝克先生的好。」

「是，但他似乎已經失蹤了。」他說。

「我告訴過你，他想搭漢莎號。」

「漢莎號現在正要離港。」

「哦，那麼我猜你已錯失機會，不是嗎？」

傅洛仁

普魯士人。喬安娜就是這麼叫我。

我想到普魯士國旗，白底背景前的一隻黑鷹。普魯士王國和居住其中的四千萬人民將會發生什麼事？它的傳統可以追溯到十三世紀，現在卻躺在地上被踩得粉碎。歷史若是用鮮血寫出來的，那麼它是否也可能消失？

一陣喧鬧聲響起，害我差點從煙囪裡的壁架上摔下去。我的心臟怦怦跳著。是拉警報？空襲？

然後我才明白。是氣鳴喇叭。

船終於離港了。

我從鋼材的接縫中窺看，然後立刻後悔自己看了。下方的景象太恐怖了，我從未見過如此的絕望。留在碼頭上的人發狂似的想要上船，他們的臉孔因尖叫與哀求而扭曲。做母親的奮力把她們的嬰兒拋給甲板上的乘客，可是拋得不夠高，她們的寶寶撞到船的側邊，墜入大海。婦女們尖叫著跳入水中救孩子。一名打扮成女人的男子企圖衝過舷梯時慘遭哨兵毆打。我從船上注視這一切，眼看她們尖聲哭喊著說如果無法登船就必死無疑，我難過得好想吐。古斯特洛夫號是他們唯一的希望。

我緊抓著我的背包猛搖頭，實在難以置信。

古斯特洛夫號也是我唯一的希望。
而我登上船了。

阿弗雷德

午安，我的小蘿！

非常高興向你報告，我們終於離開這個地獄一般的港口了。午後十二時二十分左右，舷梯在碼頭一片可惡的哀嚎聲中升起。我們已經駛出港口，朝基爾前進，有如手拿三叉戟的海神穿越大海。不過，天氣倒是一大挑戰。風吹得猛烈，我們正在和一場凶惡的暴風雨搏鬥。

不幸的是，我們也離開得不太順利。我們幾乎超載了十倍。我的上司估計，我們起錨時，還有五萬難民滯留港口。難民們哭喊又尖叫，乞求上船。我以唐吉訶德的智慧極力安慰他們，向他們吶喊：「盡情享受生命吧，直到死亡的一刻！」但是好像無法帶給他們平靜。

能夠參與漢尼拔撤離行動，我感覺相當特別。儘管我拒絕想到他，可是我敢說假如我稱作父親的那個人此刻見得到我的話，一定會覺得驕傲。人們談論同盟國和他們著名的撤離行動，但漢尼拔行動不久將成為史書中的翹楚。說到史書，想想啊，小蘿，你心愛的人很快就要獲得一枚動章了。我將在德國編年史中受到正式的表彰……喔啊……晃動得很厲害。歪來歪去。一定只是暫時的。他們會把船穩住的。是的，非穩住不可。雖然我的體格健壯如鋼，其他乘客無法四十幾小時忍受這個。當然受不了。

我俯身向前，嘔吐在我的鞋子上。

艾蜜莉亞

隨著一個又一個鐘頭過去，我越來越覺得噁心。喬安娜說天太冷，風又太大，不適合上頂層甲板透氣，結果她反而用冷毛巾包住我的腳。滿有幫助的，別人比我暈船得更厲害。小嬰兒睡著了，絲毫不受影響。經過幾個月逃難路途中的顛簸，大海的搖擺猶如搖籃曲般撫慰人心。

這個不在我的計畫之內。我很確定分娩將會要了我們兩人的性命，就像當初媽媽一樣。然而不知怎麼回事，經過五年戰爭的殘酷冬天，我居然還活著。我調整一下懷裡的寶寶。到底發生了什麼事？難道我誤解天意了嗎？

我在六年前得到這個徵兆，那是聖約翰之夜[38]，一年當中最長的一天。媽媽最愛聖約翰的慶祝活動——整夜的篝火、歡唱與跳舞。這項傳統要求女孩子製作花環與蠟燭。天黑之後，她們會點起蠟燭，讓花環漂浮在河中，順流而下。傳說是說在下游找回你花環的男孩，就是你將來要嫁的人。媽媽去世那年，比我大些的女孩讓我和她們一起做花環和蠟燭。我挑選的是媽媽最喜歡的花草——芙蓉、玫瑰、罌粟，和晒乾的藥草。

花環放到河裡之後，女孩子們圍著篝火跳舞，我決定跟隨我漂亮的花環。我光著腳丫沿著河邊的草地上緩步走著，注視花朵和蠟燭在河水中慢慢流轉。我走得相當遠。忽然間我的花環一蹦

---

38 聖約翰之夜，聖約翰即是施洗約翰，聖約翰之夜從六月二十三日落日後開始。

而起，碰到水底下的什麼東西。它在河的中央停住，一支蠟燭翻倒在花環上，乾藥草著起火來。

我坐在草地上看著我的花環燃燒且下沉，悄悄決定了我的命運。

我本以為一切都將結束。可是現在我開始想或許徵兆錯了。我那麼努力奮鬥，克服了各種困難。騎士來到時情況有了改變。也許他真的拯救了我，也許他幫我把燃燒的花環從水裡撈了起來。說到底，波蘭的聖徒傅洛仁[39]正是一個打火英雄。

多年來，這是頭一次有人關心我、保護我。我低頭凝望哈琳卡。我真的可以感覺到她。她是我的，我是她的。她完美的臉頰和手指頭是粉紅色的，就像我的帽子一樣。騎士說的是真的，她是我、我的家人，和波蘭的一部分。

我必須考慮這個可能性。

也許暴風雨終於過去了。

39 傅洛仁（Saint Florian），第三世紀羅馬軍官，駐紮於今日的奧地利。傳說他曾借助祈禱及澆一桶水到火焰裡，使得一個城鎮逃過燒毀的命運。

傅洛仁

我在煙囪裡一邊等一邊發抖，碼頭上離港的場面仍然折磨著我。這艘船搖搖晃晃的穿越波濤洶湧的暴風雨，我的胃也隨之升起，接著又懸盪下來。我不得不考慮橫在眼前的事。

我離開的時候，琥珀廳已全部打包裝進木條箱，放在柯尼斯堡一個祕密的地下房間裡。通往地下密室的地圖和鑰匙仍藏在我靴子的鞋跟內。僅有三個人知道位置。

我，朗格博士，科赫總督。

我想著我父親的地圖，同時想像著塞在德國北部一個褶縫裡的基爾。基爾距離丹麥約莫一百公里，離我妹妹被送去和我們年老的姑婆同住的家也只有八十公里。假如我能順利趕到那裡，我就把天鵝藏在她的穀倉裡，直到戰爭結束。

假如。

那就意味著我必須在基爾下船，而且沒出什麼意外，沒有引起懷疑。如果那個金髮士兵已經告訴科赫我在古斯特洛夫號上，會不會有人在基爾等著我？船的搖晃過於劇烈，無法偽造新的證件。然後我想起來了。

我在背包裡東翻西找，總算找到了。波蘭少女在森林裡殺死的德國士兵的身分證。等我們一抵達基爾，或許我就可以以一個傷兵的身分下船。

但我需要喬安娜再幫我一次。

阿弗雷德

每個洗手間都有人或是弄髒了。我腳步蹣跚的走到醫務室，跨過這裡一堆、那裡一落乘客脫下的救生衣和大衣。船上熱得要命，到處都是病懨懨的難聞味道。我聽到的最新消息是，船上搭載的乘客超過一萬人。船員們在討論這艘船是否應該迂迴前進，或者該不該打開導航燈，才好避開潛伏的潛艇。我反胃得太厲害，根本顧不了。

我到的時候，護士正忙著照料病人。

「我自己來醫務室報到了，」我宣布道，雙腿開始發抖。「請立刻給我一張病床躺下。」

「噢，阿弗雷德，很抱歉你暈船了。可是這間病房是給傷患用的。」

我的胃在翻來覆去的抗議。「其實我是受傷了。我的身體被敵人摧毀了。敵人就是大海。」

「這是你第一次出海？」護士問。

「是，而且我發誓這將是我的最後一次。」

「得了吧，水手，」一名躺在病床上的軍官說。「去頂層甲板呼吸一下新鮮空氣，看看地平線。」

「那真的有幫助。」護士贊同道。

「拜託，」一個傷兵說。「別縱容這傢伙。他少吃一頓午餐就哇哇叫？我少了一隻胳膊。」

我努力轉向他。「看在你得靠我才能安全抵達基爾的分上，先生，也許你對夥伴應該多幾分同情心才是。這件事我會記在心裡。」我走出醫務室，接著頹然倒在走廊的牆壁旁邊。

親愛的漢娜蘿：

每次來到如此這般的十字路口時，我的腦子經常懷疑人的正直。原諒我說的話超出了你的理解範圍，但如果我們懷抱共同的目標，同屬一個隊伍，難道不該盡其所能互相幫助？我記得我們曾經屬於同一隊，那是在街上玩的一次遊戲，你還記得嗎？你穿著一條打褶的短裙，頭髮上紮了一條綠色緞帶。那次的遊戲非常短暫，因為你母親很快就喚你離開了，但就是那些短暫的時刻，小蘿，我們曾經因為共同的目標在一起。目標與原則非常重要。

當人們不幫忙甚至是不歡迎他們同隊的隊友時，我就搞不懂了。但更令我困擾的是，為什麼有人居然歡迎敵方的隊伍。這些念頭你有沒有考慮過，小蘿？關於你的父母親，你有沒有細細想過這件事？你有沒有想過因為你母親的判斷，她的完美有了瑕疵？我曾問過你母親為什麼選擇嫁給你父親。你知道她怎麼回答嗎？她說了最奇怪的話。

「因為我愛他。」

喬安娜

「我保證。」

是他說話的方式嗎？話中有沒有未盡之意？或只是因為我可悲的寂寞，使我一把抓起了剪刀？

我在醫務室和產科病房之間來回走動時，傅洛仁出現了。本來我也不確定他是否還在船上，看見他令我心中竊喜。為什麼很難一直對某些人生氣呢？

「求求你，只要幾分鐘就好。」他微笑道。「我保證。」

我迅速跟著他走到樓梯前。他跳了起來，一步登兩級，即使背著背包，依然動作靈活。我們鑽過樓梯間的小門，然後爬上煙囪。

「你確定要我這麼做？」我說。

「這是我目前的最佳選擇。」他把背靠在門上。「以防萬一有人想要開門。」

「移動你的腳，」我告訴他。我跨一步站在他的兩腿之間。「好了，現在身子降低一點。」他背貼著門震動向下，雙腿滑過我的腿，直到我們的臉一般高。

「剪多少？」我問。

「能剪多少，就剪多少。」

我用手指梳著他的頭髮，想讓髮根立起來，那樣剪起來比較容易。他頭皮附近的頭髮濃密且柔軟。「你的髮質很不錯。」我告訴他。

他伸手輕輕用手指捏起我的一綹鬈髮。他閉上眼睛。「你最好還是開始吧。」

我左手抓起他一撮頭髮，再用右手剪掉。他睜眼注視懸在我指間的一大撮髮絲。我倆都笑了出來。

我剪去大部分的頭髮，接著盡可能修剪到接近頭皮。耳朵附近特別困難。我湊近一些，動作盡量溫柔一點。他把兩隻手放在我的腰上。他是在保持我們之間的安全距離？

「別擔心，我不打算親吻你。我是在努力工作呢，」我取笑他。他沒有回答。

「所以，」他尷尬的說，努力在找話講。「我去過立陶宛。」

他很誠實，我決定我也應該照做。「我知道，」我告訴他。「在穀倉的第一個夜晚，我取出彈片的時候，你說了一些事。」

他的臉現出愁容。「哦？」

「你說你去過立陶宛一次，你也說為了找到安妮，所以非康復不可。」

「喔，好吧，還不算太糟。我告訴過你安妮是我妹妹。」

我點點頭，剪得更貼近頭皮。「你也告訴我說我很漂亮。你說你舞跳得不錯，還問我有沒有男朋友。」

「哦，那……挺難為情的。」他說。

「當時你神智不清，不曉得自己在說什麼。」我繼續剪著，覺察到他的沉默，和他兩隻手環繞我腰際的感覺。他終於說話了。

「我說那些話的夜晚——你有沒有告訴我什麼？」

我停止剪髮瞅著他。我點了點頭，他的手指輕輕按著我的背。他將我拉近。我把嘴巴湊到他的耳邊，細聲說道：「我告訴你說我是殺人凶手。」

傅洛仁

我兩手擁著她的臀部，她的嘴脣在我耳邊。然後這四個字從她嘴裡說出來。

殺人凶手。

我仰頭大笑。「那應該是我聽得到的好耳朵，可是你好像是在說『殺人凶手』。」

她沒說話，只是眼淚盈眶的盯著我看。什麼？她不是在開玩笑？

「我，」她開始緩緩說著，吸了一口氣。「害死了我的表妹。」

我覺得我的眼睛睜得好大。她點了點頭，淚水流下她的臉頰。

「我——我的表妹麗娜，」她說得結結巴巴。「她是我最要好的朋友。我們逃離立陶宛時，我父親一再告訴我說不要留下任何東西，也不要告訴任何人，但我無法不向麗娜道別就離開。」

淚水不斷順著喬安娜的臉頰落下。她的呼吸顫抖。見她哭泣，我忍不住心疼。

「我寫了一封信給她，解釋我們因為父親加入一個反蘇聯團體而上了史達林的黑名單。我把信交給我們的廚娘，託她幫我寄。我根本不該寫下那些事情。我們逃走之後，內務人民委員部[40]徹底搜查了我們的房子。我父親的祕密聯繫人寫信跟我們說我的信落到他們手裡。」

「你家廚娘把你的信交給人民委員部？」

40 內務人民委員部，縮寫為NKVD，是蘇聯在史達林時代的主要政治警察機構。

「是的，」她低聲說道。「我母親說她可能只是想保護自己。俄羅斯人跑來找我們的時候，我們已經走了。可是他們根據我的信找到了麗娜的家人，逮捕了他們當作替代品。我父親的聯繫人和麗娜的鄰居通信。他說他們遭到逮捕，並且流放到西伯利亞。」

她拚命擦著眼淚。「兩年前，我們鄰居寄來一封用密碼寫的訊息，說我舅舅慘遭酷刑，死在一個古拉格勞改營[41]裡。」

我拉她到我懷裡。每片拼圖都到位了。喬安娜是為了表妹被送到西伯利亞而自責。

「什麼時候發生的？」我小聲的問。

「四年前，四一年六月。」她哭著說。

據我所知，史達林在西伯利亞的古拉格勞改營非常殘酷，她的表妹可能已經死了。我想說些什麼安慰她的話，但這方面我不擅長。「說不定她想辦法逃走了，說不定她還活著。」

喬安娜開朗了些。「你這麼想嗎？」她問，輕輕抹著眼睛。「我覺得好內疚。我的自由害他們全家丟了性命。你在我行李箱裡發現的那幅畫就是麗娜送我的。她很有畫畫天分，正準備要上美術學校。」

「別再用過去式談論她吧，她說不定很快就回到立陶宛了。」積極的態度似乎頗能安慰她。

我們默默站著。她的誠實和內疚讓我更喜歡她了。我試圖抹去她的眼淚。她繼續剪我的頭髮。

「我們抵達基爾以後，你打算做什麼？」她問道。

親吻你，我想說。

「讓我想想。首先，盡可能不要被逮捕。第二，設法找到我妹妹，並且保護她一直到戰爭結束。你呢？」

「想辦法聯繫上我母親，了解家人的狀況。」她剪好了，然後幫我拍掉肩膀上的頭髮。

「好嘍，普魯士人。我覺得很好看，不過你該刮個鬍子。」

我的兩隻手還放在她的臀部上。我盯著她掛在脖子上的琥珀項鍊墜子。「別叫我普魯士人，叫我傅洛仁，好嗎？」我將她拉近。「我那個時候也並非神智不清，」我小聲說道。「我確實覺得你很漂亮。待會兒休息一下，跟我碰個面，」我告訴她。「我們九點半在這裡見。」

她似乎是在考慮，然後微笑點頭。她走向門口。「本來我很生氣，不打算告訴你的，不過我們離港之前那個金髮士兵來過。他接到科赫傳來的一份電文。」她說。

我猛的抬起頭來。

「是的，電文說：『請貝克直接和我聯繫。告訴他DRL已死。需要鑰匙。緊急。』」她伸手摸摸我的臉頰。「我們九點二十分見。」喬安娜溜出了小門。

我的胃裡有什麼在扭來扭去。朗格博士死了。是誰幹掉他的？

下一個就是我。

---

41 古拉格勞改營（Gulag），是一九一八年至一九六〇年間前蘇聯政府國家安全部門的一個下屬機構，負責管理全國的勞改營。

艾蜜莉亞

喬安娜笑容滿面的回來了。她去見騎士了嗎？鳥兒配對成雙時，羽毛的色彩會變得更為鮮豔。我注意到騎士和喬安娜就是那樣。自從我們來到海港，他們的羽毛就變了。他們之間有什麼事正在發生。

船劇烈搖晃得更加頻繁了。「外面的天氣想必越來越糟，」喬安娜說著仰頭看天花板。「我們能待在室內實在幸運。」

船上的喇叭大聲播放出快活的旋律。突然間音樂被阿道夫・希特勒的週年紀念演說打斷。恰恰十二年前的今天，一月三十日，他接受任命成為德國總理。我難以理解希特勒透過喇叭嘶吼的德語在講什麼，只聽懂一句，而它令我渾身發抖。

「狐狸哪個時候不吃一隻軟弱無助的鵝？」

阿弗雷德

我癱倒在音樂廳的一堆難民中間。我的喉嚨因胃裡不停乾嘔的幽靈而發燒。

一個小女孩在我腳邊附近玩一隻鬆軟的玩具熊。她忽然停下來，盯著我看了老半天。

「笨女孩，老盯著人看很沒禮貌，尤其是我現在這種狀況。」我告訴她。

她哧哧笑了，彎起玩具熊的腰，假裝它在嘔吐的模樣。

「哦，好滑稽是不是？」我伸出手，狠狠拽下玩具熊臉上一枚鈕釦眼睛。

傅洛仁

我慢慢走到下方的頂層甲板上查看流浪兒，只見他把頭枕在鞋匠詩人的膝蓋上睡著了。

「你剪了頭髮，看起來幾乎是體面了。」老人家笑道。「坐下來休息一下。現在是船在替我們旅行。」

「是的，至少我們不必走路。」我說。

「啊，但是記得，詩人愛默生說過，我們磨破鞋子的時候，旅行的力量已經漸漸進入我們的身體。」他點了點頭，眨眨眼睛。「智慧對鞋匠虧欠最多。」

我們默不作聲的坐著。我佩服這個和藹可親的好人。為什麼我找不到一個像他這樣的師傅，反而跟隨了朗格博士？我若是早點聽從父親的話，情況又將多麼不同？我指指小男孩。「他十分幸運能夠有你。」

「不，幸運的人是我，」鞋匠詩人說。「小男孩讓我維持活蹦亂跳。」他面容溫柔的瞅著我，然後伸出一隻手。「我叫漢茲。」他說。

我握住他的手。「傅洛仁。」

他握著我的手停留兩、三秒鐘，雙眼定定的看著我。「孩童和年輕人，你們運氣不好。這場戰爭扼殺了許多未來。你的父母親都還健在嗎？」他問。

我搖頭。

「啊，正如我所料，」他說著拍拍我的膝蓋。「你也是個流浪兒。」

「到了基爾以後，你會把小男孩交給紅十字會嗎？」我問。

「我大概忍不下心吧，」鞋匠說。「我滿喜歡當爺爺的。我有他別在外套上的柏林地址，我會親自帶他去那裡，看看有什麼結果再說。」他嘆了口氣。「誰知道柏林能撐多久。你有別的家人嗎？」他問。

「有個妹妹，她叫安妮。我三年沒見到她了，不曉得還認不認得出來。」

「一定認得出來。你的雙腳會把你帶往她的方向。」老人家的身子向後靠，嘴裡哼著《莉莉瑪蓮》的曲調，使我想到了喬安娜。

「漢茲，你結婚了嗎？」我問。

「我和我一生的摯愛共度五十五年，我在去年七月失去了她。」他指了指小男孩。「正當你以為這場戰爭奪走你所愛的一切時，你卻遇到一個人，於是你明白自己仍然可以付出更多。」

「我懂你的意思。」我說著看看手錶。

「我知道你懂。」他微笑道。「而且她也值得。」

喬安娜

晚上九點十五分。

十五分鐘，然後我就能見到傅洛仁。我微笑了，想起艾娃曾說他對我來說不會太年輕。希望艾娃待在漢莎號上還算舒服。

砰！

巨大的震動。我的頭撞到牆壁，燈光閃爍不停。

艾蜜莉亞摔倒在地板上。

發生什麼事了？

砰！

一片漆黑。女人尖聲大叫。

砰！

刺耳的警報聲響起。整個產科病房突然朝船頭方向傾斜。昏暗的緊急照明燈漸漸亮了起來。

艾蜜莉亞

砰！

我的身體被拋下病床。

我掉在地上。

砰！

烏漆墨黑。我在地上爬。我看不見寶寶。

我呼喊喬安娜。

砰！

尖叫聲。

杯子破碎聲。

警報響聲。

阿弗雷德

我們離岸二十五海里。

砰！

有個東西撞到船的左舷。

那是什麼？

砰！

又一次爆炸。黑暗。我無法呼吸。

砰！

我腦中充滿了驚慌的尖叫聲，我的身體在移動。

船身在傾斜。

船頭在下沉。

傅洛仁

砰！

我們的身體撞到一起。

老鞋匠抓住我的胳臂。「我們撞到水雷了嗎？」他低聲說道。

砰！

小男孩有了動靜。「爺爺？」

「是，是，我在這裡。」老鞋匠迅速綁緊小男孩救生背心上的繫帶。

砰！

然後我知道了。

是魚雷。

喬安娜

我站了起來，不曉得該怎麼辦。溫德醫生和瑞克特醫生在哪裡？我扶著一位尖叫的懷孕婦人從地上爬起來。她抓住我的手臂，嚇得半死。

「求求你。救救我！」她懇求道。

艾蜜莉亞抓住了哈琳卡。她用一個枕頭套把她裹起來，然後迅速拿被單纏繞在她身上。她看著我大喊大叫，用手指頭指著上面。

船身傾斜得更厲害了，房間裡每樣東西都在滑動。懷孕婦人的指甲刺破了我的皮膚。

艾蜜莉亞火速展開行動。她穿戴上她的外套和粉紅帽，從角落抓起一件救生背心綁在身上。她懷裡抱著層層包裹的嬰兒，同時從角落丟救生背心給每個人。我用空出來的手臂抓住一件背心，然後套在懷孕婦人的身上。

「大家保持冷靜，」我說。「我們等溫德醫生或哪位船長給我們指示。我相信他們一定會宣布。」

「不！」艾蜜莉亞吼道，發瘋似的打著手勢。「穿上外套。很冷。往上走。快！」

艾蜜莉亞說我們必須往上走到寒冷的頂層甲板。

艾蜜莉亞說船在下沉。

艾蜜莉亞

那圈花環燃燒、下沉的一幕閃過我的眼前。走廊上傳來的噪音更大聲了。

我對婦女們大喊。「快！拿著你們的外套裹緊了。寒冷會讓你們送命。」有人在聽嗎？她們聽懂我的話了嗎？難道她們不明白我們必須離開這個金屬容器？

這艘船載運的乘客比一些城市的人口還多。我想到船上的許多層甲板，數以千計的乘客都將湧上頂部，樓梯肯定擠得水泄不通。沒有人移動得夠快。我在那裡跑來跑去，像趕鴿子似的催促她們快點。

喬安娜想要等候指示。不可。

我們必須行動。馬上。

我低頭注視小嬰兒。她的眼睛睜得好大，目不轉睛的看著我。

她哭了起來。

阿弗雷德

緊急照明燈閃幾下亮了起來。一個水兵跑過一堆又一堆的難民，吩咐每個人穿上救生背心。

「怎麼回事？」我對他大喊。

「魚雷。一艘俄國潛艇。」

我們被一艘俄國潛艇的魚雷擊中？船身的傾斜度劇烈增加，東西開始滑下傾斜的地板。

忽然之間，音樂廳裡的大鋼琴飛快滾動，先撞倒半路上抱著玩具熊的那個小女孩，再撞上牆壁，發出一聲不和諧的鳴響。乘客尖叫與哭喊著想要幫助現在彷彿是水果糊的小女孩。

火熱的膽汁湧上我的喉嚨。

坐在附近的一個婦人把抱著小嬰兒的手臂伸到我面前尖聲說道：「幫幫我們！我們該怎麼辦？」她伸手想碰我。

我撿起壓扁小女孩腳邊的救生背心，然後把它滑過頭頂。

「也許你應該離開了。」我告訴那婦人。

我一路擠到樓梯前面。

傅洛仁

走廊上擠滿了乘客。

「是魚雷！潛艇就在船的下面。」有人吆喝道。原本的驚惶失措，瞬間變為猛烈且絕望的叫喊與推擠。

我把背包往背上一甩，然後一把抓住小男孩，將他抱在身上。

「我們非得下船嗎？」小男孩問。

「是的。抓住我的腰。抓緊了。不要放手。」

「爺爺！」小男孩大喊。

「是，是，爺爺在這裡，」鞋匠詩人說。「我在這裡。」

「你帶了我們的硬幣嗎？」小男孩喊著。

「是，我帶了。」他回答。

我迅速想過一遍船的平面圖。此刻我們在A甲板的前餐廳。我們必須爬上兩層甲板找到喬安娜。之後再往上到日光浴甲板。我想到我們底下還有四層。船隻更傾斜了。漆黑的走道爆出狂亂的尖叫。我們很快就會困在人海中。

「趕快，」老鞋匠嚷道。「等等，傅洛仁，你的救生背心呢？」他問我。

刺耳的警鈴聲繼續響著。

「走到我前面，」我對鞋匠大喊。「需要的話，我可以舉你起來。」

小男孩在我胸前，背包在我背上，我們在人海中往前擠向樓梯。小男孩攀著我的脖子，雙腿環繞我的肚子，兩隻腳踝緊緊夾住我的背包。

寬廣的人群撞掉了樓梯間牆壁上的滅火器，它一掉在地上就爆開了，噴得到處都是泡沫。有人開始滑倒，其他人乾脆爬過他們身上。黑暗中，我感覺到人們的身體被我踩在腳底下嘎扎嘎扎響，和小男孩在我頭髮裡大口大口的喘氣。我把詩人推到我前面。人們猛抓狂扯我的背。我身子前傾，奮力保持站姿。接著我覺得有股力量在拉扯我的肩膀，原來是我背包的肩帶。

它斷掉了。

喬安娜

廣播系統透過喇叭劈哩啪啦發出通告。

「保持冷靜。請遵守秩序向頂層甲板前進。」

溫德醫生衝進產科病房。

「別聽通告說的。叫所有婦女都到甲板上，然後登上救生艇。要快！」

「我們要帶什麼？」我邊問邊走向我的行李箱。

「什麼都別帶！」他說。「穿上救生背心就好，快點！」

我把婦女們趕到病房外面，指引她們走向樓梯間。走廊上的人已經滿溢出來。艾蜜莉亞在哪裡？冰冷的海水已滲入我的靴子。

「艾瑞卡！」一個絕望的男人尖叫道。「艾瑞卡，你在哪裡？」

船身從船頭往左傾斜到左舷，樓梯也歪到一個不協調的角度，爬起來更為困難。有個毫無生氣的小孩屍體倒在樓梯附近被人踩來踩去。我雖試圖停下腳步抱他起來，無奈一擁而上的人潮硬是擠得我非往前走不可。

樓梯間全是數以千計刺耳的尖叫聲。「我們快要淹死了！」一個婦人哭喊著。下頭某個地方傳來一聲迴盪的槍響，益發加深了樓梯上大量群眾的恐慌。我在移動，但我實在不清楚自己到底有沒有在走路。人們紛紛攀在別人身上往上爬，衰弱的人向後摔倒，於是被人踩在腳下，根本無法拉自己起來。

樓梯間堵塞不通。船身向海面傾斜得更厲害了。那個婦人說得對。

我們全都快要淹死了。

阿弗雷德

我沿著傾斜的走廊往下跑，冰冷的海水淹到了我的膝蓋。一個小男孩游過我身邊。所有乘客似乎都走相反的方向，但我知道他們並不知道的一件事。通風管道裡面設有梯子。我擠過人群，繼續走我的路。

「水手，求求你。」有人在我後面喊道。

我已走到走廊的盡頭，另一名水兵出現了。他一把抓住我的襯衫。

「快點，我們必須把每個人帶出艙房，然後上甲板去！」他說。

「情況有多嚴重？」我問。

「三枚魚雷，炸毀了E甲板、機房和前艙。」

E甲板。游泳池。海軍婦女輔助小隊的學員都在E甲板，水兵的鋪位在前艙。

樓梯間回響著托梁斷裂和鉚釘彈出的聲音。

「她快沉了，」那水兵說。「抓件外套吧，如果你能找到一件的話。」我跟隨他來到上層的散步甲板，搶走一個拚命想要穿上救生背心的婦人的外套。

那水兵開始猛擊且砸開卡住的艙門。他來來回回把人們送向樓梯。「快啊！」他對我大吼。

「把這些人趕出去！」

「是，每個人，趕快。」我對自己說著，然後打開一道門。

一個婦人和小孩躺在地板上，渾身是血。一名海軍軍官站在艙房中央，手握一把槍抵著頭。

不知為什麼，我看得入迷。他會不會開槍？

他轉過身來，拿槍指著我。

我轉頭跑向通風管道。

我是個思想家。我在思考。

魚雷攻擊：晚間九點十五分左右。

船隻載客量：一千四百六十三人。

船上乘客：一萬零五百七十三人。

救生艇：二十二艘。

然後我才想起來。

有十艘救生艇不見了。

艾蜜莉亞

我登上了頂層甲板。大雪紛飛，刺痛了我的臉。我抓緊了寶寶。寒風狂打在身上，拚命想把我們颳走。古斯特洛夫號的船頭已沉入水裡，而且船身漸漸翻向左側。冰凍的甲板閃閃發亮，滑溜溜的。我蹲下去，抱著懷裡的哈琳卡一起在地上爬，用波蘭語對她說話。Nie płacz。不要哭。

夜色漆黑，海水劇烈攪動著，沸騰而生氣。巨大的海浪沖擊著船身。一名水手發射一枚照明彈。它竄得好高，一顆紅色的流星，照亮了滿是積雪的無垠天空。狂亂的乘客一出現在樓梯口，便拚命拔腿急奔。我眼看著他們滑跤然後摔倒在結冰的甲板上，像人肉雨滴似的尖聲叫著墜入海水。

人們哭叫，他們搏鬥，水手吆喝。一個成年女子一腳踢開一個擋路的少女，絲毫不理會她的求助。我停下來，身子蹲得更低了。我緊緊抱著哈琳卡柔軟、溫暖的身體，唱著《所有的小鴨子》，用一隻胳膊勾著甲板上的金屬欄杆。船身沒入海水更深了。

水手們在奮力轉動冰封的絞盤，好卸下船左側的救生艇。右側的救生艇一艘艘高懸在海水上方，可惜是無法使用了。

但我不是在找救生艇。

我是在找騎士。

傅洛仁

我們走到頂層甲板了。

「抓緊我。」我對老鞋匠喊道。

「等一下。地上好滑，我們的鞋子會打滑，」老鞋匠大叫。「我們得用爬的。」

大批人群出現在結冰的甲板上。一個男子開始奔跑。他的腳滑了出去，他的身體飛越空中，他的背撞上船的欄杆斷成兩半，然後彈跳一下，墜入海裡。

我看到一艘只有半滿的救生艇下降到海上，裡面有兩名水手。寒風與海浪不斷打在我們的臉上，模糊了我們的視線，而且根本難以移動。人們爭先恐後的跳到下一艘救生艇上。有人割斷尾部的繩索，可是前端的繩索沒有鬆開。小艇翻了個身，盪來盪去，裡面的人統統都被摔到漆黑的深海中一個個淹死。

死亡的尖叫聲灌滿我聽得見的耳朵，我另一半的頭腦卻有隔閡感，無聲無息。

「你的救生背心呢？」緊抓著流浪兒的鞋匠大聲對我喊著。

我一直在躲藏，沒有人發救生背心給我。

有些乘客等不及救生艇，乾脆跳船到海裡。數不清有多少穿了救生背心的屍體在海水中載浮載沉。

「找找我們的女孩，」鞋匠說。「她們在哪裡？」

喬安娜

我爬上颳著寒風與大雪的頂層甲板。

我在樓梯上失去了艾蜜莉亞的蹤影。我大聲呼喊她的名字，尋找她的粉紅帽。溫德醫生和瑞克特醫生已來到甲板上幫助傷患登上救生艇。我帶著剩下的孕婦去找他們。他們給我一件救生背心。我把手臂穿過去，然後綁緊前方的繫帶。

「求求你，」一個女孩向我哭訴。「我表妹在下面低層的甲板。請幫我去找她。」

她表妹。數千人都在低層甲板。數千人都被困住了。

大船突然呻吟起來，然後船身一個移動，更加傾斜了。

「上船。快呀！」我對那女孩大喊。我指點她走向一艘救生艇。

我抓住樓梯附近的欄杆。後方傳來地塌天崩的一聲轟然巨響。龐大的防空高射砲滑過甲板，撞斷了欄杆，砸在一艘剛剛才被降下海面的救生艇上。高射砲、小艇和所有乘客都迅速沉沒於海中。

我心裡不禁爆出一聲尖叫。

阿弗雷德

我順利走到頂層甲板了。人人都在尖叫，尖叫不是思考。乘客奮力擠向欄杆和救生艇。我眼看著他們哭喊、叫嚷，求人幫忙，求人救命。

這一幕彷彿配了音樂般播放著。人們望著我的眼光中有渴望，也有絕望。他們的手同時伸向我，如同經過精心的安排。

救救我，救救我，救救我。

我們在溼滑的地板上爬行。一個受傷的婦人抓住我的腳踝。

「求求你幫幫我！」她尖聲說道。她鹹鹹的淚水模糊了她的眼妝。

我點頭。是的，她毀掉的臉很需要有人幫忙收拾。

恐慌要求我採取行動，可我無能為力。混亂打亂了我的專注力，反倒使我從行動變為觀察。我的手臂開始移動，轉動那看不見的死亡音樂盒的發條。我內心的某個部分不希望旋律結束。我看見彼德森船長和乘客一起在降到海上的救生艇裡。那時我的智慧便呼喚著我。如果我們的船長正在離開，那我當然也應該下船才對。

一艘救生艇。是的，我要登上一艘救生艇。

我手上的水泡破了，流著鮮血。我的手往搶來的羊毛外套上抹幾下。我從擁擠的人群中擠到欄杆前面，接著我看到了那個新兵、老頭和小男孩。

新兵在高聲叫喊，喊得他脖子的青筋暴凸。他扭曲著嘴巴，使出全副力氣嘶吼出一個名字。

喬安娜。

傅洛仁

剩下的幾艘小艇很快就坐滿了人。我剩單邊肩帶的背包溜下肩膀，害我滑了一下，失去平衡。

我看到了人群中的粉紅帽，接著又看到喬安娜。波蘭少女抱著嬰兒在後面爬。我穿過擁擠的人群朝她們前進。水兵阿弗雷德慢慢朝我的方向爬過來。

「喬安娜，艾蜜莉亞，快點！婦女和兒童優先。」我高聲喊道。

喬安娜轉身看見波蘭少女，於是抓住了她。

「快點！」我對喬安娜再說一遍。「上救生艇。我會幫忙她和嬰兒上船。」

「帶上小男孩，」詩人大喊，發瘋似的推著流浪兒擠過人群。「求求你帶著他。」他懇求道。

「爺爺！」小男孩尖叫著，拚命想要回到鞋匠身邊。

一名水手扶著喬安娜爬下繩梯，坐上了救生艇。她伸手要接住寶寶。

波蘭少女不肯。她指了指我，要我坐進搖晃的小艇。

人們擠了過去。小艇漸漸坐滿了。

「**去啊！**坐到船上去！」我嘶吼著。

「她只信任你，」喬安娜喊道。「她要你帶著小嬰兒下來。」

「該死的。」我把背包遞給阿弗雷德。「拿著這個。」

鞋匠詩人丟一件救生背心到我頭上。我接過波蘭少女的寶寶，然後爬進底下的船裡。

「太多人了，」有人尖叫道。「我們會翻船的。」

「再一個人。」一名水手說。

「等等！不！」我大喊。「我們還有更多的人。」

「再一個人。」水手又說一遍。

「艾蜜莉亞，快啊！」喬安娜尖叫道。

艾蜜莉亞從甲板上凝望我們，隨即迅速把流浪兒推到船裡我們的身上。繩索斷了，我們的船墜入海裡。

艾蜜莉亞仍在甲板上。

我抱著她的寶寶。

阿弗雷德仍在甲板上。

他抱著我的背包。

喬安娜

我們的船墜落到黑水中。

我尖聲呼喊艾蜜莉亞。

傅洛仁尖聲呼喊他的背包。

巨浪拍打著我們，把我們拋來拋去。一個婦人嘔吐在她的腿上。大船轟隆隆發出低沉的響聲時，滑動的船身沉入更深的海水。流浪兒在我們的小船上站了起來，他兩隻細小的手臂伸向大船。「爺爺，」他哭喊著。「爺爺！」

一簇白髮出現了。「我來了，克勞斯！」從上方回響著。鞋匠詩人雙腳騰空，朝大海縱身一跳。

「詩人！」我尖叫道。

他跳入附近的水中。傅洛仁把寶寶遞給我，隨即跳起來要潛入海裡找他。一陣波浪拋起小船，傅洛仁一個踉蹌，撞到固定槳板的槳架。流浪兒抓住他的外套。小船前後搖晃，甩來甩去。

「快划走吧，」有人嚷著。「大船要是沉沒的話，我們都會被它一起往下吸到海裡。」

「等一下，」流浪兒說著，瘋狂在海水中搜尋。「等一下我的爺爺。」

「漢茲！」傅洛仁對著黑暗吶喊，他的聲音因激動而嘶啞。「漢茲，你在那裡嗎？」

可是鞋匠詩人再也沒出現。

傅洛仁抓住我的胳膊。「那袋硬幣。老鞋匠把那個袋子綁在皮腰帶上。他把他的救生背心給我了。」

「爺爺！」流浪兒哽咽哭泣。「不要，求求你，爺爺。」

詩人。

我們神聖的鞋匠詩人。我們的爺爺。

我們在黑暗中的一盞明燈。

他走了。

阿弗雷德

救生艇在海上。我不在裡面。

可用的小船一艘不剩。

有些人追著救生艇跳海。我不擅長往下跳。

我害怕往下跳。

叫喊。哭泣。槍聲。

船身滑入更深的海水中。

然後有人使勁把我連拉帶扯。

那個剛剛生產完的年輕拉脫維亞女孩一邊拖我，一邊衝著我的臉高聲尖叫。船身傾斜得越發厲害，我也越發害怕了。我步履蹣跚的跟在女孩後面，我的背感覺無比沉重。接著我們走過兩隻凍結在一起的浮筏，她開始瘋也似的猛踹它們，好讓它們脫離甲板。其中一只浮筏鬆脫了。女孩拉我下來坐進裡面。

然後我們開始滑行。

艾蜜莉亞

浮筏是鋼板做的，兩端有大大的浮筒，水箱上鋪了以網子連結的木板。船身翹起，我們的浮筏開始滑行。我們彷彿冬季飛衝下冰凍山坡的雪橇一般滑過甲板。

金屬刮擦。人們尖叫。

我緊緊抓著網子。我們的浮筏航向大海了。

我們身後的物品紛紛墜入海中，濺起水花。行李。空的浮筏。空的屍體。

附近有一艘擁擠的救生艇。快要淹死的人在海中緊緊抓住小艇的邊緣，拚命想要拉自己上去。

「求求你們，」一個少年哀求道。「我好冷，求求你們讓我上去。」他攀緊了救生艇的側邊，努力想把自己拉上去。

「太擠了，船會翻的。」船上的人議論道。

「那麼可不可以請你們暖暖我的手？**求求你們，救救我？**」

他們沒有搓暖他的手，反而猛敲少年的手指頭，直到他鬆開緊抓的手，滑到冰冷的海水底下，吐出幾個小氣泡。

「來！」我對水中的人喊道。「我們浮筏上還有空位。」緊跟著一個巨浪抬起了浮筏，把我們從正在下沉的大船旁邊拉開。

我們多蠢啊，以為自己比大海或天空更強大。坐在浮筏上，我眼睜睜看著美麗的深海開始吞噬那艘鋼鐵製造的龐然大船。

一大口就吞掉了。

喬安娜

小嬰兒。流浪兒。我該怎麼辦？

傅洛仁

波蘭少女。我的背包。他們在哪裡？

艾蜜莉亞

騎士。寶寶和他在一起，我就知道他會是救命恩人。

阿弗雷德

屍體散落得到處都是，好像人肉做的五彩碎紙。我還拿得到我的勳章嗎？

傅洛仁

現在只剩下船的尾巴伸出海面。人們扒著欄杆盪來盪去，雙腿瘋狂的擺動。船尾以玻璃包圍的日光浴甲板擠滿了幾百名受困的乘客，他們掄起絕望的拳頭猛敲著玻璃。水越升越高。船尾一名勇敢的水手一面保持平衡，一面拿斧頭狂砍玻璃，試圖放出受困在裡面的人，奈何玻璃怎麼也打不破。他揮得更用力了，卻不幸失去了平衡，跌入海裡。我們驚恐的看著玻璃後面的人們漸漸溺死。

古斯特洛夫號後方有一艘救生艇在漂，裡面坐著一位船長和幾個水手。

數千個沒了氣息的屍體漂浮在我們四周。我搜尋著漢茲和拿了我的背包的水兵。一個年輕女孩在我們救生艇旁邊踢水及尖叫。

我脫下我的救生背心扔給她。「抓住我的手。」我告訴她。

「不要！」我們船上一個女人嚷嚷著。「她會害我們翻船！」

我站起來靠著船側，於是我們的小艇朝海面傾斜，人人尖叫連連。我伸手向下，抓住年輕女孩的頭髮。她抓著我的手臂，我將她拉上小船。她跌倒了，筋疲力竭的倒在我們腳邊，渾身溼透。

一個身穿毛皮大衣的女人對我大吼大叫。「你沒有權利！你危害到每一個人！」

「閉嘴！」我咆哮道，怒得渾身發抖。「你聽見沒有？閉嘴！」每個人都安靜下來。流浪兒哭著把臉埋在胳臂彎。喬安娜朝我伸出手來。

我在她身旁頹然坐下，把頭埋在兩隻手裡。

命運是個獵人。

它的槍管抵著我的額頭。

喬安娜

尖叫聲響徹了漆黑的空氣，雪和雨橫掃著我們的臉。我們附近的一艘救生艇上，哭泣的婦女和兒童擠在一起坐得爆滿。傅洛仁看到他們後便站了起來。

「他們需要有人划船。」

我用空出來的手去抓他的背。「別動，」我求他。「求求你，傅洛仁。待在我身邊。」

「我去。」穿毛皮大衣那個女人的丈夫站了起來。他勇敢的從我們的船跳上另一隻船時，那女人對丈夫大呼小叫，不停數落。

漂浮在黑色海水中的我們，不得不親眼目睹數千人大量而怪誕的死亡。我緊抱著小嬰兒，閉上了眼睛，然而一幅幅景象繼續浮現在腦海中：嚴重傾斜的甲板。一個婦人把她的寶寶扔給下方的水手。他伸手去接，不幸漏接了。孩子撞到鋼板浮筏，然後滾落海裡。幾千個絕望的人跳船，踢腿，大口吞水。海水灌滿了嘴巴與鼻孔，肺部塌陷。高浪，怒海，雪，還有風。

這時那名曾經苦求一吻的傷兵在我們救生艇附近漂蕩，死了，他的頭被浮筏的網子勒住。那麼多人需要我的幫助，我卻無能為力。寒冷的海水溫度將引發心臟立即而致命的壓力，使他們死於失溫。我幫不上忙，只能眼睜睜看著一連串大災難不斷在眼前呈現。

罪惡感是個獵人。

我是它的俘虜。

艾蜜莉亞

一波白浪將我們拋過一堆浮筏，裡頭多半空無一人。不到一個鐘頭以前，我們的船遭魚雷擊中。數千具冰凍的屍體，眼睛圓睜，穿著救生衣漂浮在海裡。在離沉船較近的黑暗中，我好像看得出救生艇的輪廓。比起別的救生艇，我們距離大船更遠。水兵嘔吐到海裡。我拉掉他手臂上的背包。他謝過我之後，身子整個越過了浮筏的邊緣。

我有騎士的背包。

騎士有我的寶寶。

騎士想要他的背包。

我想要我的寶寶。

痛苦撕裂我的胸口。我要她，我要我的寶寶。

船上突然「啪」的發出一聲低沉的巨響，船骨因扭曲的壓力正在斷裂。圓圓的船尾垂直斜向天空，人們扒著欄杆盪來盪去，高聲尖叫，其他人仰躺著墜入海中死去。海水底下的船艙爆炸了。剎那之間，整艘船陡的亮了起來，熊熊烈焰照亮了海水和奇特的場景。我凝望著閃爍的大船。一聲猶如低沉哈欠的呻吟，藉著海浪將回音蕩漾到我的臉上。然後亮光消失了，大船消失於黑暗中。一座巨大的鋼鐵城市——成千上萬的人困在裡面——漸漸沉到了海底。

之後是短暫的靜默，只剩下風與浪的聲音。我們在風浪中載浮載沉，來回擺盪，浪潮拍打又捲起，哭聲穿透了黑暗。

有個穿了救生背心的年輕女人漂浮在我身旁的海水裡。她浮起的裙子呈現一個完美的圓形圍繞著她。她的腳尖緩慢旋轉，死去的雙臂向外伸出，掉落在她深色頭髮上的雪花宛若糖粉。一副假牙在一塊木頭旁邊漂動，逐漸消失於黑暗中。

救生艇離得太遠，大喊大叫也聽不見。沒有划槳的我掃視海面，尋找可以用來划船的東西。漂蕩在我們四周的都是幼兒的屍體，他們的頭部是全身最重的部分，因此他們穿救生衣的身體往下栽。每當波浪打來，小小的屍體便撞著我的浮筏。我被好幾百個溺死的小小屍體重重包圍，頭在水裡，小小的雙腳倒立在空中。

所有小鴨子的頭都鑽進水裡
頭在水裡。

這是我的懲罰。失去了榮譽，失去了一切。

羞恥是個獵人。

現在我的恥辱團團圍繞著我。

阿弗雷德

漢娜蘿，我的天使：

夜色漆黑。我幾乎不知道從哪裡開始。現在我坐著浮筏在波羅的海上漂流。我的船，威廉．古斯特洛夫號沉沒了。我們是在一月三十日午餐時間離開哥騰哈芬港的，我認為那真是個完美的出航日。畢竟一月三十日是威廉．古斯特洛夫的生日，這艘船就是以他的名字取的，也是希特勒掌權的週年紀念日。

航行從今天下午開始，船上搭載了一萬多名乘客。是的，一萬名。我從一開始就暈船得厲害，身體的不適使我不得不中斷我的職務。

航向基爾幾個小時以後，根據我的手錶，剛好是晚上九點十五分，三枚魚雷擊中了這艘船，船開始下沉。警鈴大作，我們被召集到船上的集合站，乘客陷入極度的恐慌。我要是為你詳實記錄那幅景象就太不恰當了。要知道，我跑過的黑暗走廊活像是一塊凹凸不平的床墊，我最討厭的那種。但我很快就發覺我其實是踩在屍體鋪成的地毯上。三次爆炸不僅炸裂了船身，也炸裂了乘客。我請走廊上一個年輕女孩往前走，當她不回答時，我就輕輕推她一把。她圓圓的頭滾動起來，好似夏天的水蜜桃，而且還少了半邊臉。這件事一直縈繞在我的心頭，難以忘懷。我很感激你不在這裡目睹如此令人揮之不去的慘狀。

沉沒只花了不到六十分鐘。古斯特洛夫號最後的下沉將揪著她墜入波羅的海深邃的海底。我估計每年這個時候的海水溫度大概是攝氏四度。在這般寒冷的水溫中，人的身體根本不可能存活多久，因此我現在看到海裡的好幾千人儘管身上穿了救生衣，但勢必都會凍死。我很幸運能夠坐上一隻浮筏，和一個年輕的拉脫維亞婦人在一起，她剛剛出生的嬰兒被搶救到一艘救生艇上了，留下了她。巨大風浪害我暈得厲害，一再把身子靠在浮筏旁邊大吐特吐。我的制服弄髒了，好像還掉了一隻鞋。

漂浮在這片黑暗與死亡之間，我不但有時間反省，而且是誠實反省。此刻我面對的是難以忍受的真相。小蘿，我怎能真的愛你？我不能，也不應該——在你說過那番話之後，在你那般無禮的對街上所有的人宣布之後。但我依然迷戀著你，讓我以難以形容的方式得到滿足，或許也藉此抵擋了恐懼。

因此我緊抓不放。

要知道，恐懼是個獵人。它在我們毫無防備且最意想不到的時候包圍我們，於是我們不得不做出決定。

我做了正確的決定。我設法幫忙。

你企圖拉下你的窗簾，不許我進去。你的決定，漢娜蘿，是錯誤的決定。

傅洛仁

「船沉了。」喬安娜說著牙齒直打顫。

我數過，我們的救生艇上載了將近五十人。我們本可容納更多人的。

鞋匠。

波蘭少女。

死了。

酷寒、開闊的大海將會凍死我們。我喊著小男孩，把他拉到我的腿上。我轉過身，跨坐在船的凳子上。「你也照著做，」我告訴喬安娜。「把小孩放在我們中間。你把小嬰兒裹在你的襯衫和外套裡面，貼著你的皮膚。」

她抱著嬰兒轉身面向我。我盡可能貼近，用兩隻胳臂環繞著她，保護孩童不致受凍。我們的頭碰到一起。

「你聽得見我嗎？」喬安娜低聲說道。她的聲音聽來微弱，很恐懼。

我點了點頭，把聽得見的耳朵轉向她。

「好冷。有人會來救我們嗎？」她問。

空氣是黑色的。月亮躲到雲後面去了，無法忍受如此悲慘的景象。我眺望海面，幾千上萬具屍體靜靜漂著。那麼多小孩。我拉上船的女孩已經死了，她渾身鐵青、毫無生氣的躺在我們腳邊。納粹將會如何報導這艘船沉沒的消息?不一會兒，我就明白了。

他們根本不會報導。

「有人會來救我們嗎?」喬安娜又問了一遍。

「會的，」我說謊。「會有人來的。」

這一區仍受到俄羅斯潛艇的威脅，大多數船艦為了避開我們，可能都會繞道吧。

被我帶著一起逃跑的東西統統都在我的背包裡——我的文件，偽造的證件，我的筆記本，和那隻天鵝。所有的奔跑、躲藏、謊言、殺戮，究竟為了什麼?沒完沒了的報復循環：以施加痛苦回應自己承受的痛苦。我為何這麼做?

那個奇怪的水兵沒有登上救生艇。沒有剩下一個活口。我低頭注視我的靴子。我的鞋跟仍然完好無損。地圖和鑰匙也都保住了嗎?這要緊嗎?海水慢慢從救生艇底部的一條裂縫滲漏進來。珍貴的寶藏最終也將沉到波羅的海的海底。

我也是。

也許琥珀廳確實帶有詛咒。

在我逃跑的幾個星期當中，我想像過每一種可能發生的狀況，也細數過所有我可能死去的方式，每一種都慘不忍睹，非常恐怖。我曾精心計畫我該如何自保，使用什麼武器。然而這種死法卻是我從未設想過的。當你知道自己歷經持久、難以忍受的痛苦之後，仍將沉入大海，又該如何保護自己?

喬安娜

黑色的海水拍打著船側，雪花飄落在我們四周。在寂靜的黑暗中，傅洛仁開始告訴我一些事情。他跟我說起他的母親，說他多麼想念她，多麼哀痛自己沒有聽信他父親的話。他談起許多人和地方。

他現在告訴我這些事，是因為他知道我們快要死了。

我想到我的母親在耐心等待和我團聚，擔心她唯一的女兒的安危，或許也是唯一倖存的家人。她將如何聽到這個消息？人人都知道鐵達尼號[42]和盧西坦尼亞號[43]兩艘大船的故事。我望著成千上萬具漂浮在水中的屍體。這次死者的數量要多得多。古斯特洛夫號上有一萬多名乘客，全世界各家報紙勢必報導可怕的沉沒細節，這場悲劇將被研究多年，成為傳奇。

我坐在船上，一個英俊的小偷環抱著我，我們兩人中間還夾抱著一個孤兒和一個初生寶寶。我想到艾蜜莉亞站在古斯特洛夫號甲板上的寒風中，把她的寶寶遞給傅洛仁。她低頭望著救生艇裡的我們，她金色的頭髮在粉紅帽底下拂動。

「再一個人。」

那個水手是這麼說的。

為了成為「那一個人」，大多數人都會爭先恐後。他們會堅持自己才應該是「那一個人」。

然而艾蜜莉亞把流浪兒推到船上，為了別人而犧牲自己。她現在人在哪裡？她上船了嗎？我想著害怕卻無比勇敢的艾蜜莉亞，於是哭了起來。

我要我的母親。我母親愛立陶宛，她愛她的家庭。這場戰爭撕毀了她生命中每一個最後的愛，她是否非得知道我們受苦受難的恐怖細節？消息會不會傳到我的故鄉比爾札伊，傳到森林裡我父親和哥哥躲藏的漆黑掩體中？

喬安娜・維卡斯，你的女兒、你的妹妹。她已回歸大海，化為海裡的鹽。

我們在黑暗中漂浮，隨波蕩漾。船上一個婦人每過三十分鐘就報時一次。海面上已沒有潑濺的聲音，只剩下哭泣的回聲。我們坐著，任雪從無邊無際的天空飄落。

我們等待。

我們漂流。

接著我感覺到傅洛仁的臉埋在我頭髮裡，他在吻我。他吻我的頭，他吻我的耳朵，他吻我的鼻子。我抬頭看他。他兩手捧著我的臉。

「有燈光，有船開過來了。」他輕聲說道。

42 鐵達尼號是一艘英國皇家郵輪，於一九一二年四月十日展開首航，也是唯一一次的載客出航，最終目的地為紐約。四月十五日在中途發生擦撞冰山後沉沒的嚴重災難。二千二百二十四名船上人員中有一千五百一十四人罹難，成為近代史上最嚴重的和平時期船難。

43 盧西坦尼亞號於一九一五年五月七日在愛爾蘭南方海域遭德國U-20號潛艇擊沉，一千一百九十八人死亡，七百六十一人生還。

阿弗雷德

親愛的漢娜蘿：

嚴峻的消息，好冷好冷的夜晚。為了讓自己暖和起來，我想著海德堡的夏天。我看見你在那裡。現在我看得見你在這裡，你合身緊貼的紅色毛衣襯著你深色的秀髮。我看見家鄉的許多東西，但大多數人並不相信我擅長觀察。他們好比我天真的媽媽，卻硬說我適合從事烘焙工作。「我們如何判斷一個人……」在這個節骨眼上，後面的我記不起來了。人們知道我有想法，但從來也不想聽我說說看。我有的不止是想法，我還有理論，有計畫。你記不記得我在人行道上跟你說過的那些話？你聽了以後大受啟發，立刻跑走了，也許是跑去說給別人聽吧。

希特勒，他懂得我的理論，而我懂他的。保護生病、虛弱和劣等的人並不明智，所以我才跟希特勒青年團的男孩說起你的猶太父親。小蘿，你知道我是在拚命幫助你嗎？你母親不是猶太人。但我以為你想必有足夠的判斷力，你一定會告訴那些軍官說你母親不是猶太人，你一定寧可選擇和你血統中較優秀的一方站在一邊。

可是你做了不一樣的決定。

直到多年之後的現在，我們最後的談話仍然困惑著我。你記得嗎？我記得很清楚。他們把你帶走時，我跑到人行道上。我告訴他們說你有一半血統屬於優秀民族。正在走路的你忽然停下腳步，然後轉過身子，和我面對面。

「不，」你喊道，接著你大聲尖叫。

「我是猶太人！」

你的話在建築物之間回響，再回彈到街上。

「我是猶太人！」

我相信每個人都聽見你的宣告了，聽著幾乎像是驕傲。而且不知什麼緣故，這會兒那幾個字好似頭髮卡在我腦海裡，揮之不去。

「我是猶太人！」

艾蜜莉亞

我們在大海中翻騰了好久。有時我以為自己看到遠處有小而微弱的燈光，可是海浪把我們帶得太遠，看不清楚。發射魚雷擊中大船的那艘潛艇在哪裡？是在我們下方嗎？我把騎士的背包緊緊抓在身體前面，幫我擋住寒風。擁有他的背包讓我感覺和他靠近。他是個好人。想著他讓我覺得溫暖。我只需要等到日出。還要多久呢？約莫七、八個鐘頭？

我做得到的。**我就快來了，哈琳卡**。

水兵一會兒說話，一會兒趴在浮筏側邊嘔吐，一直這麼交替著。他衝著我指指點點，談著希特勒。他不斷叫我漢娜蘿，我好害怕。他嚇壞我了。他的眼睛後面有一種眼神。我在港口見過那種眼神。克萊斯特太太也有那種不以為然的眼神。

因為寒冷的緣故，他講話變慢，口齒也變得越來越不清晰。他已神志不清。他高舉雙手，重複說著「猶太人」。我不覺想起我在利沃夫的親密好友瑞秋和海倫；想起以前她們來家裡玩的時候，我們一起在森林裡一面採蘑菇一面唱歌；想起包李子餃時，我們渾身沾的都是麵粉和糖。我多麼想念她們啊。

水兵談起勳章，他的勳章，而且硬是認為勳章就在騎士的背包裡。

「你拿了我的勳章？你是小偷？」他問，凍得神經錯亂。他朝我爬過來，並且伸手要搶背包。我使勁打掉他的手，他越發急切了。

我對他大吼大叫。他聽了我的話，臉色刷的一白。

這時我才發覺：我說的是波蘭語。我太厭倦這個遊戲。事到如今，又有什麼關係？「不是德國人，」我喊道。「波蘭人。」

他停下來，在我面前搖搖晃晃，一臉困惑。「什麼？你是波蘭人？」

「我是波蘭人！」我大喊。

他神智不清的用手指頭指著我。「骯髒的波蘭人。你是騙子！我終於可以報效我的國家了。我是英雄，漢娜蘿。又少了一個！」他號叫著。

又少了一個。

他傾身過來，想要把我推到海裡。我使出我僅存的力氣用力踢他。他往後倒在浮筏上，嘴裡重複吟唱著：「英雄，英雄。」他拉起身子用蹲的，接著又靠過來，瞇起眼睛。他開始背誦。或者是在唱歌？

「**波蘭人，妓女，俄羅斯人，塞爾維亞人，社會主義者。**」

他吸口氣，噘起嘴唇，朝我吐口水，然後繼續唱。

「不要唱了，拜託。」我懇求著。

他沒停。他伸手要抓我。他唱歌時，我用雙手猛抓，奮力抵抗。

「**西班牙共和黨人，工會主義者，烏克蘭人……**」

他頓了頓，然後跳了起來。

「南—斯—拉—夫—人！」

他沒穿鞋子的腳在結冰的表面上滑了一下跌下去，額頭撞到浮筏的鋼製彎角。他靜靜躺著，一動不動，然後他又慢慢動了起來。他好不容易站起身子，臉上沾滿了血，眼睛圓睜，現出片刻詢問的神情。他嘴唇張開想要說話，他小聲說話時嘴巴露出淺淺的微笑。

「蝴—蝶。」

他的軀幹搖晃，他傷得很重。我伸手想穩住他，可是他猛的跳開，激烈的縮起身子，不讓我碰。

他失去平衡，身子向後跌入海中。

一陣短暫的水花飛濺。冰冷的海水迅速扼住了他的尖叫。

然後是一片寂靜。我等待著，傾聽了好長一段時間。那名水兵，那自稱的英雄，他死了。

我一個人。

又是一個人。

我摟著背包，在黑暗中唱歌給哈琳卡聽。偶爾我看到什麼東西漂過，過了一會兒，海浪稍微平靜一點，將我抱在它的懷裡搖上搖下。我打盹片刻，想要知道還有幾個鐘頭才會天亮。我想像太陽晒暖了我，讓我看見我在哪裡。

再等一下就好了。

天很黑，我的身體覺得放鬆卻沉重。

我好累。

我的呼吸慢了下來，安靜無聲。我從來不曾覺得如此困倦。

然後我看見什麼了。我輕輕眨了眨眼睛。它還在那裡。是的。它越來越近了，切過海水向我駛來，越來越亮了。

亮光。

喬安娜

傅洛仁是對的。那燈光是一艘船。船上還有力氣的乘客揮動手臂，希望能被掃過海面的探照燈看到。傅洛仁動手將我們划向救援船。

小嬰兒動了幾下。流浪兒抬頭看我。「有船來接我們了。」我告訴他。

「爺爺在那艘船上嗎？」他問。

水手們在船側向下展開大大一塊打結的網子。我不曉得自己有沒有力氣爬上去。我的雙手已經凍僵了。

「克勞斯，你爬樹很厲害嗎？」傅洛仁問流浪兒。

小男孩點點頭。

救生艇擺動到船邊，搖晃得很厲害。傅洛仁兩腳穩穩站在船上，兩手抓住了網子。兩名水手爬下來幫助人們往上爬。

「我們有個初生的嬰兒。」傅洛仁告訴他們。水手接過我懷裡的嬰兒，再抱著她爬上去。緊跟著被帶上去的是兒童，然後是所有的大人。我盡可能檢查留在船上幾位乘客的脈搏。五位全身溼透、沒穿外套的乘客已因體溫過低死了。

過了不久，船上只剩下我和傅洛仁兩個。

「你先，」他說。「我就在你後面。」

我的手指凍得太僵了，根本動不了。我不得不把手肘戳進網繩裡，靠雙腿一步步往上推。快到頂上的時候，我的腳突然在滑溜的繩子上一滑，向後踢了一下，踢中了什麼。

我聽見傅洛仁大喊。我尖叫一聲，覺得網子猛拽一下。

甲板上的水手伸出手來抓住我。「繼續爬，」他命令道。「別往下看。」

「傅洛仁！」我尖叫道。沒有回答。「傅洛仁！」

那水手俯身越過邊緣，抓住我的肩膀，將我拉上搖晃的甲板。我轉身往下看。

傅洛仁不見了。

傅洛仁

我在墜落，有泡沫的黑水撲向我。我伸手抓網子。我的身體猛扭一下，我的肩膀「啪」的一聲，從肩窩脫開了。

我覺得抓力一點一點滑落。滑落。

我的手指鬆脫，墜入海中。冰冷的海水猶如刀子一般刺穿我的皮膚。疼痛湧上我的胸口，一路竄過我的手臂。海水把我的身體直直往下拽。

我迷失了方向。

眼前一片漆黑。

哪邊是上面？那邊是海面？

我快要沒氣了，我的頭好暈。

然後我聽見她的聲音，聽見她在海面上呼喚我。

「踢啊！踢你的腳！」

她在對我大喊。那聲音突然好近，好溫暖，就在我兩隻耳朵旁邊。「踢你的腳！」

把自己往上推。是的，好的。

往上。

我的頭冒出海面。我上氣不接下氣，一邊嗆咳，一邊把空氣吸到肺裡。

「好了！」一名水手喊道。他們將我拽上一隻浮筏時，我的肩膀疼得尖叫。

喬安娜

水手們將他救上浮筏。

「傅洛仁！」我高聲喊著，奮力想要爬過船側。

「待著別動，」水手很堅持。「他們救起他了。」

傅洛仁抬起頭來，他作勢要我留在甲板上。兩名跟著他跳入水中的勇敢水手正在把他推上網子。他們推他翻過船的側邊之後，他便縮起身子，癱在甲板上。

流浪兒朝傅洛仁衝過去，抱住他大聲痛哭。

「我沒事，克勞斯。只是有點冷，有點溼罷了。」

「我們必須馬上讓他暖和起來。」我說。

水手們將他移到下面的甲板時，我們跟隨在後。我迅速脫去他結冰的衣服，然後用一條大毛毯裹住他。

「這部分跟我想像中不太一樣。」他咧著嘴悄悄的說。

「噓。」我拉緊毯子親吻他。水手交給他幾件乾衣服。

人們跑在我們前面，尖聲嚷嚷與哭喊著要找他們所失去的人。一個人發瘋了，一直拔著頭髮，不停的說他的雞和雞車。

一名水手在乘客之間走動。

「這是什麼船？」傅洛仁問他。

「你們是被一艘德國魚雷艇T-36救起來的。」

船的下方響起一聲爆炸，人們大聲尖叫。

「請保持冷靜，」那水手說。「我們正在投擲深水炸彈。俄羅斯潛艇仍然在這一帶潛行。」

潛艇。我們仍處於危險。

他們給我們熱飲和湯，溫暖使我們覺得刺痛與疼痛。流浪兒哭訴著腳疼和腿疼，他也哭著要爺爺。小嬰兒抽抽噎噎哭著要艾蜜莉亞。我們在堆滿毛毯的樓層安頓下來，大夥擠在一起保暖。

傅洛仁伸手向下抓起我的手。「我聽見你了。」他輕聲耳語。

「什麼？」

「我在水底下的時候，我聽見你叫我踢腳。謝謝你。」

我抬頭注視他。

他在說什麼呀？

傅洛仁

喬安娜的頭靠在我的肩膀上躺著，懷裡抱著小嬰兒。裹成一團的小男孩睡在我沒受傷的手臂底下。勇敢的救援人員在進行精確的救援，不斷移動魚雷艇，從海裡撈人起來。

我原以為我必死無疑。

寶寶睡著了。波蘭少女在哪裡？她獲救了嗎？我注視睡著的流浪兒。他的文件在漢茲身上，上面有柏林的地址。

漢茲。

我們的鞋匠詩人，我們的朋友。爺爺。我按捺住湧上心頭的一陣激動。

水手們在獲救的人們中間走動。他們跟每個乘客說話，問問題，並且吩咐這啊那的。喬安娜睜開眼睛，抬頭看我。

「他們在問大家的姓名和資料。聽說我們要去薩斯尼茲（Sassnitz），在德國呂根島[44]上。」她捏捏我的手。

我低下頭親吻她的頭頂，接著我往後靠著牆壁，閉上了眼睛。

我的名字和資料。

我是誰？

我低頭凝視喬安娜和兩個孩子。

我想當誰？

44 呂根島（Rügen），在波羅的海中，位於德國東北部。

艾蜜莉亞

廚房窗子裡的蕾絲窗簾拍動著。今天吹著你會打開百葉窗的那種微風，是帶走舊罪和悲傷碎片的那種微風。陽光瀉入窗子，光線穿透了擺在窗台上的一罐琥珀色蜂蜜。我把手指頭伸到一袋涼爽的麵粉中，抓起一把撒在木板上，然後開始擀開麵團。瑞秋和海倫上完猶太會堂後要過來喝茶，若是吃得到最愛的甜甜圈搭配玫瑰花瓣果醬的話，她們一定高興死了。剩下的可以留給父親當早餐。

餐具櫃旁邊有什麼在動。

「我看見你了，哈琳卡。」我笑著說。我女兒從櫃子後面偷看。

「你偷偷摸摸的幹麼啊？」我問。

「天使麵包。」她咻咻笑道。她是美麗的輕聲細語。如果我想像著我的小鳥，她就可以一直陪在我身邊。

「去拿盤子吧。」我告訴她。

她奔向櫥櫃，拿了一個盤子回來，已經在舔舌頭了。

我給她切下厚厚一片麵包時，她也往盤子上撒糖。我在那片麵包上塗上奶油後遞給她，她將麵包的一面朝下，輕輕按在糖上。接著再慢慢拿起來，小心翼翼的不想掉了一顆糖粒。

哈琳卡帶著她的天使麵包來到敞開的廚房後門，面向沒有圍籬的院子和野花。

「媽媽，牠們回來了！」她衝到外面的院子，她的輪廓漸漸消失於閃亮的陽光中。

我跑到門口，剛好來得及看見飛過頭頂的鸛鳥。

「你看見牠們了嗎，艾蜜莉亞？」

我點了點頭，轉向說話的聲音。

我美麗的母親和我弟弟穿過玻璃朝我走過來。

「甜心，你看見牠們了嗎？」她低語道。「牠們回家了。」

媽媽笑容滿面。她親吻我，遞給我一罐果醬，然後走入廚房。我靠著溫暖的門框，讓金色的熱力包住我。

我轉開蓋子，將玫瑰花瓣果醬湊近我的鼻子，品嘗那香味。我仰臉向著太陽。我的戰爭如此漫長，我的冬季如此寒冷，但我終於回家了。長久以來，這是我頭一次不覺得害怕。

傅洛仁

我坐在門廊上，我的雙手發冷，顫抖。恐懼從未消失，但隨著一年年過去而微微消退，記憶的浪潮滑回大海。恐懼大都是在夜晚復返，但喬安娜一直都在那裡，將它趕走。

然後，過了二十多年之後，一封信寄來了。

我以為我已將它置諸腦後，剩下的不過是苦難的鬼魂。我曾逃跑，也曾企圖躲藏，但就是沒用。

命運是個獵人。

所以命運還是塞在一個信封裡，飄洋過海找到我了。我左思右想了好久，反覆琢磨我到底應不應該回信。最後，我回了信。

現在又寄來一封信，上面是同樣的寄信人地址。一封回信。

答案。

我吸一口氣，拆開信了。

一九六九年四月二十五日

丹麥，博恩霍爾姆島[45]。

親愛的傅洛仁：

接到你的回信令我滿心歡喜，儘管已經事隔多年——確切的說，是二十四年，你想必感到非常奇怪，但我覺得好像早就認識你了。是的，我當然了解你若是回信的話，需要時間和慎重的考慮。我也為這次的耽擱向你道歉，我的德語需要有人幫忙。親愛的孩子，我有點擔心你永遠也不會給我回信。我花了很長一段時間思考是否應該寄出第一封信，納悶它能不能寄到你手上。我是在讀到報紙上那篇報導的同一天寫的信。起初似乎只是一篇有趣的報導——一名渴望參加夏季奧運的年輕美國游泳選手，可是她的國籍受到質疑，因為她是在一艘船上出生的。當我讀到游泳選手哈琳卡本人說的這段話印在報紙上時，你能想像我有多麼震驚嗎？

「我的親生母親是在二戰期間沉沒的一艘德國船上威廉．古斯特洛夫號上。船沉沒時，我母親救了我，也救了我哥哥克勞斯。我聽說她非常勇敢。我們對她一無所知，只知道她的名字叫艾蜜莉亞。」

她的名字叫艾蜜莉亞。

45 博恩霍爾姆島，波羅的海西南部一個島嶼，面積五百八十平方公里。

當然，這也許是個巧合，可是一看到你和喬安娜的名字也出現在那篇報導裡，我立刻就知道了。艾蜜莉亞，傅洛仁，喬安娜。這不是巧合。我聯絡美國一個熟人，她幫我在圖書館的電話簿裡找到你的地址。我很感激她。

你在信裡溫和的問我有沒有透露任何事。請放心，我沒有。你也問我事情的經過。我非常感謝你想知道，也希望它能帶給你安慰。

她是二月到的。

奈爾斯已出門去檢查晚間的魚網。他去了好久，因此我跟了過去，想看看他需不需要幫忙。看見浮筏輕輕拍打著我們家的海岸，很難描述那種感覺。她似乎是在輕輕敲門，請問我們是否允許她進來。

這些年來，漂到岸邊的東西不可勝數。博恩霍爾姆島有個博物館，裡面展示的都是那些物品。但這個當然是不一樣的。她不像大多數的瓶子和漂流物一樣漂到公共海灘。她直接來到我們家，來到我們的沙灘後院，抗拒浪潮和大自然的力量。

雖然我相信這話聽起來很陰森、很恐怖，但事實並非如此。可是直到今天，我真的還是無法形容其中緣故。那天夜晚，我們默默凝視火爐，心中滿是疑問。這個頭戴粉紅帽子的可愛小姑娘是從哪裡來的？她在海上漂流了多久？她遭遇了什麼樣的苦難？然後我們當然想到她的家人。有誰正在思念他們美麗的女兒？

我們無法入睡。天還沒亮，我們就起床了。放在火爐旁邊的大背包解凍了，奈爾斯把它拿進廚房。我們拿出裡面所有的東西，放在桌子上。當然，沒有一樣東西看得出什麼道理。不過後來奈爾斯發現你的小筆記本。裡面寫了好小好小的字，沒有高倍放大鏡的話，我們根本看不清楚。細節難以理解。我們好喜歡你的小素描、簽名，和有關你與喬安娜的簡短紀錄。

但是潦草寫在頁邊空白處的這個，才是我們需要的——

艾蜜莉亞。粉紅帽。波蘭。

直到幾年以後，奈爾斯聽說瑞典有一篇威廉·古斯特洛夫號沉沒的報導，我們才明白你的縮寫威利G暗指的就是那艘船。得知船上載了一萬人，九千多人喪生時，我們實在太震驚了。

你的艾蜜莉亞是其中一個。

我們聯絡了占領的德國當局，但由於她不是軍人，他們毫無興趣。我們聯絡了紅十字會。我知道如果我們提起那個小盒子的話，許多人都會願意來，所以我們沒提。我們希望有人不是為了戰爭的掠奪物而來尋找艾蜜莉亞。二十四年過去了，直到現在，每當我聽見小屋門上的敲門聲時，我的心就少跳一下。可是到目前為止，還沒有人來。我把決定權交給你和喬安娜，由你們決定要不要告訴哈琳卡這個消息。在此同時，我已按照你的要求，把背包裡的東西統統埋了。

所以，親愛的人，現在我年紀大了，我的奈爾斯走了。接到你親切的來信為我心中帶來無比的平靜，知道你、喬安娜、克勞斯、哈琳卡和你們自己的一個孩子一起住在美國。我確實了解你們如何為新生活而努力奮鬥。古斯特洛夫號的沉沒是史上最大的海上災難，然而世人對此毫無所知。我常常在想情況有沒有改變的一天，或者它將依舊只是戰爭吞下的另一個祕密？

你在信上寫說艾蜜莉亞救了你的性命，你永遠懷念著她。傅洛仁，請你一定要知道，她也一直在我的心裡。戰爭是大災難。它拆散家庭成無可挽回的碎片，可是已經過世的人不見得無人聞問。我們小屋附近有一座古老的木橋，底下小溪蜿蜒流轉的地方是最最美麗的玫瑰花床。

那就是艾蜜莉亞安息之處。她很安全。她有人愛。

摯愛的，

克拉拉・克利斯坦森

作者的話

這是一部歷史小說。

但是威廉・古斯特洛夫號、琥珀廳與漢尼拔行動都非常真實。

威廉・古斯特洛夫號的沉沒是航海史上最致命的災難，死亡人數遠遠高於著名的鐵達尼號及盧西坦尼亞號。然而，值得注意的是，大多數人從未聽說過。

一九四五年一月三十日，四枚魚雷在蘇聯 S-13 潛艇的腹部等著。

每一枚魚雷上都潦草塗畫著獻詞：

獻給祖國。

獻給蘇聯人民。

獻給列寧格勒。

獻給史達林。

四枚魚雷中發射了三枚，摧毀了威廉・古斯特洛夫號，並且殺死約九千條人命。「獻給史達林」的魚雷在發射管中發生故障，無法發射。古斯特洛夫號上的乘客大都是平民，估計其中五千名是兒童。這艘偶爾被稱為幽靈船的船隻如今就躺在波蘭近海，隔著海水仍看得到底下大大的哥德字體拼寫的船名。

在漢尼拔行動期間，有兩百多萬人成功撤離，這是現代歷史上最大的海上撤離行動。漢尼拔行動迅速運送軍人及平民逃離不斷進逼的俄國軍隊，抵達安全地帶。立陶宛人、拉脫維亞人、愛沙尼亞人、德國人，以及東普魯士與波蘭走廊的居民，也全都逃往海邊。我父親的表親也包括在內。

我父親也像喬安娜的母親一樣在難民營裡等待，希望能夠返回立陶宛，可惜未能如願。波羅的海難民等了半個世紀，總算能夠重返他們的祖國。大多數被迫流離失所的人在不同的城市與國家建立了新的生活。撤離的難民或步行，或搭乘滿是彈坑的火車，或走水路逃命。

撤離期間遭到摧毀的船隻並非只有威廉・古斯特洛夫號一艘。施托伊本號[46]也遭S-13潛艇擊沉，奪走四千條性命。德國難民船戈雅號（MV Goya）的沉沒，奪走六千五百名乘客的性命。希爾貝克號（Thielbek）及阿科納角號（Cap Arcona）運送的是來自集中營的猶太犯人。兩艘船都遭英國皇家空軍的飛機炸毀後沉沒，造成七千多人喪生。據估計，單單是一九四五年，就有兩萬五千人命喪於波羅的海。數月以來，漂流的屍體在各個地方上岸，困擾著海岸線及沿岸的居民。即使到了今天，一些潛水員也說在巨大海底墳墓附近的水域強烈感覺到靈異的存在。

曾經被稱為世界第八大奇蹟的琥珀廳在二戰期間消失不見了，直到現在，它仍然是最歷久不衰的第二次世界大戰之謎。世人最後一次見到琥珀廳是在一九四四年。許多尋寶人都在找它，也在尋找過程當中慘遭可怕的厄運。多年以來，總是有人宣稱找到屬於琥珀廳的物件。可是琥珀廳究竟在哪裡？有些報告聲稱納粹首領艾瑞克・科赫在一九八〇年代保住一條命，就是因為他確知琥珀廳下落何方。但誰又曉得真相是什麼？有人說它隱藏在一個鹽礦裡，或是在一座城堡底下，另一些人則說它在森林中的一個地下掩體裡，還有人相信它整個被搬上了威廉・古斯特洛夫號。

第二次世界大戰有許多重要故事，關於戰鬥、政治、罪行和責任的文獻記載極多。苦難凸顯勝利者，也觸及各個層面，不寬貸任何參與的國家。寫作這本小說的同時，柔弱無助的孩童與青少年的思緒縈繞在我的心頭——他們都是邊境移動、種族滅絕和復仇政權的無辜受害者。二戰期間，成千上萬的兒童失去了父母、遭到拋棄或與家人失散，他們不得不靠自己和戰爭野獸搏鬥，留下滿心的傷痛，並且必須為別人造成的事件負起責任。許多人經歷了說不出口的暴行，也有些人受惠於陌生人奇蹟般的善舉。我在小說中採用的是孩子和青少年的敘事觀點說出這個故事，透過不同國家少年的眼睛來看這場戰爭，看他們不得不撇下所愛的一切。

對許多人來說，戰爭重新定義了家的意涵。艾蜜莉亞的出生地波蘭的利沃夫省，現在是烏克蘭的一部分。傅洛仁的東普魯士提爾希特和柯尼斯堡，現在成了俄羅斯的蘇維埃次克（Sovetsk）和加里寧格勒（Kaliningrad）。東普魯士的大部分地區現在是波蘭的一部分。喬安娜的祖國立陶宛被蘇聯占據了五十多年，直到一九九〇年才恢復獨立。

---

46 施托伊本號（SS General von Steuben），一艘德國豪華郵輪，二戰期間被改裝成武裝運兵船，一九四五年加入漢尼拔行動，負責將大量德國傷兵與難民自東普魯士撤回德國本土。

每個國家都有不為人知的歷史，數不清的故事保存在經歷過的人心中。戰爭故事經常被全世界在戰爭期間處於敵對立場的讀者閱讀與討論。歷史使我們對立，但透過閱讀，我們可以在故事、研讀和記憶中團結在一起。書可以把我們連結在一起，形成一個全球的閱讀社群，而更重要的是，一個努力從過去中學習的全球性人類社群。

是什麼決定了我們如何記得歷史？有哪些要素保存下來且穿透了我們的集體意識？如果歷史小說激發了你的興趣，請繼續追尋事實、歷史、回憶錄及可用的個人見證。這些都是歷史小說的依據。在倖存者過世之後，我們絕不能讓真相隨著他們一起消失。

請讓他們發出聲音。

研究與來源

這本小說的研究與調查過程是全世界集體的努力，帶我來到六個國家。話雖這麼說，書中若有任何錯誤，錯都在我。

為了本書的寫作計畫，丹麥的Claus Pedersen和我合作三年。他閱讀、研究、翻譯，並且前往哥本哈根與布魯塞爾和我碰面。我對他的幫助、賣力工作，尤其重要的是他的友誼，有言語難以形容的感激。

波蘭的Agata Napiórska是本書第一位擁護者。熱忱又熱情的她四次和我分別在華沙、格丁尼亞（Gdynia，即哥騰哈芬）、格但斯克（Gdańsk，波羅的海沿岸地區重要的航運與貿易中心）及克拉科夫（Kraków，波蘭第二大城市，位於波蘭南部）見面，將我和許多人與地方連結在一起。

四十多年前，率先探索沉沒的古斯特洛夫號的是波蘭潛水員米凱爾・瑞比奇（Michal Rybicki）與Jerzy Janczukowicz。他們第一次潛水需要得到蘇聯的批准。米凱爾與Jerzy同意協助我的研究，且和我一起在格但斯克花費了數不盡的時間，述說那場悲劇和海底墳場的難忘細節。

米凱爾・瑞比奇與Dorota Mierosławska幫助我追溯千百萬逃生難民的腳步。我們一同走過難民的道路，穿越前東普魯士（今天的波蘭）到達弗龍堡（Frombork）托爾克米茨科（Tolkmicko）

的潟湖，與新帕斯文卡河（Nowa Pasłęka）。他們帶我到格丁尼亞去研究威廉・古斯特洛夫號的開航，以及漢尼拔行動的地理實際狀況。Michal為我們的研究拍照，Dorota在我心中填滿波蘭的魔力與愛。沒有他們，這本書不可能完成。

我父親的表姊Erika Demski從立陶宛經東普魯士逃離家鄉，並且取得一張即將沉沒的威廉・古斯特洛夫號的登船證。因命運轉折的關係，她錯過了那次航行，轉而搭上另一艘船。如今Erika和她丈夫Theo Mayer定居在比利時，並且分享了這個不可思議的故事，也鼓勵我寫出這場災難。

出生於前東普魯士的歷史學者Bernhard Schlegelmilch花了很長的時間帶我四處遊覽柏林，挖出許多二戰的細節，使得這段期間的歷史變得鮮活起來。

世界知名的英國深海潛水員李・畢夏普（Leigh Bishop）曾探索過四百多艘沉船，其中包括鐵達尼號與盧西坦尼亞號。畢夏普先生告訴我他於二〇〇三年潛水到威廉・古斯特洛夫號的難忘經驗，講出了許多縈繞心頭的細節。

Rasa Aleksiunas和她的兒子Linas慷慨分享了她父親Eduardas Markulis的驚人故事（包括所有的原始文件，甚至還有救生背心上的繫帶），當時他是來自立陶宛西奧利艾市（Šiauliai）的二十二歲青年，在沉船災難中倖存下來。

來自拉脫維亞首都里加（Riga）的Ann Mara Lipacis和哥哥J. Ventenbergs幸免於難，當時他們分別是六歲和十歲。兄妹倆不僅細述了沉沒的第一手資料及回憶，也談到如何失去了他們深愛的母親Antonija Liepins，她為了讓孩子進入救生艇，自己一直留在甲板上。

英國的Lorna MacEwen和我分享了個人的細節與照片。她的母親Marta Kopaite是一位年輕的立陶宛護士，她一路走過雷區來到哥騰哈芬，搭上了威廉・古斯特洛夫號。她活下來了。

南非的Lance Robinson講述他母親Helmer Laidroo的故事，當時她只是個愛沙尼亞的十五歲小女孩，也在威廉・古斯特洛夫號的沉船災難中存活下來。

澳洲的Mati Kaarma分享了他的家人自愛沙尼亞逃離的故事與背景。他的父母乘火車到達德國，而他的祖父母選擇搭乘古斯特洛夫號，結果喪生了。

丹麥的Gertrud Baekby Madsen詳細描述了她如何撤離提爾希特及走過危險重重的冰層。

威廉・古斯特洛夫博物館館長愛德華・佩魯斯科維奇（Edward Petruskevich）耐心十足的回答了我的許多問題。他令人難以置信的網站提供許多寶貴的原始資料：www.wilhelmgustloffmuseum.com。

作家兼記者Cathryn J. Prince回覆了無數電子郵件，同時慷慨分享了她的研究發現、聯繫人和知識。

Charlotte與William Peale夫婦倆整理研究材料且閱讀書稿。

這本小說是根據下列書籍、影片及資源（部分中文名稱為暫譯）一磚一瓦堆砌而成的。我對他們深表感激：

《遺棄與遺忘：第二次世界大戰期間一個孤女的故事》（*Abandoned and Forgotten: An Orphan Girl's*

Tale of Survival During World War II）、Evelyne Tannehill著。

《琥珀廳：世上最偉大之失落寶藏的命運》（*The Amber Room: The Fate of the World's Greatest Lost Treasure*）、Adrian Levy著。

《普魯士戰場：一九四四至四五年之襲擊德國東部前線》（*Battleground Prussia: The Assault on Germany's Eastern Front 1944–45*）、Prit Buttar著。

《暴風雨之前：我在舊普魯士的青春回憶》（*Before the Storm: Memories of My Youth in Old Prussia*）、女伯爵Marion Dönhoff著。

《血染之地：希特勒及史達林之間的歐洲》（*Bloodlands: Europe Between Hitler and Stalin*）、Timothy Snyder著。

《受俘的心靈》（*The Captive Mind*）、Czeslaw Milosz著。

《騙倒買家！：世紀假畫天才的祕密告白》（*Caveat Emptor: The Secret Life of an American Art Forger*）、肯・派雷尼（Ken Perenyi）著

《蟹行》（*Crabwalk*）、君特・格拉斯（Günter Grass）著。

《最殘酷的夜晚：二戰期間未說的海上悲劇故事》（*The Cruelest Night: The Untold Story of One of the Greatest Maritime Tragedies of World War II*）、Christopher Dobson、John Miller、及Ronald Payne著。

《沒有溺死的受詛咒者：沉沒的威廉・古斯特洛夫號》（*The Damned Don't Drown: The Sinking of the Wilhelm Gustloff*），Arthur V. Sellwood著。

《波羅的海之死：二次世界大戰威廉．古斯特洛夫號的沉沒》（*Death in the Baltic: The World War II Sinking of the Wilhelm Gustloff*），Cathryn J. Prince著。

《大逃亡：流離失所者的命運》（*Die große Flucht: Das Schicksal der Vertriebenen*），Guido Knopp著

《古斯特洛夫號災難：倖存者的報告》（*Die Gustloff-Katastrophe: Bericht eines Überlebenden*），Heinz Schön著。

《被遺忘的土地：走在東普魯士的亡魂之間》（*Forgotten Land: Journeys Among the Ghosts of East Prussia*），Max Egremont著。

《上帝，給我們翅膀》（*God, Give Us Wings*），Felicia Prekeris Brown著。

《男士手工鞋》（*Handmade Shoes for Men*），László Vass、Magda Molnar著。

《失落的城市利沃夫：珍貴童年的回憶》（*Lwów, A City Lost: Memories of a Cherished Childhood*），Eva Szybalski著。

《拉脫維亞的口述歷史淵源：透過生命故事講述的歷史、文化與社會》（*Oral History Sources of Latvia: History, Culture and Society Through Life Stories*），Māra Zirnīte、Maija Hinkle編著。

《塗畫的鳥》（*The Painted Bird*），Jerzy Kosinski著。

《洗劫歐羅巴：歐洲於德國第三帝國及二戰期間之命運》（*The Rape of Europa: The Fate of Europe's Treasures in the Third Reich and the Second World War*），Lynn H. Nicholas著。

《玫瑰花瓣果醬：來自波蘭夏季的食譜與故事》（*Rose Petal Jam: Recipes and Stories from a Summer in Poland*），Beata Zatorska、Simon Target著。
《鞋子歷史圖文書》（*Shoes: Their History in Words and Pictures*），Charlotte Yue、David Yue著。
《古斯特洛夫號的沉沒：一個從記憶中流失的悲劇》（*Sinking the Gustloff: A Tragedy Exiled From Memory*），Marcus Kolga著。
《盟約的標誌：一名東普魯士外科醫生的日記一九四五—四七》（*Token of a Covenant: Diary of an East Prussian Surgeon 1945–47*），Hans Graf Von Lehndorff著。
《消失的帝國：穿越普魯士歷史》（*The Vanished Kingdom: Travels Through the History of Prussia*），James Charles Roy著。

以下人士與組織對我的研究與寫作努力貢獻良多：

Henning Ahrens，Bihr夫婦，Richard Butterwick-Pawlikowski博士，Ulrike Dick，Angela Kaden，Helen Logvinov，Jeroen Noordhuis，Jonas Ohman，Xymena Pietraszek，Julius Sakalauskas，Carol Stoltz。

Ancestry.com，巴爾札克斯立陶宛文化博物館（the Balzekas Museum of Lithuanian Culture），博恩霍爾姆博物館（Bornholms Museum），明鏡（Der Spiegel），德國柏林之聯邦飛行、驅除與和解基金會（the Federal Foundation of Flight, Expulsion, Reconciliation in Berlin, Germany），克拉科夫

市歷史博物館（Historical Museum of the City of Kraków），墨樹書店（Inkwood Books），界線西伯利亞虛擬博物館（Kresy Siberia Virtual Museum），Letters of Note，立陶宛維爾紐斯種族滅絕受害者博物館（the Museum of Genocide Victims in Vilnius, Lithuania），拉脫維亞里加占據博物館（the Museum of Occupation in Riga, Latvia），荷蘭埃因霍溫地區歷史中心（the Regional Historical Center of Eindhoven, Holland），洛克菲勒基金會貝拉焦中心（the Rockefeller Foundation Bellagio Center），史圖班旅行社（Steuben Tours），威廉・古斯塔夫號博物館：www.wilhelmgustloffmuseum.com。

威廉・古斯特洛夫號最了不起的檔案管理員無疑就是漢茲・蕭恩（Heinz Schön）先生。蕭恩先生曾擔任古斯特洛夫號的助理採購員，他親眼目睹且幸免於沉沒，其一生致力於記錄這場災難。漢茲・蕭恩於二〇一三年去世。他要求將他的遺骨帶到波羅的海底下，安息於沉沒的古斯特洛夫號上。他已遠去，但他的遺產和研究依然是留給我們大家的一份禮物。

我也十分感激以下各位威廉・古斯特洛夫號的倖存者，這些年來，他們勇敢接受了幾次訪問，細細描述了自身的經歷：

他們是Ulrich von Domarus，Irene Tshinkur East，Heidrun Gloza，Waltraud Lilischkis，Ellen Tschinkur Maybee，Eva Merten，Rose Rezas Petrus，Helga Reuter，Inge Bendrich Roedecker，Eva Dorn Rothchild，Willi Schäfer，Edith Spindl，Peter Weise，Horst Woit。

還有幾位同意為了本書接受訪問，但他們要求隱匿性名。回憶悲劇令人心痛。因為這本小說，他們承受痛苦記憶的不適，我永遠感激不盡。

致謝

許多作家靠自己的創作而成功，我並非其中之一。

感謝我了不起的經紀人Steven Malk指點且激勵我走出每一步。即使是作夢，我也找不到更好的導師與朋友。

還有我孜孜不倦的編輯Liza Kaplan，我優秀的出版商Michael Green多年來致力於這本書和相關的旅程。他們是我的英雄。感謝Shanta Newlin、Theresa Evangelista、Semadar Megged、Talia Benamy、Katrina Damkoehler，以及我的Philomel家庭，感謝他們給歷史一個聲音，也給我的故事一個家。

要不是Philomel、SPEAK、Penguin Young Readers Group、Penguin所有的銷售代表、Writer's House及SCBWI所有美麗出眾的人，這本書絕對寫不出來。

我衷心感謝傑出的外國出版商、子代理人與譯者，有了他們，我才得以與世界分享我的文字。

感謝Courtney C. Stevens的雙手與心觸碰過這本小說的每一頁。

我的寫作小組頭一個看到所有的東西：Sharon Cameron，Amy Eytchison，Rachel Griffith，

Howard Shirley，與Angelika Stegmann。謝謝你們十年的奉獻與友誼，沒有你們，我無法完成此書，也永遠不想完成。

Fred Wilhelm與Lindsay Kee幫助我有了書名的靈感，Ben Horslen隔海貢獻多多。

Yvonne Seivertson、Niels Bye Nielsen、Claus Pedersen、Mike Cortese、Gavin Mikhail、Beth Kephart、Genetta Adair、Ken Wright、Tamra Tuller、the Rockets、JW Scott、Steve Vai、立陶宛暨波羅的海社群、波蘭社群、邁爾斯全家（the Myerses）、雷得全家（the Reids）、史密斯全家（the Smiths）、塔克全家（the Tuckers）、皮爾全家（the Peales）以及蘇佩提斯全家（the Sepetyses）對我的寫作都有所貢獻。

真心感謝我最大的支持者——教師、圖書館員和書商。最重要的是，我對讀者的誠摯謝意。我感謝你們每一個人。

爸媽教我懷抱大夢與大愛。

John與Kristina是我的冠軍，也是一個妹妹所能乞求最知心的朋友。

還有Michael：他的愛給了我勇氣與翅膀。他是我的一切。

討論題目

1. 本書是多重第一人稱敘述的故事。你認為這種文學手法是否讓故事更震撼人心？如果只選擇一個角色說故事，你會選擇誰？為什麼？
2. 隨著小說慢慢展開，讀者逐一認識四位主人翁，他們從喬安娜口中知道，「內疚是個獵人。」傅洛仁說：「命運是個獵人。」艾蜜莉亞又說：「羞恥是個獵人。」阿弗雷德則宣稱：「恐懼是個獵人。」是什麼使得這個重複的句子如此強而有力？它如何瞬間捕捉到每個角色內心的衝突？在每個主人翁的生命當中，內疚、命運、羞恥和恐懼扮演著什麼角色？
3. 考慮每個角色的觀點，本書在哪些方面是和失去有關的書？每個角色在過程中找到了什麼？
4. 書中一再提醒讀者留意艾蜜莉亞的粉紅色帽子。你認為那頂帽子象徵了什麼？帽子的顏色在書中還扮演了什麼其他角色？它又跟故事及人物有何相關？
5. 描述傅洛仁、艾蜜莉亞、喬安娜與阿弗雷德。是什麼使得他們栩栩如生？他們的優點與缺點為何？儘管他們都有獨特的故事，來自不同的背景，但他們有何相似之處？
6. 為什麼阿弗雷德極力主張漢娜蘿有一半的血統屬於「優秀民族的一部分」時，怎麼也無法了解她驕傲的宣稱：「我是猶太人！」？你發現害得漢娜蘿和她父親淒慘喪命的人就是阿弗雷德時，你有何感想？

7. 描述一下給漢娜蘿寫假想信中的「阿弗雷德」。他和威廉．古斯特洛夫號上與他共事及互動的人眼中的「費瑞克」有何不同？這種雙重觀點顯露出他的何種性格？

8. 為什麼艾蜜莉亞企圖隱藏自己懷有身孕？她對奧古斯特．克萊斯特的回憶與幻想如何幫助她熬過身心重創？

9. 傅洛仁的父親告訴他，「你是普魯士人，兒子，你自己做決定吧。」他這句話是什麼意思？他的話如何影響了傅洛仁的決定？你認為傅洛仁有沒有聽從父親的建議？

10. 本書原文書名 *Salt to the Sea* 有什麼意義？有鑑於威廉．古斯特洛夫號的悲劇之嚴重程度，它能否準確形容小說中描繪的事件和關係？

拉脫維亞
波羅的海
俄羅斯領土
立陶宛
比爾扎伊
斯特洛夫號
戈雅號
巴提斯克
（即：皮勞港）
蘇維埃次克
考納斯
切爾尼亞霍夫斯克
（即：因斯特堡）
加里寧格勒
維爾紐斯
格丁尼亞
（即：哥騰哈芬港）
弗龍堡
內默斯多夫
白俄羅斯
波蘭
華沙
利沃夫
烏克蘭
斯洛伐克

丹麥
瑞典
現今
施托伊本號
博恩霍爾
（丹麥）
基爾港
薩斯尼茲
柏林
德國
捷克
海德堡

故事館
小麥田 古斯特洛夫號的祕密

作　　者 露塔・蘇佩提斯（Ruta Sepetys）
譯　　者 趙永芬
美術設計 鄭婷之
校　　對 呂佳真
責任編輯 巫維珍

國際版權 吳玲緯
行　　銷 闕志勳　吳宇軒　陳欣岑
業　　務 李再星　陳紫晴　陳美燕　葉晉源
編輯總監 劉麗真
總 經 理 陳逸瑛
發 行 人 凃玉雲
出　　版 小麥田出版
地址：10483台北市中山區民生東路二段141號5樓
電話：(02)2500-7696　傳真：(02)2500-1967
發　　行 英屬蓋曼群島商家庭傳媒股份有限公司城邦分公司
地址：10483台北市中山區民生東路二段141號11樓
網址：http://www.cite.com.tw
客服專線：(02)2500-7718｜2500-7719
24小時傳真專線：(02)2500-1990｜2500-1991
服務時間：週一至週五 09:30-12:00｜13:30-17:00
劃撥帳號：19863813　戶名：書虫股份有限公司
讀者服務信箱：service@readingclub.com.tw
香港發行所 城邦（香港）出版集團有限公司
地址：香港灣仔駱克道193號東超商業中心1樓
電話：+852-2508-6231　傳真：+852-2578-9337
馬新發行所 城邦（馬新）出版集團【Cite(M) Sdn. Bhd】
地址：41, Jalan Radin Anum, Bandar Baru Sri Petaling,
57000 Kuala Lumpur, Malaysia.
電話：+6(03) 9056 3833　傳真：+6(03) 9057 6622
讀者服務信箱：services@cite.my
麥田部落格 http://ryefield.pixnet.net
印　　刷 漾格科技股份有限公司
初　　版 2023年3月
售　　價 430元

ISBN 978-626-7000-95-3
EISBN 9786267000960（EPUB）
Printed in Taiwan.

國家圖書館出版品預行編目資料

古斯特洛夫號的祕密／露塔・蘇佩提斯（Ruta Sepetys）著；趙永芬譯. -- 初版. -- 臺北市：小麥田出版：英屬蓋曼群島商家庭傳媒股份有限公司城邦分公司發行, 2023.03
面；　公分. --（故事館）
譯自：Salt to the sea.
ISBN 978-626-7000-95-3（平裝）

874.59　　111019083